KB011015

바람과 구름과 비

바람과 구름과 비 10

ⓒ 이병주 2020

초판 1쇄   2020년 5월 15일
초판 3쇄   2024년 10월 21일

지은이   이병주
펴낸이   윤은숙

펴낸곳   그림같은세상
등록일자   1995년 5월 17일
등록번호   10-1162
주소   경기도 파주시 교하읍 문발리 파주출판단지 513-9
전화   031-955-7374 (마케팅)
             031-955-7384 (편집)
팩스   031-955-7393

ISBN   979-11-90831-02-4 (04810)   978-89-960020-0-0 (세트)

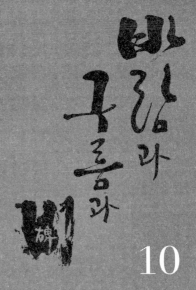

바람과
구름과
비
10

10

이 병 주 대 하 소 설

그린비스 대산

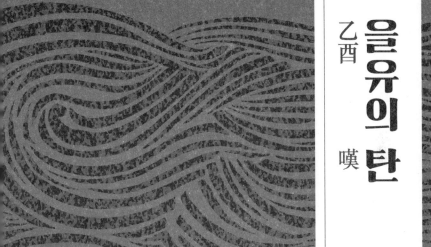

乙酉

嘆

을유의 탄

"을유년도 얼마 남지 않았구려."

최천중이 감개무량한 표정으로 중얼거렸다. 좌중엔 박종태, 연치성, 곽선우가 있었다.

"윤봉학만 무사히 구출할 수 있으면 시름을 놓을 수 있을 텐데, 아무래도 그게 마음에 걸립니다."

박종태의 말이었다.

"나도 윤봉학을 생각하고 있는 중이다."

하고, 최천중은 먼 곳을 바라보는 눈빛이 되었다.

윤봉학은 삼전도계원으로서, 담양의 관고를 털려다가 실패하여, 지난봄부터 일당 17명과 더불어 담양 옥에 갇혀 있었다. 돈을 써서 사죄死罪는 면하게 해놓았지만, 석방될 가능성은 없었다. 혈기가 넘친 동지들은 파옥을 감행하여 그들을 빼내자고 덤볐지만, 최천중은 물론 박종태도 무모한 짓은 삼가야 한다며 그들을 견제하고 있었다.

"내가 전라감사를 만나 담판을 지어볼까요?"

곽선우의 진언이었다.

"감사의 일존*으로써 될 일이 아닐걸."

하고 한숨을 쉬고, 최천중은

"내가 수일 내로 홍철주洪撤周를 만나 뜸을 한번 들여보지."

했다. 홍철주는 지난 9월 형조판서가 된 사람이다. 최천중과는 약간의 교의가 있었다.

"그건 안 됩니다. 그런 일에 선생님은 얼굴을 내서도 안 되고, 이름을 내서도 안 됩니다."

박종태의 말이 강경했다.

"하두 딱해서 하는 말이 아닌가."

최천중의 이 말에 박종태는,

"아무리 딱하셔도 이런 사건에 선생님의 이름이 비쳐선 안 됩니다. 여하간 이 문제는 저와 연공에게 맡겨주십시오."

"저희들끼리 대책을 강구하겠습니다."

연치성도 그렇게 말을 보탰다.

방안에 침묵이 쌓였다.

방 바깥에 인적기가 있더니,

"소민 공이 오셨습니다."

하는 박홍석의 말이 있었다. 박홍석은 박종태가 데려다놓은 청년이었다.

---

* 一存: 혼자만의 생각.

"이리로 모시고 오너라."

최천중의 말이었다.

소민이 나타났다. 소민은 먼저 최천중에게 절을 하고 좌중의 사람들과도 인사를 나눴다.

"적조하였습니다."

하고, 소민이 다시 한 번 좌중을 둘러보았다.

"이 자리에선 무슨 말을 해도 좋다."

고 최천중이 화창한 표정을 지었다.

"일전에 말씀드린 것이 무사히 제물포에 도착했습니다. 삼 일 후면 한성으로 들어오게 됩니다."

소민의 말이었다.

연치성의 눈이 반짝했다. 소민이 말한 것은 무기에 관한 것이었다. 지난봄, 최천중은 무기 구입을 위해 연치성을 시켜 10만 냥이란 거금을 소민에게 건네주었던 것이다.

"어떻게 무사히 제물포에까지 도착할 수 있었는가?"

최천중이 물었다.

"원 총리가 타고 온 배에 원 총리의 사물私物인 양 가장하여 실었으니, 무사할 수 있었습니다."

하는 소민의 대답이었다.

"그렇다면 그걸 한성에 가지고 온다고 해도 청군의 진영으로 들어가게 되는 것이 아닌가?"

"그래서 의논드립니다. 배를 한 척 따로 준비하여 청군의 배와 나란히 삼개의 선착장에 댈 예정입니다. 미리 삼개에 창고를 준비해주시면, 우리 물건만 그리로 옮기겠습니다."

"그게 잘 될까?"

"제 쪽은 다 준비되어 있습니다."

"그럼, 연공과 의논하여 뒤처리를 잘 하게. 그런데 아까 소공이 원 총리 운운했는데, 누굴 두고 하는 소리인가?"

"그걸 먼저 설명 드려야 하는 건데…."

하고, 소민이 한 이야기는 다음과 같았다.

"얼마 전 본국으로 돌아간 원세개가 이번엔 총판조선상무總辦朝鮮商務인 진수당陣樹棠의 후임으로 한성에 오게 되었습니다. 그런데 그 직함이 어마어마합니다. 주차조선총리駐箚朝鮮總理입니다."

"조선총리라…?"

최천중이 놀라 물었다.

"조선총리가 아니라, 조선에 주차*하는 총리란 뜻입니다."

"조선에 주차하는 총리니까 조선총리가 아닌가? 대단한 직함이군."

"사실 대단합니다. 전임자 진수당의 경우는 '총판'이었는데, 원세개는 '총리'니까요. 보다도, 작년 정변 때 감찰관으로 왔던 오대징吳大徵이 노리던 자리를 원세개가 차지했으니, 더욱 대단한 일입니다."

오대징은 최천중과 잘 아는 사이였다. 당당한 진사 출신으로서 학식도 높았다. 나이는 50세를 넘어 관록도 충분했다. 그런 사람을 제쳐놓고 청국을 대표하여 조선을 요리하는 대역大役을 맡았다면,

---

* 駐箚: 외교 사절로 머물러 있음.

12

이는 이만저만한 일이 아닌 것이다.

"원세개의 나이가 몇인가?"

최천중이 물었다.

"26세입니다."

"뭐라구? 아직 그밖에 안 되었어?"

"그렇습니다. 뿐만 아니라 원세개의 사령辭令은 도원道員에 임하고 정삼품의 위계를 준다고 되어 있습니다. 26세의 나이로 그런 고관이 된 사람은 청국에도 그 예가 없지 않을까 합니다."

"흐음!"

최천중은 생각에 잠겼다. 오대징처럼 학식이 높고 나이가 많은 인물을 제쳐놓고 학식도 없는 젊은 자를 기용한 데는 필시 까닭이 있었을 것이다.

그 까닭이 뭘까?

원세개는 오만하고 독선적이며 언제 무슨 짓을 할지 모를 인간이다. 조선 왕실에 대한 기왕의 그의 행동을 보더라도 알 만하다.

최천중은 다음과 같이 결론을 내렸다.

"염치, 예의, 관례에 구애받지 않고 조선 조정을 청국 마음대로 잡아 흔들 작정이군. 이홍장은 원세개의 그 무모한 성격에 기대를 건 것이다. 그렇지 않고서야 어찌 그런 자에게 대임을 맡길 수 있겠는가? 이홍장이 그런 속셈이라면, 앞으로 이 나라가 어떻게 될 것인가? 그런 상대 앞에 영세중립의 이론이 통할 수 있겠는가? 어림도 없을 것 같다."

"최공의 말이 옳은 것 같소."

나이가 비슷하기 때문에 곽선우는 최천중을 최공이라고 불렀다.
그러나 충성과 존경에 있어선 누구에게도 뒤지지 않았다.

"하오나, 원세개는 전처럼 방자하진 않을 것입니다. 우리의 신념
을 관철할 수 있도록 계속 노력해야지요."

소민의 말이었다.

"그런데 소공은 앞으로도 청진에 남게 되나?"

"대강 그렇게 되어 있습니다."

"어떤 자격인가?"

"통사通事 자격입니다."

통사란 통역관을 말한다.

"통사 자격이라고 하지만, 월급에 있어 조선 통사는 형편없습니
다. 영어 통역인 당소의唐紹儀는 120냥, 그 밖에 담담譚과 승承은 80
냥, 일문 번역의 장광보는 30냥인데, 저와 김대용金大用은 조선 통
사라고 해서 15냥밖에 되질 않습니다. 그런 차별 대우이고 보니 당
장 그만두고 싶지만, 앞으로의 일들을 생각해서 참고 지냅니다."

"차별이 너무 심하군. 사람이 너무 궁하면 큰 뜻을 펼 수가 없어.
옹색한 일이 있으면 연공과 의논하게."

하고, 이어 최천중은

"원세개가 다시 부임한 후 조정 사정은 어떠한가?"

고 물었다.

"대원군이 돌아오기도 해서 조정은 불안한 모양입니다. 민비는
적극적으로 원세개에게 접근하려는 눈치를 보이고 있습니다. 바로
며칠 전, 그러니까 10월 15일, 원세개는 국왕을 알현했는데, 그 자

리에서 국왕은 원세개로부터, 아라사와의 관계는 어떻게 되었느냐는 물음을 받고, 청나라가 대병을 이끌고 와서 도와만 준다면 아라사 같은 건 상대도 안 할 것이란 말을 했다고 합니다."

"그래서 원세개는 뭐라고 했다던가?"

"일본과 맺은 천진조약 때문에 대군을 데리고 올 순 없으나, 결코 염려스러운 일은 없도록 하겠다고 답했다는 것입니다."

"딱하군, 딱해. 청국을 믿고 있더니만 일본에 추파를 보내고, 일본이 탐탁지 않으니까 아라사를 불러들이고, 이젠 또 청국에 대군을 청해? 이렇게 줏대 없이 굴면 나라는 어디로 갈 것인가?"

최천중이 탄식하자, 소민이 이런 말을 했다.

"선생님께서 원 총리를 한번 만나보시는 게 어떻겠습니까?"

"내가 원세개를…?"

"그러하옵니다."

"무슨 자격으로 내가 그를 만나지?"

"선생님은 미국공사 푸트를 만나셨고, 독일공사 부들러를 만나시지 않았습니까. 연전엔 오대징을 만나셨구요. 그 자격으로 만나시면 됩니다."

"미국인이나 독일인은 위계완 관계없이 인물 중심으로 사람을 만나더라. 오대징관 우연히 알게 된 거고…. 나는 내 체신을 낮추어 그자와 면회할 생각은 없다."

"아닙니다, 선생님. 선생님은 숨은 인걸로서 이미 장안에 이름이 높습니다. 조선 제일의 부호라는 말이 돌고 있습니다. 청국인은 부귀를 숭상하는데, 부를 귀와 마찬가지로 칩니다. 청국의 북양대신 이홍장도 천진의 갑부 염사덕이 찾으면 장소와 시각에 불구하고 찾아가든지 청하든지 한다고 들었습니다. 선생님이 원하신다면, 원세개는 반드시 면회를 허락할 것으로 압니다."

"내가 필요를 느낄 때 소공에게 연락하지. 그러나 지금은 그 사람을 만날 필요가 없다."

"알겠습니다. 언제든 필요를 느끼실 땐 제게 분부를 하옵소서. 그런데 이번 영어 통역으로 원 총리를 수행한 당소의는, 기필 앞날에 대성할 사람으로 생각됩니다. 선생님께서 각별히 마음을 써둘 필요가 있지 않을까 합니다."

"그 사람, 나이가 얼마나 되는가?"

"아직 삼십 전후가 아닌가 합니다."

"그렇다면 소공은 나와 당소의를 만나게 할 게 아니라, 왕문과 민하 등과 합석할 기회를 가끔 만들도록 하게."

"그렇지 않아도 그럴 생각으로 있습니다."

이어, 작금에 있었던 일이 화제에 올랐다. 뭐니 뭐니 해도 소민은 정보통이었다.

수일 내론 목인덕이 돌아갈 것이라고 했다. 목인덕은 독일인으로서, 본 이름이 '묄렌도르프'이다. 이홍장의 추천으로 조선 조정의 재무고문으로 있었다. 조선의 조정에 이득보다 해를 끼친 사람이지만, 목인덕을 조선에서 떠나도록 한 사람은 당초 그를 초청한 이홍장이다. 이홍장은 목인덕이 조선에 해독이 된다고 하여 그를 사임케 한 것이 아니라, 목인덕이 아라사의 세력을 조선에 도입한 음모자이기 때문이었다. 목인덕은 이홍장의 지시를 받아야 할 처지였음

16

에도, 자기의 본국인 독일의 지령에 의해 조선에 아라사를 도입한 것이다.

원세개가 조선에 와서 한 첫째 임무는 목인덕, 즉 묄렌도르프의 해임이었다. 원세개는 묄렌도르프에게, 조선의 재정고문을 그만두고 청국으로 돌아가기만 하면 이홍장이 그의 학술 연구를 위해 전적으로 원조할 것이라고 했다. 묄렌도르프는 만주 문헌 연구자로선 세계적인 학자였던 것이다.

묄렌도르프는 원세개의 권고에 따라 조선을 떠났다. 최천중은 물론 그 소식을 전한 소민도 그때엔 알 까닭이 없었지만, 묄렌도르프에 관해 다음과 같은 기록이 있다.

'묄렌도르프가 원세개의 권고를 받아들인 것은 현명한 처사였다. 그는 1901년 중국 영파寧波에서 죽었는데 사후에까지 학자로서의 명성을 보유할 수 있었다. 그의 '만어문전滿語文典'은 지금도 통용되는 명저이며 만주 관계의 문헌을 수집하여 해설한 공적이 크다. 그의 장서 가운데 중국에서 간행된 것은 베를린도서관에, 유럽에서 간행된 것은 북경도서관에 소장되었다. 2차에 걸친 세계대전을 겪었어도 그 소장품은 무사하다.'

소민은 묄렌도르프에 관한 일 외에 민응식이 예조참판이 되고, 한성부 좌윤에 조정희, 우윤에 안정옥이 임명되었으며, 이윤용이 병조참판, 구연상이 황해도 수군절도사가 되었다는 사실도 알려주었다.

러시아공사 웨벨이 지난 14일 귀임했다는 얘기도 했다.

소민이 연치성과 같이 나간 후에, 최천중이

"어떻게 그처럼 졸난 놈들만 등용하는지 알 수가 없다."

며, 신임 예조판서 민응식과 자기가 어느 잔칫집에서 우연히 맞부딪친 얘기를 했다.

지난봄에 있었던 일이다.

당시 이조판서였던 윤병정의 생일잔치에 최천중이 초대되었다. 무관無官의 최천중이었지만, 그 재력과 뭔가 모르는 권위 때문에 윤병정이 그를 싱좌로 모셨다. 그런데 그 앞자리에 무슨 연유에선지 평양감사로 재임하고 있던 민응식이 있었다. 민응식은 최천중과 안면이 있었다. 소싯적 최천중에게 관상을 보인 적이 있었던 것이다. 민응식으로선 하찮은 관상가가 그 연회의 상좌에 앉아 있는 것이 못내 아니꼬웠던 모양이다. 덥석 비어 있는 술잔을 들어 최천중 앞에 불쑥 내밀고,

"요즘 관상 보는 재미가 어떻소?"

했다.

최천중은 그 술잔을 태연히 받아 마시고 도로 민응식 앞에 밀어놓았다.

"평양감사 토색질보단 조금 나을 것이오."

"토색? 내가 언제 토색을 했는지 밝히시오!"

하고 민응식이 대들었다.

"밝힐 필요가 어디 있소. 당신 상판에 죄다 나타나 있는데."

하고 최천중이 껄껄 웃었다.

그러자 민응식이 부들부들 떨며 고함을 질렀다.

"윤 대감은 어쩌자고 이런 자를 이 자리에 끌어다놓았소!"

윤병정이 난처한 표정으로,

"민 감사, 왜 이러시오."

하고 말리려 들었다.

이때, 최천중이 일어서며,

"비례자非禮者가 덤비면 비켜서야 하는 법이오."

하고 걸어 나갔다.

그러자 그 자리에 있던 기생들이 일제히 무슨 의논이나 한 것처럼 최천중과 같이 퇴장해버렸다.

그때를 회상하며, 최천중은

"그 기생들을 전부 거느리고 자하문 밖에서 근사하게 놀았지."

하고 빙그레 웃었다.

"그렇게 하고도 기생들이 무사할 수 있는 걸 보면, 세상은 확실히 달라졌어."

한 것은 곽선우.

"세상이 달라진 게 아니라 대감들의 값이 떨어진 거지. 게다가 민응식은 기생들의 미움을 사고 있었던 모양이야. 인색하기 짝이 없으면서 대관풍大官風만 휘두르니 그럴 수밖에⋯. 아무튼 훌륭한 인물은 초야에 묻히고 형편없는 자들만 조정에서 활개를 치니, 원세개 같은 사람의 눈에 어떻게 비치겠는가. 작년엔가, 오대징과 단둘이 석별의 연을 폈을 때, 그는 다음과 같은 글을 나에게 써 보이며 장탄식을 하더니만⋯."

하고, 최천중이 붓을 들어 쓴 글귀는

'묘작호猫作虎 돈작사豚作獅 견작랑犬作狼 인무가위人無可爲.'

였다.

'고양이가 호랑이인 듯 뽐내고, 돼지가 사자인 듯 뽐내고, 개가
이리인 듯 뽐내니, 사람이 할 짓이 없다.'
는 의미이다.

박종태의 질문이 있었다.

"그때 선생님은 무어라고 하셨습니까?"

"견산일편見山一片 불가론전산不可論全山, 즉 산 한쪽만 보고
산 전체를 논하지 말라고 했지. 그리고 이렇게 덧붙였지. 조정과 우
리나라 전체를 혼동해선 안 된다."

"말씀 잘하셨습니다. 오대징은 불손합니다."

박종태는 외국인이 조선을 비방하는 말엔, 신경을 곤두세우는
버릇을 가지고 있었다.

최천중이 조용하게 박종태를 타일렀다.

"오대징은 나에게 각별한 친밀감을 느꼈던 모양이다. 그리고 조선
을 남의 나라로 생각하지 않았다. 예리한 눈으로 보면 조정의 꼴은
꼭 그 모양이 아닌가. 선의에서 나온 비판은 허심하게 들을 줄도
알아야 하느니."

을유년도 11월로 넘어섰다.

그런데 철 아닌 폭풍우가 전국을 휩쓸어 그렇지 않아도 소란한
민심을 더욱 자극하니, 이재민을 비롯한 민생의 고통이 말이 아니
었다.

충청도관찰사 심상훈이 보고한 바에 의하면, 공주, 전의, 천안 등

지에서 표퇴漂頹*된 가옥이 791호, 사망 5명이었고, 전라도관찰사 윤영신이 보고한 바에 의하면, 익산, 임실, 나주 등지에서 표퇴된 민가는 1천455호, 인명의 피해는 3명이었고, 경상도관찰사 남일우가 보고한 바에 의하면, 경주에서 표퇴된 민가는 1천455호, 죽은 사람은 6명이었고, 함경도관찰사 정기회가 보고한 바에 의하면, 안변의 민가 26호가 표퇴되고 23명이 압사했다는 것이다.

11월 2일, 영의정 심순택은 이러한 천재로 인해 사직원을 제출했다. 그 사직원은 1주일 후 곧 반려되었지만, 피해지의 복구는 그처럼 수월한 일이 아니었다.

이 무렵, 이상한 소문이 나돌았다.

일본으로 망명한 김옥균이 병정 1천 명을 거느리고 강화도를 거쳐 경사京師를 침범하리라는 것이었다.

이것은 조정에서 파견되어 김옥균의 신변을 감시하고 있던 장은규張殷奎란 자의 보고에 의한 것인데, 장은규는 지난 7월 강화유수 이재원에게 보낸 김옥균의 밀서에 '창 천 자루를 구해 때를 기다리면 대사에 이를 수 있다'는 대목이 있었다고 지적하기도 했었다.

공교롭게도 이 무렵, 일본에서 오이[土井憲太郎], 고바야시[小林樟雄] 등 낭인들이 조선을 침범할 계획을 진행하던 중에 체포되었다는 사실이 있었고 보니, 조정에선 신경을 곤두세우지 않을 수 없었다.

원세개도 이 정보를 중히 여겨, 북양대신 이홍장에게 보고하는

---

* 큰물이 져서 떠내려가거나 무너짐.

동시에 연안 경비를 엄하게 하라는 명령을 내렸다.

한편, 이때 조선과 청나라 사이에 국경선 문제로 시비가 있었다. 고종 22년 11월조 일록에 다음과 같은 기록이 있다.

> 토문감계사土門勘界使 이중하, 종사관 조창식은 회령부에 이르러 청국의 파원 변무교섭승판처사무邊務交涉承辦處事務 덕옥, 호리초 간변황사무護理招墾邊荒事務 가원계, 독리상무위원督理商務委員 진영 등과 연일 회동하여 토론했다. 이중하 등은 우선 정계비定界碑를 탐사한 뒤 강원江源을 살펴보고자 하고, 청국 측의 덕옥 등은 두만강 토문강의 원류를 탐사해야 한다고 주장하여 의견의 일치를 보지 못했다. 그 후로 의견이 엇갈려 있다가 이윽고 삼로三路로 분진分進하여 탐사할 것을 결정하고, 15일 종사관 조창식은 덕옥과 같이 홍단수원紅湍水源을, 오원정은 청국의 도관圖官 염영과 함께 서두수원西豆水源을 탐사하여, 원래 정계비가 있었던 곳을 살펴 토문과 압록강 수원을 경계선으로 해야 한다고 변론했다. 27일에 전원 무산茂山에 모였다. 그런데 청국의 대표들은, 양국의 경계는 본래 두만강인데 비碑의 동곡東谷, 즉 조선 측이 주장하는 '동위토문東爲土門'이라고 한 것과 부합되지 않는다고 했다. 이에 대하여 이중하는, 토문강 하류가 송화강으로 들어간다고 하지만 표지가 될 만한 비퇴碑堆와 토문의 형태가 확실히 있고, 두만강 상류완 멀리 떨어져 있기 때문에, 토문을 경계로 해야 하며, 또 두만강 상류의 세 강이 모두 입비처立脾處에 가까이 있다고는 하나 그 거리가 백수십 리나 되므로, 비문과 상관되는 바 없다고 맞서, 결국 의견의 합일을

보지 못하고 회령으로 돌아왔다.

(참고: 그 후 청일전쟁, 노일전쟁에 이어 일본의 침략 등으로 청국과 우리나라 사이에 경계선에 관한 합의를 볼 기회가 없었으나, 사실상에 있어선 우리의 주장대로 국경선이 정착되었다. 그런데 2차 대전 후 중국이 그 문제를 들고 나오자, 김일성은 유유낙낙 그들의 주장에 따랐다. 그래서 지금은 백두산 태반의 영유권이 중국에 속하게 되었다고 한다. 이런 사실로 미루어볼 때, 당시 이중하 등의 용기와 노력에 경의를 표할 만하다.)

12월에 들어, 또 하나 참극의 막이 열렸다. 갑신정변 때의 연루자에 대한 추국推鞫이 전前 삼군부三軍府의 뜰에서 열린 것이다.

추국의 대상자는 윤경순, 이응호, 민창수, 전흥용, 윤계완, 김창기, 최성욱, 신흥모, 이상록 등이다. 윤경순은 동대문 밖에서 배추장사를 하던 자인데, 갑신정변 때 박영효의 가인 이인종의 사주를 받아, 10월 17일 우정국에서 민영욱을 가해하고, 이어 경우궁으로 들어가 서재필, 이규완의 지휘를 받아 민영목, 조영하, 한규직 등을 죽인 자라고 했다. 이응호는 전영前營의 교장校長이고, 민창수, 전흥용은 전영의 병정으로, 정변이 나자 신복모의 지시로 경우궁 궁문을 파수한 자들이라고 했다.

이윽고 윤경순은 모반대역부도죄란 죄명으로 서소문 밖에서 능지처참을 당하고, 이응호, 전흥용, 신흥모 등은 모반부도죄로, 김창기, 민창수, 최성욱은 지정불고죄란 죄명으로 역시 서소문 밖에서 참형을 당했다.

사실을 말하면, 이들은 뭐가 뭔지도 모르고 상사의 명령에 따랐을 뿐인 미미한 존재들이다. 서소문 형장에서 형의 집행을 목격한 사람들은 물론이고 소식으로 이 정상을 들은 사람들은, 사람을 죽이는 데만 능수인 이런 조정이 과연 얼마나 계속될 것인가 하고 한탄했다는 이야기가 남아 있다.

이 무렵에 있었던 애화哀話 한 토막이 있다. 고종실록 22년 12월 22일조에 이에 관한 짧막한 기록이 남아 있다.

궁녀와 5년에 걸쳐 잠통潛通*한 죄인 이우석李禹石을 포도청으로 하여금 시율施律케 하다.

이우석은 종로 포목점의 점원으로서 궁중에 납품하는 일을 전담하고 있었다. 궁중에 드나드는 동안에 배씨裵氏 성을 가진 나인[內侍]과 눈이 맞았다.

어떤 동기로 눈이 맞았는가. 서로 눈이 맞아서 어떻게 했는가. 나인이면 바깥출입이 금지되어 있거나 엄격히 제한되어 있거나 했을 것인데, 무슨 방법으로 어디서 어떻게 밀통할 수 있었는가. 그 위험한 밀회를 5년 동안이나 계속했다니, 참으로 귀신이 탄복할 일이 아닌가. 그들의 밀회가 폭로된 것은 배씨녀가 임신을 했기 때문이었다. 병에 걸렸다는 핑계로 궁중에서 벗어나려고 갖은 계교를 다했으나 허락되지 않는 가운데 점점 배가 불러 눈에 뜨이게 되었다. 배씨녀는 엄한 사문查問을 받고, 애인 이우석의 이름을 대지 않을 수 없었다.

이윽고, 이우석은 포도청에서 곤장을 맞아 죽고, 배씨녀는 심한 고

---

* 몰래 내통함.

24

문을 당한 몸으로 비원 뒷산에서 목을 매어 죽었다. 비련의 한 쌍은 이처럼 처참하게 사랑의 값을 치렀다.

이 얘기가 최천중과 황봉련 사이에 화제가 된 것은 을유년도 한 달을 남겼을까 말까 한 어느 날 오후이다.

최천중은 오래간만에 회현동 황봉련 집에 들러 보료 위에 몸을 가누고 세상 돌아가는 얘기를 하고 있었는데, 황봉련이 얼마 전 대궐에 들렀다가 들었다며 그 얘기를 꺼냈다. 그러자 최천중은

"색은 만생萬生의 근根이고 만화萬禍의 원源이라."

며, 다음과 같은 이야기를 했다.

금나라의 해능왕海陵王은 희대의 황음자荒淫者였다. 그런데 그 황음의 정도가 색달랐다. 이자는 남의 마누라가 아름답다고 생각되면 사정없이 궁중으로 납치해 와서 범하곤, 후궁에 가두어버렸다. 만일 조금이라도 저항하거나 마음에 들지 않으면 당장 죽여버리는 잔인한 음호淫豪이기도 했다. 그렇게 납치해 와서 욕보인 유부녀의 수가 수백 명이었다고 하니 어이가 없다. 그 버릇이 자꾸만 늘어, 드디어 사나이의 얼굴만 보면 그 사나이의 마누라를 붙들어 왔다. 예컨대, 숙직하는 신하의 얼굴을 보기만 하면 당장 아내를 데리고 오라고 명했다. 아내를 데리고 오면, 신하를 바깥으로 내쫓고 여자의 옷을 벗겼다. 싫어하는 빛이 보이기만 하면 그 자리에서 죽여버렸다. 그런데 해능왕의 신하 중에 오대烏帶라는 절도사가 있었다. 오대의 부인 정가定哥는 기품이 있는 미인이었다. 남의 아내라고 하면 환장한 듯 덤비는 해능왕이 가만있을 까닭이 없었다. 사

람을 시켜 '남편을 죽이고 내 시키는 대로 하면 황후로 삼겠다'라
고 했는데 거절당하자, 일족을 멸살하겠다고 협박했다. 정가는 어
찌할 도리가 없어, 남편을 술에 취하게 해서 교살하고 황후가 되었
다. 모처럼 황후로 만들어놓곤, 변덕이 심한 해능왕은 정가를 돌보
지 않았다. 배신한 해능왕에 대한 원한과 공규空閨의 고통으로, 정
가는 옛날에 부리던 하인 염걸아閻乞兒를 여장女裝시켜 궁중으로
불러들였다. 그리고 염걸아를 상대로 색욕을 만족시키곤 했는데 발
각되었다. 해능왕은 관계자 모두를 죽여버렸다.

"그런 시답지 않은 얘기를 무슨 까닭으로 하시죠?"

황봉련이 웃음을 띠고 물었다. 최천중은

"색에 미치면 겁이 없어진다는 얘기를 하고 싶었을 뿐이오."

하고 겸연쩍게 웃곤, 자기의 젊었을 때를 회상했다.

미원촌에서 왕씨 부인을 범한 일, 신륵사가 있는 봉미산에서 홍
대감의 소실을 범한 일들은 겁 없는 행동이 아니었던가.

"겁 없기로 말하면, 영감님도 남에게 뒤지진 않으리다."

황봉련이 살큼 눈을 흘겼다. 최천중과 처음 만났을 때의 일을 상
기한 것이다. 그걸 짐작하곤,

"그때가 좋은 시절 아니었소?"

하고, 최천중이 껄껄대며 덧붙였다.

"당장 벼락을 맞아 죽더라도, 그때 난 임자를 놓칠 생각이 없었
소."

"다시 그때로 되돌아간다고 해도 그렇게 하겠소?"

"하다마다. 나는 임자를 위해 이 세상에 태어난 사람인걸."

"말씀도 잘 하셔라. 영감님이 거머들인 그 수많은 여자들에게도 똑같은 말씀을 하실 것 아네요?"

"임자, 질투하는가?"

"질투 없는 여자가 이 세상에 있기나 하겠어요?"

"임자의 입에서 그런 소릴 들으니 이상하군."

"뭣이 이상하다는 거지요?"

"임자는 범상을 초월한 사람이라고 알았거든. 그런 내색을 한 번도 해본 적이 없었으니까."

"전 저의 분수를 알고 있었을 뿐이에요. 장부의 활달한 마음에 그늘을 지어서야 되겠어요? 장부의 찬란한 빛을 가려서야 되겠어요? 해와 달이며, 하늘이고 땅인걸요."

"듣고 보니 고맙구려."

"공치사는 그만하세요. 속으론 피눈물을 흘리며 겉으론 웃어야 하는 심정을 아마 영감님은 모를 것이외다."

"내가 왜 그걸 모르겠소."

하고, 최천중이 일어서서 창을 열었다. 온기가 지나친 방안에 냉풍을 넣기 위해서였다.

창을 연 최천중이,

"아아, 눈이 내리는군!"

황봉련의 눈이 바깥으로 쏠렸다.

눈 자락이 하늘 가득히 날고 있었다. 벌써 대문의 지붕엔 제법 눈이 쌓였다.

"첫눈이군요."

황봉련의 말에 감개가 서렸다.

"임자, 술을 준비하시오. 첫눈을 보고 시가 없을 수 있겠소. 내 시를 지으리다."

최천중의 말에 황봉련이 일어나 나갔다. 최천중은 벼루를 끌어당겨 연적의 물을 둘러 먹을 갈기 시작했다.

조촐한 주안상이 들어왔을 땐, 묵흔 임리하게 한 수의 시가 백지 위에 새겨져 있었는데,

을유십이월乙酉十二月

향만설비비向晩雪霏霏

초의미분산初疑米粉散

흡사유서비恰似柳絮飛

적와정전향積瓦靜傳響

저송편위기著松偏爲奇

미감임서권未堪臨書卷

암최유인시暗催幽人詩

술상을 놓고 황봉련이 시를 한참 들여다보고 있더니 감회를 억제하지 못하는 듯 다음과 같이 풀어 읽었다.

"을유년 십이월,

어두워질 무렵, 눈이 내리는구나.

처음엔 쌀가루와도 같더니,

버들 깃을 닮았구려.

기와에 쌓여 조용히 소리를 전하고,

솔가지에 묻어선 기막힌 풍정을 자아낸다.

책 읽을 기분으로 되지 않고,

세상을 등진 사람의 가슴에 시심詩心을 일깨운다."

"마음에 들었소?"

최천중이 만족한 듯 황봉련을 보았다.

"만족하다 뿐이겠습니까. 자아, 장원주를 드사이다."

봉련이 은주전자를 들어 금잔에 술을 따랐다.

술잔을 받으며 최천중이 물었다.

"이 술은 무슨 술이오?"

"청나라에서 온 죽엽주竹葉酒예요."

"눈은 하늘에서 내리고, 술은 원방*에서 오고, 가인은 옆에 있으
니, 이게 해동 제일의 호사일런지…."

최천중이 잔을 비우고 봉련에게 권했다.

"임자도 자아, 한 잔."

"황공하오이다."

잔을 받는 봉련의 섬섬옥수를 보며 천중이 탄복했다.

"임자는 아직 젊구려. 이팔청춘의 손이오."

"영감도 아직 청춘이외다."

"청춘? 일모노원日暮路遠**의 심정이오."

---

* 遠邦: 먼 나라.
** '일모도원(日暮途遠)'. '해는 저무는데 갈 길은 멀다'는 뜻으로 이미 늙어 앞으로 목
   적한 바를 달성하기 어렵다는 말.

"한탄은 금물이외다. 영감은 백수百壽까지 청춘일 것이오."

최천중은 다시 돌려받은 술잔을 비우곤 푸념을 섞었다.

"우린 만나기만 하면 청춘 타령이니 확실히 늙었는가 보오."

"늙어 한스러울 것이 뭐 있사오리까. 봄엔 꽃이요, 여름엔 싱그러운 잎이요, 가을엔 고운 단풍, 겨울엔… 보시와요, 저 백설을!"

"임자는 시인이구려."

"보다도 영감, 소녀가 꼭 드릴 말씀이 있습니다."

"새삼스럽게 무슨 얘길 하려는 거요?"

"몇 번이나 주저하고 망설인 끝에 겨우 결심을 했습니다."

"임자와 나 사이에 주저하고 망설일 게 뭐 있소. 하시구려."

황봉련은 그러나 잠시 생각했다. 그러곤 조용히 입을 열었다.

"나라의 정세가 대단히 어렵습니다. 앞으로 어떻게 될지 갈피를 잡을 수가 없습니다. 저의 어리석은 생각입니다만, 머잖아 이 나라에 피비린내 나는 전쟁이 있을 것 같습니다. 전쟁이 나면 어떻게 되겠어요. 우리가 살아남을 궁리가 제일입니다. 영감의 포부를 모르는 바 아니고, 그 애쓰시는 심정을 모르는 바 아니니 걱정입니다. 사실을 말하면, 우리에겐 조정을 움직일 힘이 없습니다. 조선의 백성들을 이끌고 설 만한 방도도 없습니다. 나라의 장래를 걱정하고, 나라를 구할 만한 능력도 없습니다. 그런 주제에 나라 걱정을 하면 무엇 합니까? 철벽을 향해 당랑螳螂*이 도끼를 쳐드는 격이며, 달걀을 던져 성벽을 무너뜨리려는 노릇과 같습니다. 영감이 거느리고

---

* 사마귀.

있는 사람 가운데 비록 인재가 많고, 호걸이 많고, 충성스러운 사람들이 많다고는 하지만, 그걸로 대세를 움직일 순 없습니다. 영감, 만사를 포기하십시오. 다소의 재물이 있으니, 그것을 골고루 나눠주어 각기 생업에 종사하도록, 공부하고 싶은 사람은 공부를 하여 스스로 나아갈 길을 찾도록 해주고, 영감께선 남은 인생 화조풍월과 더불어 유유자적하도록 하세요."

최천중은 어이가 없다는 듯 황봉련의 표정을 살폈다. 봉련의 말은 정말 중대 발언이었다. 20여 년 동안 최천중이 하는 일에 한마디 불평 없이 따르기만 했던 봉련이 이렇게 말을 할 땐, 거기에 이만저만한 사정이 개재되어 있는 것이 아니란 사실을 입증한 거나 다를 바 없었다.

최천중이 크게 숨을 몰아쉬고 물었다.

"임자가 그런 말을 할 적엔, 무언가 집히는 것이 있어서가 아니겠소?"

"집히는 것이 있어서가 아니라 깊이 생각한 끝에 드리는 말씀입니다."

"내가 노리고 있는 일이 가망이 없다고 판단하신 거요?"

"가망이 없다고 어찌 단정이야 하겠습니까만, 노다득소勞多得少**하리라는 것은 어김없는 사실입니다."

"흐음."

하고, 최천중은 말문을 닫아버렸다. 신통력에 가까운 봉련의 직관

** 힘은 많이 들였으나 얻은 바가 적음.

을 알고 있기 때문이었다.

약간의 침묵이 흐른 뒤, 봉련이 다시 입을 열었다.

"며칠 전, 왕비의 부름을 받고 궐내에 들렀는데 심상치 않은 말을 들었사오이다. 왕비가 하는 말이, 아라사의 운기와 조선의 운기가 어떠한지 알아달라는 거였습니다. 원세개에게 기대는가 했는데, 이번엔 아라사에 기댈 작정인가 봅니다. 소녀의 짐작으론 조정이 지탱될 것 같지가 않습니다. 청국은 대원군을 시켜 현제의 왕을 밀어내고, 그 후임으로 이재면의 아들 이준용을 왕위에 올릴 참으로 획책하고 있는 것 같은데, 만일 그런 일이라도 나면 조정은 붕괴됩니다. 아무래도 조선은 아라사에게 먹히든지 일본에 먹히든지 할 판국인데, 조정이 저처럼 줏대가 없어서야 무엇이 되겠습니까. 영감의 포부가 실현되려면 아라사와 싸워 이겨야 하든지, 아니면 일본과 싸워 이겨야 합니다. 우선 조선의 주권을 지켜야 할 판인데, 그것이 가능하겠습니까? 주권을 가진 조정이 내부에서 썩어들어가는데, 아라사와 어떻게 싸우며 일본과 어떻게 싸우겠습니까. 가장 현명한 방책은 부질없이 싸움에 말려들지 않아야 합니다. 지금 영감께서 바라보고 있는 것은 화중지병畵中之餠이며 몽중지성夢中之城*입니다. 거느리고 있는 사람들을 각기 집으로 돌려보내야 합니다."

이 말에 최천중은 자리를 차고 일어나 병풍에 걸어놓은 도포를 입었다.

"영감, 왜 이러시는 겁니까?"

---

* 화중지병: 그림 속의 떡. 몽중지성: 꿈속의 성.

황봉련이 황급히 따라 일어서서 말렸다.

최천중은 말없이 바깥으로 나와 신을 챙겨 신고 눈 속으로 걸어 나갔다.

봉련은 최천중의 양 어깨가 분노로 굳어 있음을 느낄 수 있었다.

최천중이 사라진 곳을 한참 동안 바라보고 섰다가 방으로 돌아온 봉련의 입술에 씁쓸한 웃음이 일었다.

봉련은 위쪽으로 밀어놓은 벼루를 끌어당겨 먹을 갈기 시작했다. 하얀 종이 위에 감회를 적었다.

설중정인거雪中情人去

불류비본의不留非本意

단각기망상但覺其妄想

연이비감생然而悲感生

(눈 속으로 정인情人이 가는데

붙들지 않은 것은 본의가 아니다.

다만, 그 망상을 깨치려 했을 뿐이다.

그런데도 슬픔이 솟는구나.)

황봉련은 최천중의 천하를 얻고자 하는 포부가 헛된 꿈이란 것을 벌써 알고 있었다. 그런데도 그 꿈이 대사에 이르지 않을 동안엔 격려하는 척도 했고 협조하는 척도 했다. 그러나 세상 돌아가는 상황으로 보아 최천중이 좇고 있는 꿈이 꿈으로서 끝나는 것이 아니라, 재앙의 씨앗이 될 위험이 있다는 것을 깨달았다. 그렇기 때문에 황봉련은 대담하게 충고를 한 것이다. 그런데 최천중은 그 충고에 심각한 충격을 받았다. 오죽했으면 한마디 말도 없이 눈 속으로 달아나버렸을까.

최천중과 황봉련의 사이에 일시 트러블이 있었기로서니, 그것은 칼로써 물을 벤 것과 마찬가지다. 봉련이 굳이 천중을 붙들지 않은 이유가 거기 있기도 했던 것이다.

'충격을 받은 마음으로 혼자서 생각할 기회를 가지는 것도 나쁠 것이 없다.'

는 생각이었다.

그래도 안타까운 마음은 어찌할 수 없었다. 봉련은 다시 붓을 들었다.

─ 천만 명에 하나인 총명을 가진 사람이 몽상과 웅도雄圖*의 구별을 하지 못한다는 것은 어찌된 일일까.

좌시천리坐視千里 입견만리立見萬里하는 혜지慧智를 가진 사람이 눈앞의 진애塵埃**를 보지 못하는 건 어떠한 까닭인가.

만 권의 서를 읽고 춘추春秋에 통한 식견을 가진 사람이 고금古今을 분간하지 못하는 것은 어떠한 까닭인가.

홍모벽안紅毛碧眼이 한성에서 활보하고, 왜인과 청인과 아라사인이 각축을 벌이려는 이 땅을, 정鄭, 최崔***가 고려를 생각하듯 생

---

* 크고 뛰어난 계획과 포부.
** 티끌.
*** 정은 정몽주, 최는 최영을 말함.

각하려는 어리석음을 어째서 버릴 수가 없는 것일까.

인생의 정복淨福****이 사랑에 있고, 인생의 평안이 권력을 피하는 데 있고, 인생의 지락至樂이 지분知分*****하고 화조풍월과 더불어 있다는 것을 최치원崔致遠의 후예이자 천天과 중中을 이름으로 한 사람이 모른다고 해서야 말이 되는가.

건곤일색설영롱乾坤一色雪玲瓏

현포신선종옥공玄圃神仙鍾玉工

고목장성화요조枯木粧成花窈窕

유인완좌수정궁有人宛坐水晶宮

(하늘과 땅이 하얀 눈 일색으로 영롱하다.

신선들이 옥공들을 모아

고목을 치례했는데 꽃이 요조하다.

그 속에 사람이 앉아 있으니 수정궁에서 사는 기분이다.)

최천중은 어째서 이러한 경지에 만족하고 살 수 없단 말인가.

한편, 최천중은 양생방의 집으로 돌아가자 자리에 누웠다. 눈 속을 기를 쓰고 걸은 것이 원인이 되었던 모양으로 미열이 나기까지 했다.

**** 맑고 조촐한 행복.
***** 자기의 분수와 본분을 앎.

보다도, 봉련으로부터 받은 충격이 원인이었을지 모른다. 그는 오한을 이기지 못해 두터운 이불을 쓰고서도 덜덜 떨었다.

최천중의 포부는 기어이 왕문을 중심으로 하는 정권을 이 나라에 세우는 데 있었다. 그 때문에 사주에 맞추어 왕문을 만든 것이 아닌가. 그 때문에 갖가지 계교를 꾸민 것이 아닌가. 그 때문에 거만巨萬의 부를 이룩해놓은 것이 아닌가.

그런데 최천중이 자기의 꿈에 집착할 수 있었던 것은, 신비로운 통찰력을 가지고 있는 황봉련이 한마디의 불평도 없이 자기의 의견에 따라주었기 때문이다. 그 태도가 최천중의 자신自信을 더욱 굳게 했던 것이다.

황봉련의 협력이 있었다는 사실 자체가 큰 힘이었으며, 그러니까 꿈의 실현이 가능하다고 생각하고 있었던 것인데, 황봉련의 그날의 말은 파산 선고나 다를 바가 없었다. 만일 황봉련의 말이 사실이라면, 만사가 물거품처럼 사라졌다는 얘기가 된다.

'봉련은 무엇을 알고 그런 소릴 한 것일까? 그저 편하게 살자는 생각만으로 그런 소릴 한 것일까? 아니다. 근거 없이 그런 소릴 할 여자가 아니다.'

최천중은 식욕을 잃었다. 병이 심해만 갔다.

최천중은 병석에서, 혹시 자기가 짚은 왕문의 사주가 잘못된 것이 아닐까 하는 생각을 해보았다.

갑자년 무진월 경인일 축시.

아무리 짚어보아도 그 사주는 왕이 될 사람의 사주임에 틀림없었다. 그런데 왕이 될 사주는 그 본인의 것만으론 부족하다. 생부의 사주와 곁들여 나온 괘卦라야만 한다. 왕문의 사주를 그렇게 예정했을 땐 물론 최천중 자신의 사주를 충분히 계산에 넣은 것이다.

그러니 틀렸을 까닭이 없다.

마음이 걸리는 게 있긴 있었다. 왕문이 태어난 시時에 관해서다. 북극성의 자리로 보아 축시丑時일 수도 있었고 인시寅時일 수도 있었기 때문이다.

'혹시 축시가 아니고 인시였다면…?'

그러나 인시였을 경우를 두고 괘를 도출해볼 생각은 아예 없었다. 첫째는 자기의 점괘를 확신하고 싶었기 때문이고, 다음은 어떻게 나오든 그 결과가 두려웠기 때문이다.

최천중은 왕문의 관상을 다시 한 번 보아야겠다고 결심했다. 그러자면, 왕문의 둘레에 있는 친구들의 관상도 다시 한 번 확인할 필요가 있었다.

최천중의 분부를 받고 왕문을 비롯하여 강원수, 연치성, 소민이 나타났다.

왕문의 상은 아무리 보아도 왕의 상임이 틀림없었다.

'이런 상으로 왕이 안 된다면 천지의 이법이 어긋난다.'

다음, 강원수의 상을 보았다. 재상宰相의 상임이 틀림없었다.

다음, 연치성의 상을 보았다. 장상將相의 상을 돌에 새기고 그림에 그려놓은 것 같았다.

다음, 소민의 상을 보았다. 총명과 신의와 열정을 함께 한 충신의 상임이 역력했다.

그 상으로 이만한 들러리를 가졌으면, 남은 건 오직 시운의 문제이다. 그러다가 민하가 없다는 것을 깨달았다.

"민하는 어떻게 된 거냐?"

최천중이 노기를 띠고 물었다.

"미리 말씀을 드렸어야 했는데…."

하고, 소민이

"민하 군은 원 총리의 부름을 받고 있습니다."

하며 머리를 조아렸다.

"원 총리라면 원세개…?"

"예, 그러하옵니다."

"민하가 원세개의 부름을 받다니, 무슨 일인가?"

"원 총리는 민하를 잊을 수 없었던 모양입니다."

하고 시작한 소민의 얘기는 다음과 같았다.

"지난여름 광통교 사건으로 붙들렸을 때, 민하 군이 원세개와 오조유 앞에서 보인 기량을 원 총리는 잊지 못하여, 본국에 돌아가 북양대신 이홍장에게 얘기했던 모양입니다. 민하 군의 즉사시即事 詩를, 민하 군의 필적 그대로 원세개가 가지고 갔던 모양입니다. 이 홍장이 그것을 보고 감탄하여, 조선에 가거든 꼭 민군을 만나, '모 母', '신辛', '곡哭' 자를 두고 쓴 시를 각각 액자로 만들 수 있게끔 받아 가지고 오라고 분부했다고 합니다. 민군은 원세개의 사저에서 지금 그 시를 쓰고 있는 중입니다."

"오오, 그래?"

최천중의 얼굴에 화색이 돌았다. 그리고 묻는 말이,

"그때의 그 시가 어떤 것이었지?"

소민이 뇌어 읊었다.

"'母'자에 관한 시는,

모자사주자母字似舟字

일견사주형一見斜舟形

만적인애하滿積因愛荷

여사불피경如斯不避傾,* 이란 것이었고,

'辛'자에 관한 시는,

신행자상사辛幸字相似

수연의판이雖然意判異

신가일획행辛加一劃幸

행감일획신幸減一劃辛,** 이란 것이었고,

'哭'자에 관한 시는,

비동곡여기比同哭與器

인자시명기人者是名器

명기취이약名器脆而弱

기훼생곡성器毁生哭聲,*** 이란 것이었습니다."

최천중이 누워 있던 자리에서 일어나 앉아,

---

* '어미모(母)란 글자는 배주(舟)란 글자를 닮았다. 얼핏 보니 비스듬한 배 모양으로
구나. 사랑[愛]의 짐을 가득 실었기에 이처럼 기울어질 수밖에 없었던가.'
** ''신(辛)'과 '행(幸)'의 글자는 서로 닮았지만 그 뜻은 전혀 다르다. 신(辛)에 한 획
을 더하면 행(幸)이 되고, 행(幸)에 한 획을 감하면 신(辛)이 된다.'
*** '곡(哭)이란 글자와 그릇기(器)자는 엇비슷하다. 한데, 사람은 명기(名器)와 같은
것이다. 명기는 취약하다. 그러니 그 명기가 깨질 땐 울음소리가 난다.'

"그때 들었을 땐 감탄만 하고 말았는데, 그렇게 지나쳐버릴 것이 아니었군. 원세개는 역시 인물이다. 글을 알 줄 알고, 감동할 줄 아는 것을 보니…. 나도 민군의 그 시를 액자로 만들어 내 방에 걸어두어야겠다."

며, 금세 병이 나은 사람의 기색으로 기뻐했다.

사실 그때를 계기로 건강을 되찾아 최천중은 병술년을 화창한 기분으로 맞이할 수 있게 되었던 것이다.

매화의 사연

梅花　事緣

병술년도 2월로 접어들었다.

원세개가 거처하고 있는 집 뜰에 매화꽃이 피었다.

문득 민하를 상기한 원세개는 조선 통사 김대용을 불렀다.

"민하 공을 빨리 모셔 오너라."

하고 명령했다.

민하가 나타나자, 원세개는 그리던 옛 친구를 오랜만에 만난 것처럼 반가워했다. 사실은 3일 전에도 두 사람은 만났던 것이다. 그무렵, 원세개의 민하에 대한 우정은 날로 깊어지고 있었다.

"매화가 피었소이다, 저기."

원세개가 유리창 너머로, 바로 오늘 아침에 핀 매화꽃을 가리켰다.

"춘신래성일타화春信來成一朶花*로군요."

무심결에 민하가 한 말이다.

---

* '봄소식(춘신)이 와서 한 떨기 꽃을 피웠다.'

"바로 그렇소. 춘신이 저 꽃을 만들었소이다."

하고 원세개가 무릎을 쳤다.

이윽고 소연이 준비되었다.

"당소의 공, 장광보 공도 불러라."

원세개가 용인*에게 일렀다.

당소의는 영문 번역관이고, 장광보는 일문 번역관이다.

기생이 셋 불려왔다. 옥란, 옥련, 옥숙으로 '옥'자를 공통으로 가진 이 세 기생은 장안에서 일류라고 하기보다 청인들의 총애를 특히 받는 아가씨들이었다. 옥란은 청곡淸曲을 잘 불렀고, 옥련은 명고수였고, 옥숙은 중국 춤, 조선 춤 할 것 없이 잘 추는 이름난 무희였다. 대연 아닌 소연엔 이 세 기생, 이름 하여 삼옥三玉이 시중을 드는 게 관례로 되어 있었다.

조선의 정사가 화제에 올랐다.

"일본 대리공사 다카히라[高平小五郎]가, 앞으로 그들의 공문을 일체 자기 나라 국문國文으로 써서 보내겠다고 김윤식 독판에게 통고해 왔다며?"

원세개가 장광보에게 물은 말이다.

"그렇다고 들었습니다."

"건방진 놈들."

원세개가 혀를 찼다.

"그렇게 하기로 수교조약 제3관에 결정되어 있습니다."

---

* 用人: 부리는 사람..

장광보의 대답이었다.

"정신 빠진 놈들이군, 조선의 대관들은. 그런데 조선이 일본에 보내는 공문은 어떻게 할 건고?"

"종전대로 한문을 쓰겠지요."

"그럴 일이야 없겠지만, 일본인들이 우리에게 보내는 공문을 그따위로 써 오면 절대 받질 말어. 당장 그 자리에서 반려해버려."

"예, 알겠습니다."

"일본인들 으스대는 꼴, 정말 목불인견이라."

해놓고, 원세개는 김대용을 향해 물었다.

"요즘 나라 안의 치안이 어떻다고 하던가?"

"충청도 음성현에 적도들이 창궐하고 있다고 합니다."

"확대할 위험이 있는가?"

"지금 포군砲軍을 동원하여 토벌하고 있는 중이라고 들었습니다."

"결국 조정에 대한 반란이지. 치안이 어디 이래서야… 조선 국왕 이희李熙란 자는 아무리 봐도 왕기王器가 아녀."

"김옥균이 일 병사 수천 명을 거느리고 처들어올 것이란 풍문이 항간에 돌고 있는 모양인데, 총리께선 어떻게 생각하고 계십니까?"

김대용이 물은 말이다.

"괜한 소리여."

하고, 원세개는 주일공사 서승조徐承祖로부터 소상한 내용을 연락받았다며 이런 말을 했다.

"김옥균은 수천 명을 거느리긴커녕 지금 거지꼴이 되어 있어. 일본인들은 참으로 의리가 없는 놈들이다. 거사가 성공했더라면 그

것을 미끼로 조선의 정사를 마음대로 할 작정이었는데, 거사가 실패한 지금에 와선 자기들은 전연 관련이 없는 양 시치밀 떼려는 거여. 같이 거사를 해놓고, 실패해서 도망칠 때 일본공사 다케조에[竹添]가 김옥균 일당을 배에 태우지도 않으려고 했다는 것 아닌가. 김옥균이 거사한 배후엔 고토[後藤象三郎] 같은 대관과 후쿠자와[福澤諭吉] 같은 거물이 있었다는 것을 번연히 아는데, 놈들은 아무 일도 없었던 것처럼 꾸미기 위해 김옥균을 따돌리고 있다는 얘기다. 김옥균은 지금 고도孤島에 가 있다지, 아마. 그런 사정인데 군사를 거느리고 온다니 말이나 되는 얘기인가?"

원세개가 다음 말을 이으려는 순간을 포착하여 민하가 한마디 끼였다.

"그 사건이 있은 지 햇수로 이 년입니다. 그런데도 김옥균의 연루자라고 하여 밀고만 하면 붙들어가서 서소문 형장에서 머리를 자릅니다. 어제도 몇 사람 죽은 모양입니다. 그 가운덴 죄 없는 사람도 많습니다. 김옥균의 아버지 김병대는 체포되어 옥살이를 하고, 어머니와 누이는 자살하고, 아우 김각균은 옥살이를 하고, 그 부인과 딸도 붙들려 죽었답니다. 그만했으면 보복이 되고도 남을 것인데, 아직도 연루자를 적발하려고 하니 참으로 딱합니다. 원 총리께서 이제 그 정도로 해두라고 임금에게 충고하시는 게 어떨는지요."

"민공, 그자가 어디 내 말을 들을 사람인가?"

"원 총리의 말씀인데 어찌…."

"말할 수 있는 것이 있고, 말할 수 없는 것이 있소. 하나, 민공의 모처럼의 이야기니 짬을 얻어 한번 충고를 해보리다. 그런데 민공,

잊지 마시오. 일본인들은 몰도의沒道義한 자들이오. 예컨대, 후쿠자와 같은 사람은 김옥균을 조종하여 조선을 자기들 손아귀에 넣으려고 하다가 안 되니까 일절 관계없는 것처럼 꾸미곤 뭐라더라? 탈아론脫亞論을 주장하고 있다니 한심스럽지 않소?"

"탈아론이란 게 뭡니까?"

"탈아론이란, 아세아를 벗어나 유럽과 한패거리가 되겠다는 주장이오. 장공이 한번 설명해보시오."

장광보가 침을 삼키고 목청을 가다듬었다. 그의 말에 의하면,

"후쿠자와는 이렇게 썼습니다. '이웃에 사는 사람 모두가 나쁜 놈들이면, 그 가운데 착한 사람이 하나쯤 끼여 있어도 휩쓸려 욕을 먹게 된다. 그런 상황이 국가적으로 나타나면, 일본은 외교상 적잖은 손해를 입게 된다. 이것이야말로 우리 일본의 불행이 아닐 수 없다. 그런 까닭에 오늘날 일본은 이웃 나라와 더불어 아세아를 일으킬 생각 같은 건 하지 말아야 한다. 오히려 그 테두리를 벗어나서 서양의 문명국들과 진퇴를 같이 해야 한다. 지나支那나 조선에 대해, 그들이 우리의 이웃 나라라고 해서 특별한 배려를 할 필요가 없다. 서양인이 그들을 대하는 것과 똑같이 대해야만 된다. 악우와 사귀면 악명을 얻는다. 나는 진심으로 동방의 악우들을 거절하는 바이다.'"

"들었는가, 민공? 중국과 조선이 나쁘다구? 쥐새끼 같은 놈들!"

원세개는 분개하는 기색을 감추려 하지 않았다.

그러자 당소의가 말했다.

"모처럼 매화꽃이 피었는데 불쾌한 사실을 따져 뭘 하겠습니까?

민공도 오시고 했으니 청담청유淸談淸遊로 나가는 것이 어떻겠습니까?"

"좋소."

원세개는 좌중에 술을 권하고, 민하에게 청했다.

"저 창 앞의 매화를 두고 시 한 수 지으시오."

민하는 유리창 너머로 매화꽃을 잠시 보고 있더니 붓을 들었다.

춘신절박소매화春信竊迫咲梅花

유각유향엄벽사唯覺幽香掩碧紗

방불미인안미성髣髴美人眼未醒

옥채화월화근사玉釵和月畵僅斜

원세개는 민하가 붓을 놓자, 중국말로 읊어보더니,

"과연, 민공은 조선의 이하李賀이시오. 자아, 이제 좋은 시를 얻었으니 가무를 즐깁시다."

하고 삼옥을 돌아보았다.

옥란이 처음엔 민하의 시를 창하고, 다음다음으로 옥성을 은반에 굴렸다. 그것을 옥련이 북으로 반주하니, 옥숙의 우아 현란한 춤으로 이어졌다.

도취한 듯 원세개가 감탄의 소리를 질렀다.

"분명 삼옥은 삼절三絶이로다. 일옥一玉은 가재절歌才絶이요, 일옥은 고재절鼓才絶이요, 일옥은 무재절舞才絶이로다."

"삼옥 삼절이라, 멋진 평언評言입니다. 그러고 보니 원 총리께선 평재절평才絶이십니다."

하는 당소의의 말이 더욱 기쁘게 했던 모양으로, 원세개는

"민공 어떻소. 춤출무舞자를 두고 시 한 수 지어보시면?"

하고, 춤추는 옥숙의 자태를 혹한 듯 바라보았다.

　사양할 민하가 아니다. 필현을 당겨놓고 하얀 종이 위에 써 내려

가길,

　　　무자사무舞字似無

　　　무직환상舞織幻像

　　　여순여류與瞬如流

　　　종내무화終乃無化

　　　무자사무無字似舞

　　　무심화무無心化舞

　　　무심무심舞心無心

　　　불이무무不二舞無

이것을 보더니, 원세개는 한번 쉬운 말로 풀이해보라고 했다.

민하의 풀이는 다음과 같았다.

"춤춘다는 '무'자는 없다는 '무'를 닮았다. 춤은 베 짜듯 환상을

짜선 순간순간 흐르듯 하여 종내는 무로 화한다.

　없다는 '무'자는 춤추는 '무'를 닮았다. 무심이 곧 춤으로 화하니,

춤추는 마음은 곧 무심이로다. 원래 춤과 무는 둘이 아니다."

원세개가 손뼉을 쳤다.

"참으로 기가 막히오!"

당소의도 탄성을 올렸다.

장광보는 눈부신 듯 민하의 얼굴을 보고만 있었다.

"춘소일각치천금春宵一刻值千金*이라더니, 금소今宵**의 일각은 치천만금이다."

원세개가 단숨에 술잔을 들이켰다.

좌중이 침착을 되찾았을 때, 원세개가 말했다.

"내가 자주 상종하는 까닭에 알거니와, 민공은 시재만이 아니라 논재論才도 대단하고, 학식 또한 풍부하여 능히 장차 재상이 될 재목인데, 왜 과거를 보려 하지 않소?"

"제 나이 아직 20세인걸요."

"나이가 문제되는 것이 아니지 않소? 다음에 과거의 기회가 있으면 꼭 응시하시오. 내 국왕 이희에게 특별히 말해두겠소. 민공의 재력***이면 외인이 용훼할 필요가 없겠지만, 요즘 조선의 과거엔 비리가 판을 친다고 들었기 때문에 하는 소리요."

"저는 벼슬엔 관심이 없사옵니다."

"재주 높은 사람은 벼슬을 마다할 수도 있지요. 그러나 사람은 자기의 능력에 따라 나라를 위하는 게 도리가 아니겠소? 보다도, 나는 민공이 조선의 대각臺閣에 있기를 바라오. 민공의 나이 지금

---

* '봄밤의 한순간은 천금의 값어치가 있다.'
** 오늘 밤.
*** 才力: 재주와 능력.

20세, 내 나이는 27세요. 앞으로 우린 오랜 세월을 두고 상종할 수가 있소. 그러니 한번 생각해보시오. 나는 중국의 대신으로 있고, 민공은 조선의 대신으로 있으며 상부상조하면, 피차의 나라를 위해 이익되는 바가 크지 않겠소? 민공이 과거에 응하여 조선의 정사에 참여하게 된다면, 이 원세개, 미력이나마 견마지로를 사양하지 않겠소."

거만하고 도도하기로 유명한 원세개의 입에서 '견마지로'라는 말이 나왔다고 하면, 그로써 그의 민하에 대한 충정을 알 수가 있다.

그래도 민하의 대답이 없자, 원세개는 다시 권했다.

"꼭 과거에 응하도록 하시오."

민하의 마음은 복잡했다. 솔직하게 감정을 피력할 수 있다면, 이같이 썩어가는 나라에서 벼슬을 한들 스스로를 더럽힐 뿐이지 무슨 보람이 있겠느냐고 말했을 것이지만, 외국인 앞에서 차마 그런 말을 할 순 없었다. 그 대신,

"저는 과거를 보지 못할 신분의 사람입니다."

라고 털어놓았다.

"그 무슨 말씀이오?"

원세개가 놀라 물었다.

부득이 민하는 출생의 비밀을 밝혔다.

"그럴 수가…!"

탄식을 섞으며 원세개가 말했다.

"대재大才가 그런 수모 속에서 어떻게 살겠소?"

하고 술을 권하고, 삼옥들을 돌아보며 가무를 명했다.

그런데 뭔가 생각한 바 있는 모양으로, 원세개는 술잔을 드는 척만 했지 마시진 않았다.

연회가 파했을 때, 원세개는 다른 사람은 모두 돌려보내고 민하만을 자기의 거실로 데리고 갔다.

청록의 장막이 벽 한쪽에 드리워지고 서벽에 반월창半月窓이 나있는 원세개의 거실엔 느껴질 듯 말 듯한 향기가 서려 있었다.

둥근 탁자의 한쪽 자리에 민하를 앉히고, 용인用人을 불러 차를 가져오게 했다.

차를 갖다놓곤 용인이 물러가길 기다려, 원세개는

"이 차는 곤륜산에서 자란 차라고 해서 곤륜차라고 하오. 술을 깨게 하되 기분 좋게 깨게 하는 특효가 있는 차이니, 한번 음미해 보시오."

하고 민하에게 권하고, 자기도 찻잔을 들었다.

한 모금 마셔보고 민하는, 방안에 서려 있는 향기가 바로 그 차에서 나는 향기란 것을 알았다. 차의 향기가 방에 서려 있을 만큼 원세개는 그 차를 애용하는가 보았다.

침묵이 길었기 때문에, 민하가 먼저 입을 열었다.

"총리께선 이 차를 좋아하시는 모양이십니다."

"그걸 어떻게 아시오?"

"방안에 이 향기가 미만*해 있으니까요."

---

* 彌滿/彌漫: 가득 차서 그들먹함.

"방안의 향기가 이 차의 향기란 것을 아시는 걸 보니, 민공은 차를 마실 줄 아는 분으로 보이오."

"우연이지요."

"우연일 순 없지. 이 차의 향기는 그야말로 담담여애淡淡如靄**라고 되어 있으니까요."

"이 차를 좋아하시는 이유가 있습니까?"

"곤륜산에서 나는 차니까 좋아할 뿐이오. 무릇, 나무나 물은 그것이 나는 곳의 정기를 띠고 있는 것 아니겠소? 곤륜산의 정기를 마시고 있다는 건 과히 나쁜 기분이 아니지요."

하며 웃곤, 원세개는 돌연 정색을 했다.

"민공."

"예."

"오늘 밤 민공은 큰 실수를 했소. 아니, 내가 실수를 했는지 모르지."

그 말뜻을 이해할 수 없어, 민하는 멍청하게 원세개의 얼굴을 보았다.

"자기 출생에 관한 이야기는 그런 자리에서 예사로 하는 것이 아니외다."

원세개의 말은 나직했다.

그러곤 말을 이었다.

"자중한다는 말이 있지 않소. 자중의 처음은 그런 비밀을 공개하지 않는 것으로부터 비롯되오. 내 권고를 사양하려면 얼마든지 이

** 그윽하기가 아지랑이 같음.

유를 들먹일 수 있지 않겠소. 그런데 하필이면 그런 말씀을…."

원세개가 하고자 하는 말을 민하는 너무나 잘 알 수 있었다.

"다름이 아니오라 총리께서 견마지로도 사양치 않겠다는 말씀이 계셨기에 황공한 나머지 실토해버린 것입니다. 뿐만 아니라 저는 저의 출생을 세상이 생각하고 있는 것처럼 부끄러운 사실이라곤 생각하지 않습니다. 저의 운명으로서 순순히 긍정하고 있으니까요."

"나는 민공을 탓하는 것이 아니오. 그저 아쉬워할 뿐이오."

하고, 원세개는 팔짱을 끼고 생각에 잠기는 눈치였다.

민하도 생각에 잠겼다. 원세개의 의중을 짐작해보려는 것이다. 언젠가 당소의로부터 들은 얘기, 소민을 통해 들은 얘기를 종합해서 미루어 판단하면, 원세개는 입신출세를 위해선 수단 방법을 가리지 않는 권모와 술수만으로 되어 있는 인물이다. 대의와 명분마저도 자기의 이해에 비추어 취사선택하는 사람으로서 정에 치우칠 경우가 만무할 것이다. 그런 사람이 민하에게만은 예외적인 행동을 취한다는 것이 한편 고맙기도 하면서 거북하기도 했다.

이윽고, 원세개가 침묵을 깼다.

"민공."

"예."

"청국인이 되실 생각이 없소?"

"…."

"내 모든 절차를 다 갖출 것이니, 청국인이 되시오."

"…."

"내 친척이나 외척, 또는 처족妻族 가운데 적당한 사람을 골라 양자로 들어가면, 아니, 양자가 아니라 실자實子로서 입적할 수 있을 것이니, 그렇게 되면 청국인이 되는 것이오. 그렇다고 해서 입적한 그 집의 가족과 같이 살아야 된다는 그런 것도 아니오. 민적에 올린다는 얘길 뿐이오. 민공이 청국인이 되면, 넓은 청국이 민공의 천지가 되는 것이오. 청국에 가서 수삼 년 공부하면, 민공은 수월하게 과거에 합격할 것이오. 나는 과거를 치르지 않고 관도에 오른 사람이지만, 민공이 청국에서 출세하려면 과거를 통하는 게 편리할 것이고, 민공의 재능으로 과거 같은 건 문제도 안 될 것 아니겠소?"

민하는 듣고만 있을 수밖에 없었다. 원세개는 구체적인 설명을 세밀하게 말하고 나서,

"민공과 같은 대재가 이 좁은 나라에서, 그것도 수모를 당해가며 살아야 할 까닭이 없지 않소."

하고, 민하의 결심을 촉구했다.

그 간절한 제안에 대한 예의로서도 시간의 여유를 두고 생각해 본 뒤에 대답하겠노라고 해야 하는 것이지만, 민하의 성격이 그걸 용인하지 않았다.

"총리의 말씀 고맙기 한량없사오나 저로선 불가능한 일이옵니다."

민하는 잘라 말했다.

"어째서 불가능하단 말이오?"

"조선 사람은 조선 사람으로 살아야지요. 조선 사람이 어떻게 청국인이 될 수 있겠습니까? 그것은 천리에 어긋나는 일입니다."

"민공답지 않은 소리. 따지고 보면, 청인이나 한인漢人이나 호족胡族이나 조선인은 동종同種이오. 어쩌다가 출생한 토지에 따라 이

렇게 저렇게 나눠진 것뿐이오. 게다가, 많은 조선인이 청인으로 화해 있고, 많은 한인, 청인이 조선인으로 화해 있소. 지금 조선의 국왕인 이희의 선조는 여진족 아니오? 내가 알기론, 임진란 직후 이곳에 토착한 명인明人, 즉 한인漢人의 수도 많았다고 하오. 그런 것에 구애될 것은 조금도 없소. 천리를 들먹인다면, 조선인이 청인이 될 수도 있고 청인이 조선인이 될 수도 있다는 것이 천리요. 지금 청국엔 한속이 있고, 만주족이 있고, 몽고족이 있고, 그 밖에 많은 민족이 있소. 그러나 청인이라고 하는 덴 하등의 차별이 없소. 그런 문제에 구애될 것 없이 결심을 하시오."

"그러나 사람에겐 정이란 것이 있지 않겠습니까? 저는 정에 있어서 이 나라를 저버릴 수가 없습니다. 뿐만 아니라 이 나라의 국법으론 제가 청국으로 출분*한다면 대죄인이 됩니다. 전 이 나라에 대죄를 지으면서까지 청인이 될 생각은 없습니다."

원세개는 다시 생각에 잠겼다.

묵연히 팔짱을 끼고 천장의 일각에 시선을 쏟고 있었다.

그 침묵이 하도 길어, 이번엔 민하가 먼저 입을 열었다.

"총리께서 제 장래를 그처럼 염려해주신다면, 제게 청이 하나 있습니다."

"뭔가 말해보시오."

"이 나라의 장래를 위해 애쓰시는 분을 우리는 모시고 있습니다. 전번 여기 붙들려 온 청년들이 모두 그런 청년들입니다. 동지의 수

---

* 出奔: 도피하여 달아남.

는 아마 천 명을 넘지 않을까 하며, 일단 거사한다고 하면 만 명은 그 어른의 명령일하에 모여들 것입니다. 그러나 앞으로 어떻게 하겠다는 것은 아직 정하지 않고 있습니다. 그 선생님은 결단코 일본의 편이 되지도 않을 것이고, 황차 아라사의 편도 되지 않을 것이고, 그 밖에 어떤 나라의 편도 되지 않고, 오직 이 나라가 자주적으로 잘되기만을 바라는 분입니다. 힘을 빌릴 수 있다면, 오직 청국이겠지요. 그분이 만일 거사를 하면, 총리께서 도와주셔야겠다는 소원입니다."

"무슨 결사 같은 것인가?"

원세개가 뚜벅 물었다.

"그런 것이라고 할 수 있습니다."

"이름이 뭔가?"

"아직 이름이 없습니다."

"조정에 반대하는 결사인가?"

"현재 반대는 않지만…."

"언젠간 반대한다는 것 아닌가?"

원세개의 태도가 삼엄하게 변했다.

민하는 아차 하는 기분이 되었다. 상대방의 호의를 지나치게 믿은 것이 아닌가 하고 후회했다.

"아직까지 조정에 반대하는 일은 하지 않았고 앞으로도 그러진 않을 것입니다."

하고 민하는 얼른 말을 보탰다.

"조정에 반대하는 결사를 내가 도울 순 없소. 그러나 민공이 가담하고 있는 결사라면, 경위를 보아가며 해가 되도록은 안 할 터이니, 그 결사의 목적과 성격을 소상하게 말하시오."

"아직은 그런 단계가 아니라고 봅니다."

"민공은 그 결사에 어느 정도로 관여하고 있소?"

"관여하고 있진 않습니다. 그분의 양자라고 할 수 있는 사람과 막역한 친교를 맺고 있다는 정도입니다."

"그 양자라는 청년도 거빈의 사건에 관련이 있었소?"

"있었습니다."

"이곳에 왔었소?"

"왔었습니다."

"이름은?"

"왕문이라고 합니다."

"음, 왕문."

원세개는 단번에 기억해낸 모양으로,

"그 준수한 용모를 가진 청년이 왕문이지요?"

하고 물었다.

"그렇습니다."

원세개는 잠깐 생각하는 눈치더니,

"난세에 결사는 있을 법한 일이고, 지금 조선엔 수많은 결사가 있을 것으로 아오. 그러나 짐작하기론 모두 위험한 집단이오. 무엇을 하자는 것인지, 모인 사람들이 어떤 부류인지 알지도 못하고 이런 소릴 하는 것은 심히 외람되지만, 그런 결사에 속하지 않는 것이 속하는 것보다 나을 것이오. 분명히 말해둡니다만, 지금의 조정에 반대할 목적의 결사면 안 된다는 것을 알아두시오. 좋으나 궂으나 청군은 이 조정을 지키기 위해 파견되어 있소. 조정에 반대할 결사면, 청국을 상대로 이겨야 할 터인데, 그게 가능하겠소?"

하고 다시 이런 말을 했다.

"민공, 그런 결사에 상관 말고 청국으로 가시오."

민하가 잠자코 있자, 원세개가 물었다.

"민공은 역경易經을 읽었소?"

"읽었습니다."

"그럼 혹시 '대인호변大人虎變'이란 문자를 기억하시오?"

"기억합니다. 대인호변, 군자표변君子豹變, 소인혁면小人革面*으로 되어 있는 것 아닙니까?"

"주역을 잘 읽으셨군. 나도 몇 번인가 과거를 본답시고 역경을 읽었는데, 겨우 기억하고 있는 것이 그 대목이오."

"대인호변이 어떻다는 겁니까?"

"호랑이의 털이 매년 새롭게 아름답게 변하듯 대인은 변해야 될 것 아니오? 그렇게 변해야만 대인이 될 게 아니오? 민공은 대인의 그릇이오. 그러니까 호변虎變해야 합니다. 민공이 청인이 되면, 바로 그게 호변이오. 역경의 참뜻, 즉 대인호변의 뜻을 민공을 보고서야 깨달은 것 같소이다."

"전 군자표변 정도면 만족하겠습니다."

---

* 대인호변, 군자표변, 소인혁면: 대인은 범처럼 변하고, 군자는 표범처럼 변하나, 소인은 얼굴빛만 고칠 뿐이다.

"보통 사람이면 표변할 수만 있어도 대단하지. 표범의 털도 보통 아름다운 것이 아니니까. 그러나 민공은 대인이오. 호랑이 털처럼 아름답게 변해야지요."

"기껏 소인혁면이 고작일 저를 보고 너무하신 말씀입니다."

"아니오, 그런 게 아니오. 민공을 꼭 청국으로 데려가서 대인호변의 본보기로 해야겠소."

원세개의 본심은 천재 민하를 청국으로 데려가서 북양대신 이홍장 앞에 자랑하고, 그리하여 이홍장으로부터

'원세개는 단순한 무골이 아니라 인재를 발굴하는 문덕文德이 있는 놈이로군.'

하는 칭찬을 듣고 싶었던 것이다.

민하는 최천중의 포부를 살리기 위해서도 원세개의 권유를 심하게 거절할 수 없다고 생각하고,

"신중히 고려해보겠습니다."

라는 대답을 안 할 수가 없었다.

밤이 늦었으니 하직하겠다고 하자, 원세개는 경호병을 불러 민하를 집에까지 잘 모시라고 이르고, 아까의 태도와는 달리,

"민공이 관련하고 있는 그 결사가 정당한 목적과 순량한 사람들로 이루어진 것이라면 은근한 방법으로 돕겠소."

라고 나직이 말했다.

조선의 조정을 돕는다는 것은 그냥 내세운 명분일 뿐이고, 본심을 말하면 이홍장의 마음에 들게 조선을 요리하는 것이 원세개의 목적이었다. 그러니 강력한 비밀결사 하나쯤 끼고 있어서 나쁠 것

이 없었다. 우선, 정보를 얻어내는 데도 편리할 것이다. 원세개는 나이 26세에 조선에 주차한 총리가 되어 있는 스스로의 현재를 돌아보고, 창창한 앞날을 굽어보는 마음으로 중국 대륙을 향해 뻗은 하늘의 찬란한 성두星斗를 우러르며 회심의 웃음을 웃었다.

밤은 이경과 삼경 사이에서 고요했다.

민하는 청병의 호위를 받으며 양생방으로 걸어가고 있었다. 양생방에서 최천중이 기다리고 있을 것이다. 그날, 민하는 양생방에서 원세개의 연락을 받았는데, 청공서淸公署로 가려는 민하에게 최천중이, 아무리 밤이 늦어도 돌아가는 길에 양생방에 들르라는 분부를 내렸던 것이다.

기다리고 있었던 모양으로 바깥에 발소리가 있자 대문이 열렸다.

"이제 오십니까?"

하고 문지기가

"어른께선 안사랑에 계십니다."

했다.

방방의 불이 꺼진 바깥사랑 뒤를 돌았다. 안사랑 큰방에 불이 켜져 있어 장지문이 환했다.

민하가 축담에 섰을 때 장지문이 열렸다. 곽선우의 얼굴이 나타났다.

"빨리 올라오게."

곽선우의 말에 민하는 대청으로 올라, 열린 장지문 안으로 들어갔다.

비스듬히 보료 위의 완상腕床에 기대 있던 최천중이 자세를 고쳐 앉았다.

"꽤나 늦었군."

"원 총리가 자꾸만 말을 시키는 바람에 늦게 되었습니다."

하고 민하가 조아렸다.

"편히 앉게. 그런데 시장하진 않은가?"

최천중의 자상한 말이었다.

"그곳에서 실컷 먹었습니다."

"그래도…."

최천중은 내당 쪽의 창을 열고 야찬을 내오라고 일렀다. 그리고 민하에게 말했다.

"청관淸館에서 있었던 일을 소상하게 말해보게."

민하는 그날 밤의 일을 그림을 그리듯 소상하게 아뢨다.

민하의 긴 얘기가 끝나자, 최천중은

"그자도 인재에 대한 욕심이 있을 수 있으니 자네를 지우*하는 태도는 당연하다 할 수 있겠으나, 약간 지나치다는 생각이 들지 않는가?"

고 물었다.

"지나치다고 생각합니다."

"들리는 말만으로도 그자는 홀으로** 볼 인간이 아니다. 그런 자

---

*   知遇: 인격이나 재능을 알고 잘 대우함.
** 대수롭지 않게.

62

가 지나치리만큼 자넬 잘 대접할 땐, 뭔가 저의가 있지 않겠는가?"

"저도 그렇게 생각합니다."

"그 저의가 뭘까?"

"그건 저도 알 수가 없습니다."

"청국인이 되라고까지 하고, 자기의 동족으로 입적까지 시키겠다고 한다면, 이건 이만저만한 집심執心이 아니거든. 왠지 위태위태한 생각이 드는구나."

"그러나 선생님, 우리의 포부를 펴려면 그자를 이용할밖엔 달리 도리가 없는 것이 아니옵니까?"

"그자를 이용한다?"

최천중은 허허 웃었다.

"언젠가 원세개를 보았는데, 내 멀찌감치서 그자의 관상을 보았다. 미상불 일세의 효웅이라고 짚었다. 그러나 박덕薄德이 엷은 사포紗布처럼 그를 감싸고 있어. 그자는 남을 이용할 줄은 알아도 남에게 이용당할 줄은 모르는 사람이네."

이때, 곽선우가 한마디 끼웠다.

"이용할 생각만 하고 이용당할 생각이 없다는 거기에 묘미가 있는 거요. 그걸 알고 처신하면 뜻밖의 이득을 볼 수가 있지."

"이 사람이 최근 육도삼략을 읽더니만, 별난 말을 다 할 줄 아시네그려."

하고 최천중이 웃었다.

"민군의 말이 옳지 않은가? 우리가 포부를 펴볼 마음이라면, 그자를 이용할 수밖에 없느니."

하고, 곽선우는 원세개에 대한 인물론을 전개했다.

"종로 대가大街에서 있었던 일인데, 청주민란을 일으킨 주모자의 한 사람인 이경순의 아버지 이치욱을 참형할 때의 일이다. 형리가 막 칼을 쳐들려고 하는데, 원세개가 뛰어든 거야. 말을 타고 지나가다가 그 광경을 보고 괜히 기분이 동한 거지. 원세개는 형리를 보고 칼을 내놓으라고 했다. 형리가 보니 상대가 원세개라, 어떻게 거역해. 칼을 받아든 원세개는 간발을 두지 않고 죄인의 목을 일도一刀에 쳐버리곤, 득의만면하여 군중들을 둘러보며 씨익 웃었다는 얘기다. 세상에 그런 철딱서니 없는 짓이 어딨겠나? 대국에서 온 감국監國*의 신분으로 형장에 뛰어들어, 형리의 역할을 대신해보는 그런 장난이 있을 수 있는가 말여. 그런가 하면, 원세개는 이런 엉뚱한 짓도 했다. 갑신정변으로 죽은 사람들은 모두 친청파 아니었던가? 그러니 원세개와 친분이 있었겠지. 친분이 있었으니, 그 희생자들의 유족들에게 물질적인 동정을 해야겠다고 생각한 모양이지. 원세개는 군비를 뚝 잘라서 유족들에게 나눠주었다. 군비란 군대를 유지하기 위한 이외의 용도엔 절대 써선 안 되게 되어 있다. 원세개의 요량으론 후일 상부에 보고하여 그 목적으로 받아낸 돈으로 군비를 메우려 했던 모양인데, 재빨리 오조유吳兆有가 이홍장에게 보고해버렸다. 이홍장으로부터 엄한 지시가 왔다. 사사롭게 빌린 돈은 개인적으로 갚으라고…. 그래, 원세개는 중국에 있는 자기 재산을 처분해서 그 돈을 갚았다고 하더라. 먼저 얘기나 이 얘기나

---

* 천자의 권한을 일시적으로 대행하는 기관.

엉뚱한 짓을 했다는 건 비슷하지만, 한 짓의 성격은 다르지 않은가. 기분파이면서도 세심하고, 가혹하면서도 인정적인 데가 있고, 무식하면서도 눈치가 빠르고, 거만하면서도 훌륭한 사람을 알아볼 줄 알고, 권모술수로써 만들어진 사람인데도 어쩌면 의기意氣에 감感하여 수화불사水火不辭하기도 하는, 난세에 영웅일 수도 역적일 수도 있는 묘한 인물이다. 그러니까 이용할 만하다 이거요. 민군, 내가 본 게 어떤가?"

"그럴듯합니다. 물론 저의 어린 소견이니까 그렇겠습니다만, 간단하게 평할 수 없는, 걷잡을 수 없는 수수께끼 같은 인물입니다, 원총리는."

"원세개 주변에 쓸 만한 인물이 있던가?"

곽선우가 물었다.

"당소의란 사람이 있습니다. 이 사람은 중국 남쪽 광동 사람으로 뛰어난 재질을 가지고 있습니다. 학문도 제대로 하였고, 미국에 가서 컬럼비아대학을 나와 영미의 말을 유창하게 하는 만큼, 세계의 정세에 통달하고 있는 사람이죠. 이홍장의 총애를 받는 모양으로 원 총리를 대하는 태도가 당당합니다. 나이는 원 총리보다 세 살인가 아래죠. 정면에서 원 총리에게 충고하는 사람은 당소의 하나뿐입니다."

"원세개가 그 당소의란 사람의 충고를 잘 듣는가?"

"대강 듣는 것 같아요."

"충고하면 원세개가 불쾌한 얼굴을 하지 않나?"

"불쾌한 얼굴을 하다뇨? 원 총리는 당소의가 무슨 말을 하면, 총명한 아우가 형에게 어리광을 부리는 것처럼 즐겨 듣고 반기고 그 럽니다."

반쯤 눈을 감고 곽선우와 민하의 응수를 듣고 있던 최천중이 돌연,

"그렇다면 원세개는 대인이군."

했다. 민하가

"말씀을 듣고 보니 원 총리는 대인인 듯싶습니다. 누가 주위에 있건 없건 무슨 의문이 생기면 원 총리는 서슴없이 당소의에게 묻 습니다. 그럴 때의 원 총리의 태도는 스승을 대하는 순진한 아이처 럼 됩니다. 묻고 묻고 또 물어 자꾸만 묻는 바람에 당소의가 비명 을 올릴 때가 있습니다. '총리, 그만해두시라구요'라고."

하고 설명을 보태자, 최천중은

"대인이다. 분명히 대인이다."

하고 고개를 끄덕였다.

"그런데 민군."

곽선우가 빙그레 웃음을 띠고 물었다.

"요즘 원세개는 백씨白氏와 민씨閔氏 가운데 어느 편을 더 좋아 하는가?"

"그런 것까지 제가 어찌 알 수 있겠습니까?"

하고 민하는 웃음을 머금었다.

원세개는 본국에서 데리고 온 부인 심씨沈氏 외에 백씨와 민씨, 두 조선 여성을 소실로서 거느리고 있었다.

백씨는 민란의 책임을 지고 유배된 지방 수령 백모의 딸인데, 그 재색이 일시 한양의 화제가 되었다. 아버지를 구하기 위해 심청의

심정으로 사람을 중간에 넣어 원세개의 소실이 되었다고 한다. 살이 좀 찐 것이 약간의 흠이었으나, 원세개는 그 점을 더욱 좋아했던 모양으로,

"내 조선에 와서 양귀비의 화신을 만날 줄 어떻게 알았겠느냐?"
며 감탄했다는 것이다.

민란을 야기할 만큼 탐욕스러운 아버지의 핏줄을 타고난 탓인지, 원래 정치적인 목적으로 소실이 된 때문인지, 백씨는 정치적으로 능란하고 원세개의 권세를 업고 재산을 탐하는 게 지나치다는 풍문이 나돌고 있었다.

한편, 민씨는 당소의의 소개로 원세개의 소실이 된 여자다. 일찍이 당소의가 사귄 조선인 가운데 민씨 성을 가진 선비가 있었다. 그 민씨는 세도하는 민씨완 별종別種이었다. 그러나 민씨이기 때문에 항상 신변의 위험을 느껴야만 했다. 그 선비의 누이동생이 곧 원세개의 소실이 된 민씨이다. 당초 당소의가 민씨에게 생각이 있었는데, 당소의에겐 벌써 애인이 4, 5인이나 있었다. 그래서 원세개에게 생색을 낼 수 있었던 것이다.

민씨는 문자 그대로 청초한 여인이었다. 정치적인 사고방식이란 실오라기 한 줄만큼도 없었다. 춘풍추우春風秋雨에 민감하고 화조풍월花鳥風月에 눈물짓는 다정다감한 여자일 뿐이었다.

민하의 얘기를 듣자, 최천중이
"그 사람, 염복艶福 또한 대단하군."
하고 감탄했다.

"최공, 영웅이 한번 되어보소. 염복은 구름에 비 따르듯 하는 거요."

하며 곽선우가 웃었다.

"그러나 그렇게만 되는 게 아녀."

최천중이 여자 때문에 고생한 옛날 영웅들 몇을 들먹였다.

"제 소견으로도…."

하고 민하가 의견을 말했다.

"원 총리는 본국에 우씨于氏라는 본부인을 두고 있습니다. 그런데 우씨는 집을 지키겠다고 심씨라는 측실을 조선에 동행케 했습니다. 그러니 심씨는 조선에 있어선 원 총리의 정부인이 되는 겁니다. 당소의로부터 들은 얘기론, 측실 심씨는 본실 우씨를 상전 받들 듯하고, 우씨는 심씨를 자기의 분신인 양 여기고 있다니, 남자로서 이 이상의 행운이 어디에 있겠습니까. 그런데다 화려무쌍華麗無雙한 백씨와 청초무비淸楚無比한 민씨를 거느리고 있는데도 무질무투無嫉無妬하니 이야말로 염복무상艶福無上이라고 할 수 있지 않겠습니까?"

"어때, 민군. 그대로를 시로 지어 원세개에게 선사하면…?"

곽선우가 한 소리다.

민하의 얼굴에 불쾌한 기색이 돌았다.

"나는 그런 아첨할 생각 없습니다."

"곽공이 실수를 했군."

최천중이 넌지시 말하고,

"우린 원세개를 어떻게 이용해야 할 것인가를 생각해보자."

고 했다.

민하에겐 당장 이렇다 할 묘책이 없었다.

"우리의 태세가 어느 정도 준비되고 나서야 그자를 이용할 방도를 생각할 수 있을 것 아닌가?"

곽선우의 말이었다.

"아냐, 우리의 태세를 준비하기 전부터 그자를 이용할 방도를 강구해야 해."

이렇게 말하는 최천중의 의중엔 원세개를 이용하여 돈을 벌 수 있도록 해야겠다는 계략이 있었다. 그러나 그것은 계략이라고 하기보다 공상이었다.

돈만 벌 수 있다면 여타의 포부는 전부 보류해도 좋았다. 삼전도 계원 전부가 잘살 수 있다면 나라 안에 나라를 만들어 살아도 무관한 노릇이 아닌가.

최천중이 이런 생각을 하게 된 것은 황봉련의 태도가 바뀐 데 원인이 있었다. 황봉련은 눈 내리는 날의 폭탄적 제의에 이어 천하를 장악해야겠다는 최천중의 포부에 계속 물을 끼었었다.

— 천하는 바깥에 있는 것이 아니라 마음속에 있다.

— 천하를 잡으려 말고, 이미 잡혀져 있는 동지들을 결속해서 우리만의 천하를 만들면 될 것이 아닌가?

— 그 하나의 예가 동학이다. 그들은 나라 안에 나라를 이미 만들고 있지 않은가. 그러나 그들은 너무 가난해서 나라의 구실을 못한다. 당신은 재물을 모아 그들을 잘살게 하고, 잘살게 된 그들의 힘으로 재물을 불려, 도道로써 그들과 일치하고, 재물로써 그들과 일체가 되면, 그로써 당신은 천하를 갖게 되는 것이 아닌가. 조정에 여우가 앉아 있건 너구리가 앉아 있건 상관할 바 아니다. 거지 동

냥 주듯 그들에게 세금 내고 우리의 화합만 도모하면 될 것이 아닌가?

황봉련의 말을 요약하면 대강 이와 같이 되는데, 처음엔 맹렬히 반발했던 최천중이, 어느덧 그 사상을 마음속에 가꾸게 된 것이다.

이를테면 부, 즉 재물로써 천하를 지배하자는 것이다. 그 재물의 본거를 장악한 자, 그자가 바로 왕이며 황제일 것 아닌가.

최천중이 장고 끝에 입을 열었다.

"민하야, 원세개가 자네를 좋아하는 건 진심인 것 같다. 그리고 그자의 관상으로 보아, 그자에겐 당분간 창창한 앞날이 있을 것 같다. 그자를 놓치지 말자. 구체적인 계획을 지금 세울 수야 없지만, 이것만은 다짐해두자. 돈만 있으면 정권에 버금가는 위력을 행사할 수 있다. 재력으로 권력을 살 수도 있다. 이 땅덩어리의 반을 가지면, 아니 삼분의 일만 가져도 우리는 이 나라를 지배할 수 있다. 왕도락토王道樂土를 우리 손으로 만들 수가 있다. 요컨대, 지금은 재물을 모으는 게 중요한 일이다. 희망도 포부도 재물을 모은 후에 논하기로 하자. 하나, 자네가 왕문이나 강원수나 연치성의 재물에 상관할 바는 없다. 그것은 나와 여기 있는 곽공, 박종태 등이 맡아 할 일이다. 자넨 원세개와의 교의交誼에만 관심을 쓰고, 시문을 즐기기만 하면 된다…."

돈!

최천중이 비상한 각오를 하게 된 것이다.

흥산계

興産契

바야흐로 성하盛夏.

창경궁의 뜰엔 꽃이 만발했다. 국내의 꽃은 물론이고, 중국의 꽃
도 있었고, 멀리 서양에서 가지고 온 꽃도 있었다.

궁중 궁외의 일로 시달리는 민비의 마음을 달래주는 것이 이러
한 꽃들이었다. 그러니 화원을 거니는 것이 그녀의 다시없는 행락
이었다. 꽃 가운데서도 민비는 특히 작약을 좋아했다. 그 농염한 자
태가 자기를 닮았기 때문인지 모른다.

작약이 가장 아름다운 곳이 낙선당 앞뜰이다. 민비는 화원을 한
바퀴 돈 후에, 낙선당의 대청에 걸상을 마련케 하여 잠시 시름을
잊고 있었다.

이때, 나인 하나가 중문으로 들어와 무릎을 꿇고 아뢨다.

“마마, 회현동께서 오셨습니다.”

“이리로 모시어라.”

회현동이란 황봉련을 궁중에서 부르는 이름이다. 집이 회현동에

있었기 때문에 그렇게 된 것이다.

황봉련이 나타나 궐하에서 큰절을 했다.

"부르심을 받고 왔사옵니다."

"이리로 올라오게."

민비는 반갑다는 듯 얼굴에 웃음을 띠었다.

황봉련이 대청으로 올라서자,

"작약꽃이 하두 아름답기로 내 회현동올 불렀소."

하는 민비의 말이 있었다.

"황공하옵니다."

"꽃이 저렇게 아름다운데, 왜 인간사는 이처럼 어지로울꼬."

탄식이 섞인 민비의 말이었다.

"성은을 지각하지 못하는 부류가 있기 때문이 아니겠습니까?"

"글쎄, 그것이 한이오. 내 마음을 회현동은 알 것이오. 나는 잠시도 백성을 잊은 일이 없소. 나의 염원은 오직 백성의 안녕이요, 사직의 안태이오. 주상께서도 나와 똑같소. 그런데 어찌 그것을 지각하지 못하는 백성들이 있단 말이오."

황봉련은 심중에 '흥' 하는 비웃음이 없지 않았지만, 그런 내색을 할 까닭이 없다.

"초조하게 생각하시질 마사이다. 십 년 안으로 국태민안하여 만백성이 골고루 성은에 감읍하게 될 것입니다."

"그런가? 그런 조짐이 보였는가?"

하고 민비의 얼굴이 활짝 밝아졌다. 그러곤,

"우리 저쪽으로 가세."

하고 일어서서 대조전 쪽으로 발을 옮겼다.

이 무렵 민비를 지탱하고 있는 정신적 지주는 오직 점술가 황봉련이었다. 임오군란 직후 믿고 있던 신령군神靈君 신씨申氏가 갑신정변 후 실총失寵*한 연후엔 황봉련만을 믿게 되었다.

신령군은 만사를 주문으로 풀이하려고 하고 그 행동거지에 이해할 수 없는 기행이 많았는데, 황봉련의 행동거지는 어디까지나 논리적이었다. 무식한 신령군은 그 무식을 주문으로써 은폐하려고 했지만, 역경易經을 비롯하여 경서經書에 밝은 황봉련은 정연한 이로理路로써 사태를 풀이했기 때문에, 특히 그 점이 민비를 사로잡은 것이다.

황봉련의 또 하나의 특징은 절대로 인사人事에 간섭하지 않는 점이었다. 민비가 가끔,

"그 사람을 영의정으로 올렸으면 하는데…"

하고 의논하면, 황봉련은

"인물의 경중輕重을 아시는 데 마마를 따를 사람이 있사오리까. 그리고 벼슬을 능력만으로 취할 순 없습니다. 충성이 제일입니다. 열의 능력이 있어도 충성이 모자라는 사람은 결코 주상 전하께 이로울 것이 못 되고, 능력은 모자라도 충성이 지극한 사람은 주상 전하께 이로움이 됩니다. 능력은 딴 사람의 힘을 빌려 보충할 수 있어도 충성은 보충할 수가 없습니다. 그러하오니 인사에 있어선 비록 신명神明의 말이라도 듣지 마시고, 오직 의중意中에 있는 대로

---

* 총애를 잃음.

하옵소서."

했다.

황봉련은 그렇게 함으로써, 인사의 실패에 따른 위험을 미리 없애려는 것이고, 민비의 자존심을 북돋우어주기 위해서였다. 사실, 주변엔 특히 천거할 만한 인재가 없었다.

민비는 그로써 황봉련을 사심을 갖지 않은 사람으로 인정했다. 왕비의 총애를 받고 있는 사람이라고 보면, 적잖은 뇌물을 써서 출세하려는 사람이 있을 것이지만, 황봉련은 그런 비루한 짓을 하지 않았다. 벼슬을 시키도록 사람을 천거하지 않는 것을 보면 황봉련의 염결廉潔*을 알 수가 있는 것이다.

뿐만 아니라 황봉련은 민비로부터 금품의 하사가 있으면 꼭 그 것과 맞먹는 물건을 헌상하길 잊지 않았다. 그렇게 해서 되겠느냐고 민비가 나무라면,

"주상 전하와 중전마마가 건재해 계시는 것만으로도 분에 넘친 혜택을 입고 있는 것으로 되옵니다."

하고 봉련은 능청을 떨었다.

이 모두 목적의식이 있었기에 하는 짓이었지만, 기회만 있으면 이득을 탐하려는 무리에 둘러싸여 있는 민비에겐, 황봉련의 이런 태도가 그저 갸륵하기만 했던 것이다.

게다가 황봉련의 예언은 귀신처럼 들어맞았다. 예컨대 청국이 어떻게 나올 것인가에 대해서 황봉련이 한 예언은 기막히게 적중했다.

---

* 청렴결백.

대원군의 환국 문제가 발생했을 때이다. 3개월 전에 황봉련은

"곧 노공老公, 대원군이 환국하실 것이니, 그분이 돌아와도 후환이 없도록 만사를 조처하옵소서."

라고 했다.

"그렇겐 잘 안 될걸."

하고 민비가 자기가 취해놓은 일들과 청국 측의 반응을 설명했다.

황봉련은, 대원군을 환국시키기로 한 것은 일본을 견제하기 위해 청국이 국책으로 결정한 일이니, 잔꾀를 갖고 미봉하려고 해보았자 될 일이 아니라며,

"재물만 손상하게 될 것이오니 그걸 방지할 생각은 아예 갖지 마사이다. 그보다는 노공이 환국하셔도 힘을 쓰지 못하도록 그 세를 봉쇄하는 것이 현명한 처사일까 하옵니다."

하고 잘라 말했다.

그래도 긴가민가하여, 민비는 대원군의 환국을 막기 위해 막대한 재물을 소비했다. 그런데 결과는 황봉련이 예언한 대로 되고 말았다.

민비는 산신제, 용왕제를 비롯하여 온갖 잡신에게 제사 드리는 것을 좋아했다. 황봉련은 이것을 절제하도록 권유하는 반면, 일단 산신제나 용왕제를 올리면 인근의 백성들이 그 제사 때 배불리 먹을 수 있도록 은혜를 베풀라고 했다.

백 명에게 은혜를 베풀면, 백 명이 산신이나 용왕에게 치성을 드리게 되니 영험이 있을 뿐 아니라, 백 명 백성의 마음을 살 수 있으니 오죽이나 좋은 일이냐는 것이다.

"신을 믿으시되 낭비하진 마소서. 신은 치성을 가납하지만 낭비를 치성이라고 치진 않습니다."

황봉련의 이 말에 민비는 탄복했다. 무당이나 점쟁이는 제사를 권장해서 그 제사에 쓰이는 재물로써 한몫 보려고 하는 게 보통이었는데, 황봉련의 태도는 이와 전연 달랐다. 매사가 이런 식이고 보니 민비는 봉련을 신임하지 않을 수 없었다.

민비는 자기의 거실에 들어서자 나인을 바깥으로 내몰았다. 그리하여 봉련과 단둘이 되자,

"내 어젯밤 꿈을 꾸었소. 말할 테니 해몽을 하시오."

하고 이런 얘기를 했다.

한강가에 소풍을 나갔더니 예쁘게 생긴 동자가 나타나 조약돌을 민비 앞에 내밀었다. 그리곤 이 돌에 국새國璽를 새기면 나라의 위기를 모면할 수 있을 것이라고 했다. 그 까닭을 물으려고 하자, 홀연 동자의 모습이 사라졌다. 깨어보니 꿈이었다.

황봉련은 침사묵고沈思默考, 거의 일 각이 지나서 입을 열었다.

"나라의 인장을 도용하여 어느 외국에 문서를 보낸 일이 있을지 모릅니다. 도용해서가 아니라, 나라에서 몰래 어느 외국에 문서를 띄운 일이 있을지 모릅니다. 이랬건 저랬건, 그게 화근이 되어 문제가 발생할 것입니다. 빨리 인장을 새로 새기실 필요가 있습니다. 그리하여 문제가 생기면, 새로 새긴 인장이 찍히지 않은 것은 위조문서라고 주장할 수 있도록 해야 합니다. 아무려나, 마마께선 신통력을 타고나신 국모이십니다. 그런 꿈을 꾸시어 나라의 위기를 미연에 모면하실 수 있게 되었으니 말입니다."

황봉련의 이 말에 민비는 가슴이 쿵 내려앉았다. 황봉련의 말이 그대로 적중되는 일이 있었기 때문이다.

조정은 그때 아라사에 접근하려는 방책을 강구하고 있었다. 일본이 위험천만한 존재임은 갑신정변을 통해서 이미 확인한 바 있었고, 대원군을 환국시킨 행위로 보아 청국도 조정의 편이 아니라고 판단한 민비는, 궁여지책으로 아라사에 도움을 청하기로 했다. 이 움직임의 주동은 민영환, 민응식 등 민씨 일족이고, 이에 호응한 사람은 조존두趙存斗, 김가진金嘉鎭, 김학우金鶴羽, 김양묵金良默, 홍재희洪在羲 등이었다.

청국은 종주국이라고 큰소리만 쳤지, 영국이 우리의 거문도를 점령했을 때 아무런 조치도 취하지 않았다.

'영국을 거문도에서 철수하게 한 것은 아라사뿐이다. 일본의 침략을 막아줄 수 있는 것도 아라사이다. 청국은 언제 대원군을 이용하여 조정을 괴롭힐지 모른다.'

친로파들은 이렇게 정세를 판단하고, 아라사에 원조를 청하기로 했다. 때마침, 아라사공사 부인이 궁중에 출입하여 민비와 친숙한 사이가 되어 있기도 했다.

친로파의 뜻을 받들어, 아라사어 통역관 채현식蔡賢植이 아라사공사 웨벨과 교섭했다. 웨벨은, 그것이 조정의 뜻이라면 정식으로 문서화해서 아라사 정부에 전달하라고 했다.

그래서 조정은 총리내무부사總理內務府使 심순택沈舜澤 명의의 밀서를 작성하여, 국새와 총리내무부사의 인장을 찍어 웨벨에게 보냈다.

그 밀서의 내용은 다음과 같았다.

간절히 말씀드립니다.

우리나라는 지구의 한구석에 편재偏在하여, 독립 자주하고 있다지 만 아직도 타국의 수할受轄을 면치 못하고 있습니다. 우리 대군주 는 항상 이 사실을 부끄럽게 여기고 깊이 고민하고 있습니다. 이제 진흥에 힘을 써서 전제前制를 고쳐, 타국의 견제를 받지 않으려고 합니다. 그러나 우려되는 바 없지 않습니다. 우리나라와 귀국이 목 의睦誼가 돈독하고 순치脣齒의 관계에 있는 것은 타국과 다른 점입 니다. 바라건대, 귀 대신께선 귀 정부에 품고稟告하시와 협력묵윤 協力默允, 우리를 극력 보호하사 영원히 어기지 말도록 하옵소서. 우리 대신은 천하 각국과 일률평행一律平行하고자 하지만, 혹시 타 국이 방해할지 모릅니다. 그때 귀국이 병함兵艦을 파송하시와 상조 하여 타당한 조치를 하시면, 우리는 깊이 귀국을 경앙景仰하겠나 이다.

대조선 개국 495년 병술 7월 10일

봉칙奉勅 내무총리대신 심순택

치致 대아국 흠명대신위각하大俄國欽名大臣韋閣下

이건 분명히 아라사에 군사 원조를 간원한 서신이다. 그러나 민 비의 꿈은 근거 없는 것이 아니었다. 그 밀서를 보내놓고 왠지 불안 한 마음이 그런 꿈이 되었다. 그 꿈을 황봉련이 귀신처럼 알아맞힌 것이다.

"그 일로 무슨 일이 날까?"

엉겁결에 민비가 물은 말이다.

예민한 황봉련은 그 질문으로써 어느 나라엔가 밀서를 보낸 사실이 있다는 것을 확인한 동시, 그 밀서는 일본에 보낸 것도 청국에 보낸 것도 아닌, 아라사에 보낸 것이라고 쉽게 짐작할 수 있었다. 그래서

"아라사를 지나치게 믿는 것도 화근이 될 것입니다."

하고 혼잣말처럼 중얼거렸다.

민비는 다시 한 번 기겁을 했다.

'그걸 어떻게 알았느냐?'

고 묻고 싶은 충동을 가까스로 참았다. 그 대신 이렇게 물었다.

"어떻게 될까?"

"만일 청국이 알면 사달이 크게 벌어질 것입니다. 원세개란 자의 성품을 아시지 않습니까. 자칫하면 조정의 존망이 걸릴지도 모르옵니다."

"그럼, 어떻게 해야 될 것인가?"

민비는 정신의 평형을 잃고 있었다.

"청국이 알게 될 것이라고 예측하고 대처하셔야 합니다. 사달이 나면, 대군주와 마마께선 일절 모르는 일이라고 하고, 그 밀서가 위서僞書임을 증명하기 위해 관계자들을 처벌해야 합니다. 그렇게 일시 발등의 불을 끄고 나서 대책을 강구하셔야 합니다."

"청국이 알 까닭이 없지."

민비는 되도록이면 희망적인 관측으로, 스스로의 불안을 진정시

키려 했다.

"그렇다면 오죽 다행스럽겠습니까만…."

하고 황봉련이 덧붙였다.

"만에 하나의 경우까지 생각하시는 것이 현명한 대비가 아닐까 하옵니다."

민비는 나인을 시켜 빙수로 된 식혜와 유과로 황봉련을 대접하고,

"매일 한 번씩 입궐해달라."

고 당부했다.

드디어 일은 터지고 말았다.

조정이 아라사에 밀서를 보낸 것을 원세개가 알게 된 것이다.

후일에야 친군우영사親軍右營使 민영익閔泳翊이 원세개에게 밀고했다는 사실이 밝혀졌지만, 그땐 아무도 어떻게 해서 그 사실이 원세개의 귀에 들어갔는지를 알 수가 없었다. 그런 만큼 조정, 특히 민비의 당황은 이루 형언할 수 없었다.

민씨 일족은 하나같이 배일 친로파였는데, 민영익은 철저한 배일파이긴 했으나, 아라사를 끌어들이는 덴 반대했다. 그만큼 친청파라고 할 수 있었는데, 그래도 민비가 주도하는 조정의 의도에 반기를 들 것이라곤 아무도 추측하지 못했던 것이다.

그러나저러나 일은 터지고 말았다.

원세개는 급히 이홍장에게 전신電信으로 알리는 동시에,

'현 국왕 이희는 한마디로 혼군昏君이며, 하잘것없는 보네이(怕內, 공처가라는 뜻의 중국말)입니다.'

라고 서두를 쓰고,

  '지금 조선의 정국을 바로잡는 유일한 방법은, 즉시 혼군[李熙]을 폐위하고 이씨 중의 현자를 왕으로 추대하여 대원군 이하응에게 별유別諭*, 상조케 하여, 조선의 대아對俄 접근을 저지하는 것입니다.' 하는 강경한 의견서를 보냈다.

  원세개의 의중에 있는 국왕 후보는, 대원군의 장자 재면載冕의 아들 준용埈鎔이었다.

  원세개의 보고 내용이 전신국 직원을 통해 조정에 알려졌다. 원세개는 이런 보고와 함께 왕을 폐위시키기 위해 급히 수륙 대병을 보내달라고 요청하기도 했었다.

  왕은 물론이고 민비도 사색이 되었다. 이렇게 되니, 믿는 것은 황봉련뿐이었다. 황봉련은 이러한 때를 미리 짐작하고 민하와 긴밀한 연락을 취해 원세개의 동정과 이홍장의 태도에 관한 정보를 모으고 있었다.

  7월 20일 밤, 민비는 황봉련을 불러 어떻게 하면 좋겠느냐고 물었다. 이때, 황봉련은 이미 최천중의 의향을 들었기 때문에 태연히 말했다.

  "감히 대군주의 진퇴를 논하다니 심히 불측한 놈들입니다. 천벌이 내려야 마땅합니다. 당연히 천벌이 내릴 것입니다."

  "천벌 내리기만을 기다리고 있을 수 있겠는가?"

  "그래도 기다리셔야 합니다."

---

* 임금이 특별히 내리는 유고(諭告)나 유지(諭旨).

"그 밖엔 방도가 없는가?"

"왜 없겠습니까만…."

"그 방도를 말해보시구려."

"천벌을 기다려도 될 텐데 무엇 때문에 무리를 하시려고 드시옵니까?"

"종묘사직에 유관한 일이니 어떤 무리라도 해야 하지 않겠는가?"

"꼭 그러시다면…."

"어떻게 해야 좋은가?"

"내일 안으로 백만금을 준비하실 수 있겠사옵니까?"

"백만금이 아니라 이백만 냥이라도 준비해야 하지 않겠는가?"

"그러나 지금 조정의 형편으로선 지나친 무리가 아니겠사옵니까?"

"지금 때가 어떤 때인가? 빨리 말을 하게. 백만 냥을 어떻게 하겠다는 것인가?"

"그것을 삼개 최팔룡이란 객주의 창고에 갖다 쟁이시고, 그 보관증을 제게 주사이다."

"그러면…?"

"원세개가 애지중지하는 민하라는 청년이 있사온즉, 그 청년을 통해 북양대신 이홍장에게 전달하도록 하겠습니다. 그렇게만 해두시면 천벌이 내리기 전, 이달 말쯤이면 불이 꺼질 것입니다. 안심하소서."

"회현동의 말에 틀림이 없으렷다?"

"제가 언제 어긋난 말을 드린 적이 있사옵니까?"

"회현동 말대로 되기만 하면 큼직한 상여를 내리리다."

"상여는 그때 가시어 배려하시기로 하고, 백만 냥 준비부터 서두르시옵서."

하고 대궐을 나오며, 황봉련은 내심으로 빙그레 웃었다.

원세개는 서상우 독판을 불러 힐문하고, 대원군을 찾아가 왕과 대왕대비, 왕대비에게 이 사실을 알리고 통박하라 하고,

"불일不日* 천병(天兵. 청병淸兵)이 와서 문책할 것이다."

하고 호통을 쳤다.

그러면서도 원세개는 민하와 단둘이 있는 자리에선,

"열강이 보고 있고, 일본이 호시탐탐 기회를 노리고 있는데, 그렇게야 되겠나? 중당(中堂. 이홍장)도 그렇게 세게 나오진 못할 것이다."

라고 했다.

그 얘기를 황봉련은 민하를 통해 들었던 것이다.

그때 사정으로선 힘든 일이었을 텐데도 민비는 백만 냥의 돈을 최팔룡의 창고에 갖다놓고, 그 보관증을 이튿날 밤 황봉련에게 건넸다. 그러고는

"관계된 자들을 모조리 귀양 보내고, 증거를 잡고 있는 채현식의 입을 영원히 다물어버리게 하고, 그 밀서가 위조라고 항변했지만 원세개가 그걸 믿을 놈인가? 아라사공사관에서 그 문서를 돌려

* 며칠 내에.

85

받으라고 야단을 하며, 내일이라도 청병을 끌어들여 난리를 일으킬 것처럼 서둘고 있는데, 과연 일이 잘 될까?"

하고 근심스러운 표정을 지었다.

이렇게 되면 황봉련의 연기력이 탁월해진다.

"마마, 걱정 마소서. 저는 자신 없는 일은 하지 않사옵니다. 확실치 않은 말은 하지 않사옵니다. 군자금 백만 냥이 모든 것을 해결할 것입니다. 늦어도 이달 말까진 소동이 진압될 것이니, 그때 가서 민하라는 청년에게 배알의 영광을 주소서."

"어디, 배알의 영광뿐이겠는가? 이 땅의 반이라도 잘라주고 싶다네."

"황공하오이다."

그래도 안심이 안 되는 모양으로

"회현동, 오늘 밤은 나하고 같이 지내자."

고 했다.

"아니 되옵니다. 한시가 바쁘지 않사옵니까? 이 보관증을 빨리 원세개에게 건네도록 해야 하옵니다."

"알겠네."

"그런데 마마, 유념하셔야 할 일은 이 백만 냥의 행방이 누설되면 안 된다는 것이옵니다. 소란이 진정된 후에라도 말입니다. 만일 누설되면 그땐 참으로 어찌할 수 없는 화가 닥친다는 것을 각오하셔야 합니다."

"회현동, 내 앞에서 무슨 그런 말을 하는고?"

이때, 민비는 겨우 왕비다운 관록을 보였다.

황봉련이 회현동에 돌아가니, 최천중이 기다리고 있었다.

황봉련은 보관증을 최천중에게 건네며,

"이걸 흥산계興産契의 자본으로 하시오."

하고 부드럽게 웃었다.

흥산계는, 종래에 '삼전도계'라고 하던 것을, '돈을 모으자'라고 발심했을 때 그렇게 고친 것이다. 박종태의 발상이었다.

그동안 청국의 군함이 근해에 나타나기도 하고, 국왕을 폐위하는 것이 타당한 일인지, 또한 가능한 일인지를 살피기 위해 청국 요인의 내왕이 빈번하기도 하여 민비는 좌불안석이었다. 그런데 황봉련이 예언한 그대로 7월 29일 그 파란은 종식되었다.

사실을 말하면, 원세개의 폭거를 말린 사람은 진윤이陣允頤였다. 진윤이는 전에 총판조선전무總辦朝鮮電務로 있던 자로서, 금번의 사건으로 원세개가 조선 왕 폐위를 품신하자, 이홍장이 파견한 사람이었다.

이홍장은, 원세개와 대원군에게 난당을 제거할 능력이 있고, 무난히 폐위할 수 있으면, 원세개의 제의대로 흠사欽使를 파견하여 조선 왕 폐위를 단행할 작정이었다. 종주국을 따돌리고 일본 또는 아라사와 내통하려는 조선의 태도를 묵인하다간 앞으로 무슨 사태가 벌어질지 모른다고 판단한 때문이었다.

진윤이의 보고는 이러했다.

대원군은 세력이 약화되어 대사를 치를 능력이 없다. 뿐만 아니라 대원군은 아무리 며느리가 미워도 국왕인 자기의 아들을 폐하고 손자를 등극시킬 의향까진 가지고 있지 않다.

만일 폐위를 단행하려면 하나부터 열까지 청국이 서둘러야 하는데, 그렇게 되면 열국 속에 적잖은 물의가 일 것이다. 조선 국민은 청병의 내도를 두려워하고 싫어한다. 국왕을 바꾼다고 해도 정사를 할 자는 그놈이 그놈일 텐데, 알몸은 그냥 두고 모자만 바꿔 씌워보았자 보람이 없다….

이홍장은 진윤이의 보고를 자세히 검토한 후, 평지풍파를 일으키지 않는 것이 현명하다고 보았다.

아라사에 주차하고 있는 청국 전권공사 유서분儒瑞芬에게, 조선이 웨벨 대리공사에게 보낸 밀서가 위신僞信임을 아라사 외무대신에게 통고하게 하고, 원세개에겐 다신 조선이 인아의일引俄依日*하는 일 없이 청국의 방침에 따르도록 강경한 문서를 국왕에게 제출하라고 이르고, 이 사건을 매듭지었던 것이다.

그러한 내부 사정을 알 까닭이 없는 민비는, 의외로 빠른 시일에 사건이 낙착된 것을 민하의 공로라고 보았고 황봉련의 덕택이라고 여겼다. 원세개의 동정을 정탐한 자의 보고에도 민하라는 이름이 있고, 원세개가 민하를 다시없이 총애하고 있다고 되어 있어, 민비는 완전히 그렇게 믿었다.

이 사건으로 민하와 최천중이 크게 횡재를 한 셈인데, 횡재는 백만 냥이 거저 생겼다는 사실만을 말하는 것은 아니었다.

---

* 아라사(러시아)를 끌어들이거나 일본에 의존함.

민하가 민비를 배알하게 된 것은 8월 4일이었다.

민하는 최천중과 황봉련의 지시를 미리 받고, 황봉련의 인도로 창경궁 접견실에서 민비와 대좌했다.

"이번에 민공이 세운 공적은 크다. 감사하는 마음 한량없다."

민비의 말에, 민하는

"신하로서의 정성을 다했을 뿐이온데, 우악優渥**한 말씀 그저 황공할 뿐입니다."

하고 조아렸다.

"내 크게 민공에게 상여코자 하는데, 특히 바라는 바가 없는가?"

"오직 바라는 바는 나라의 안태安泰뿐입니다. 그 밖에 무슨 바랄 것이 있겠사옵니까?"

"그래도 사사로이 하고자 하는 일이 있을 것이 아닌가?"

"사사로운 일은 없사옵니다. 굳이 말하라고 하시면 두 가지가 있사옵니다."

"말해보시게나."

"만리동고개 위에 조촐한 강원講院이 있사옵니다. 간판은 달지 않았으나, 임강학원臨江學院이라고 이름하고 있사옵지요. 그 학원을 유지하는 데 도움을 주시고, 포교·포졸을 비롯한 하관 잡배가 일절 출입하지 못하도록 금하여주시옵소서."

"임강학원은 무엇 하는 곳인가?"

"김웅서, 조동호 선생을 모시고 만국의 사정을 연구하고, 서양어

** 은혜가 매우 넓고 두터움.

를 배우는 등 공부를 하는 곳입니다."

"좋은 일을 하는군. 내 성의를 다해 임강학원을 도우리라."

"감사하옵니다."

"또 하나는 무엇인가?"

"제가 모시고 있는 선생님들을 중심으로 흥산계라고 하는 모임이 만들어져 있습니다. 나라가 잘되려면 산업을 흥하게 해야 한다는 취지로써 된 모임이온데, 이 흥산계의 계원들은 관직엔 뜻이 없으나, 대군주와 국모님에 대한 충성엔 지극한 바가 있습니다. 흥산계의 주목적은 황폐된 땅을 일구어 국토를 넓히는 것이며, 염전을 개척하여 좋은 소금을 얻어 외국에 팔아 나라의 수익을 올리는 것이며, 삼천리강산에 두루 매장되어 있는 금은동철을 캐내어 나라의 재보를 불리자는 것입니다."

"그래, 내가 도울 일이 뭔고?"

"흥산계가 지목한 황폐한 땅, 폐지 중에 있는 염전, 폐광 등을 흥산계에 맡긴다는 분부를 팔도에 내리시면 될 것이옵니다. 그리고 10년을 기한하여 세 부담을 없게 하고, 10년이 지나면 흥산계가 자발적으로 세금을 국고에 납입할 것이오니, 그때 가서 관과 협약을 맺도록 하시면 좋을 것으로 아옵니다."

민하의 말엔 조금도 무리가 없었다. 교육을 하겠다는 것이고 산업을 진흥시키겠다는 것이니 재고할 필요조차 없었다.

"장하도다. 내 승지承旨를 보내어 흥산계 사람들과 만나도록 하여 제반의 편리를 보아줄 터이니 그렇게 알라."

"황공하오이다."

"그런데 성씨가 민씨라고 했지?"

"예."

"본이 어딘가?"

"여흥이옵니다."

"그럼, 나와 일가가 아닌가? 아버지의 이름이 뭔가?"

"명자明字, 호자鎬字이옵니다."

"민명호라. 항렬도 같군. 계보가 어떻게 되는가?"

"황공하오나, 계촌을 하면 국모님께선 제게 17촌 숙모가 되옵니다."

"17촌이면 오히려 가까운 친척이 아닌가? 반갑구나, 우리 집안에 공과 같은 총명한 인물이 있다는 것이."

"마마!"

하고 황봉련이 말을 끼웠다.

"민하 공은 총명하다는 정도가 아니옵니다. 당세엔 추종할 수 없는 천재라고 하옵니다. 그래서 원 총리가 홀딱 반하여 청국으로 데려가려고 하는 것이옵니다."

"청국으로 데려가?"

민비의 말이 날카로웠다.

"그러나 민하 공은 단연 거절했습니다."

얼른 황봉련이 보탠 말이다.

"그래야지. 자기 나라를 두고 어찌 남의 나라 사람이 된단 말인가."

민하가 아뢰었다.

"제겐 추호도 그럴 마음이 없사옵니다. 원 총리의 권고일 뿐입니다."

"원 총리는 조선인을 얕잡아 보는 버릇이 있는, 좋지 못한 성품이라고 들었는데, 어쩐 일로 그토록 자네를 좋아하는가?"

'자네'라고 한 것은, 17촌 숙모라고 듣고 한 말일 것이다.

"사소한 인연이 있었사옵니다."

"그 인연이 뭔가?"

민하는 부득이 '母모, 辛신, 哭곡'자를 두고 지은 시를 아뢰지 않을 수 없었다.

민비는 대경실색하는 시늉을 했다. 아니, 대경실색했는지도 모른다. 그 시를 다시 한 번 되풀이해보라고 하곤,

"정말, 하늘이 내리신 재주로구나!"

하고 탄복해 마지않았다.

그리고

"자네, 대궐에 와 있을 생각은 없는가?"

고 물었다.

민하는 등골이 오싹함을 느꼈다. 하늘을 나는 새처럼 자유롭게 살아가는 사람이 어떻게 궁중의 법도를 견딜 수 있겠는가. 민하는 기전機轉*이 빨랐다.

"마마를 가까이 모시면 얼마나 영광 되오리까. 그러나 저는 원 총리 가까이에 있는 것이 여러모로 나라를 위해 유리할 것 같사옵니다."

---

* 일의 돌아감에 응하여 마음의 움직임이 빠른 것.

"그렇겠군."

민비는 보일 듯 말 듯 고개를 끄덕이곤,

"원 총리 주변에 무슨 수상한 일이 있으면 지체 말고 알려라."

했다.

"나라를 위해 최선을 다할 것이오니 휴념하소서."

이날, 민비는 민하에게 상여금 1만 냥을 내렸다. 이 밖에 단계석으로 된 벼루를 비롯하여 많은 진귀품을 하사했다.

최천중과 황봉련의 계략은 자기들 자신이 놀랄 만큼 척척 맞아들어갔다.

우선, 백만 냥이란 자금이 강점이었다.

최천중은 박종태를 불러, 삼전계원 가운데서 이재理財 방면에 동원할 수 있는 인원들을 점찍어보았다.

명부를 뒤지던 박종태가 고개를 들었다.

"삼백 명은 될 것 같습니다."

"삼백 명 가운데서 삼십 명을 추려라. 각 지방에 골고루 안배가 되도록…."

박종태가 30명을 뽑았다.

"그 사람들에게 방을 돌려 이번 추석이 지난 10일 후에 서울에 모이도록 하라."

"그렇게 하겠습니다."

이어, 최천중은

"우리, 재물을 모을 수 있는 데까지 모아보자. 그러기 위해선 우선…"

하고, 마포의 최팔룡, 소사의 박도일, 곽선우를 불러오라 했다.

박종태는 우복룡을 소사로 보내고 정회수를 마포로 보냈다.

밤이 이슥할 때, 모두 양생방 최천중의 안사랑에 모였다. 일종의
간부회의가 열린 셈이다.

최천중이 대강 설명하고, 중지를 모아 다음과 같은 계획을 세웠
다. 그 대략을 적어보면,

1. 전국에 산재한 폐염전을 차지할 수 있는 데까지 차지한다. 그 지
   목을 적어 올리면, 조정에서 당해當該 도의 감사監司에게 즉시 분
   부가 내릴 것이다.
2. 개인 소유, 공 소유의 염전은 방불한 값으로 사들인다. 이렇게 하
   여 소금을 독점하여 그 가격을 우리가 조작한다. 정련된 소금은
   청국에 수출한다. 그 물주는 청공서淸公署를 통해 물색한다.
3. 전국에 산재해 있는 폐광을 차지한다. 그 지목을 적어 올리면 조
   정에서 허락을 내릴 것이다. 현재 채광 중에 있는 것은 관과 교섭
   하여 홍산계가 대행한다.
4. 신규로 광산을 개척한다.
5. 산림을 사들이고 식수를 장려한다.
6. 폐지를 개간하여 농토를 만든다. 농민을 입식시켜 후하게 대접
   한다.
7. 청국과 일본에 팔아먹을 수 있는 물산을 생산하고 일반에게서

94

사들인다.

8. 계원 안에서 기술자를 찾아내기도 하여 기술을 가르친다. 일반에서 기술자를 발견하여 후하게 대접한다.

9. 청국 상품 가운데 조선에 필요한 품목을 골라 수입하여 대행 판매를 한다.

10. 삼[麻], 모시, 목화 등을 대량 생산해서 직포織布할 뿐 아니라, 후한 값으로 널리 사들인다.

11. 자금은 계원들의 출금으로 충당하되 부족분은 최천중과 최팔룡이 보충한다.

12. 화륜선을 구입하여 흥산계의 물동을 담당케 할 뿐 아니라, 운수 사업으로 영리를 취한다.

13. 흥산계원은 모두 부자가 되게 하고, 그 재물은 언제나 상호 융통하도록 한다.

14. 나라를 위해 유리한 사업엔 아낌없이 재물을 쓴다.

15. 세금을 많이 부담하고, 필요에 따라 다액의 헌금도 하여, 조정이 흥산계로 인하여 덕을 입게 함으로써, 흥산계의 세위를 키워 나간다.

이렇게만 되면, 줄잡아 10년 이내에 서울의 육전六廛을 비롯하여 전국의 시장을 흥산계가 장악하게 될 것이다.

결정이 있은 다음, 잔치가 벌어졌다.

"얘기만 들어도 흐뭇하군."

곽선우가 말하자, 박도일이

"최공은 가히 무소불능의 인물이여."

하고 최천중을 추켜세웠다.

"이제 시작인데 무소불능이라니, 얼굴이 간지럽소."

최천중이 겸손해하자, 최팔룡이

"나는 장사로써 잔뼈가 굵어진 사람이지만 정말 종씨에겐 놀랐소이다. 콩을 사라고 해서 콩을 사두면 꼭 콩 값이 뛰고, 팥을 사라고 해서 사놓으면 그렇게 되고, 포목을 사라고 하면 그렇게 되고… 참으로 귀신이 곡할 노릇이오."

하고 크게 웃었다.

"그 대신 팔룡 공의 돈을 내가 너무 많이 썼지."

"종씨가 쓴 돈의 열 배 스무 배를 나는 벌었으니까."

잔치가 화기 찬 가운데 진행되었다.

잔치 도중에 최천중의 말이 있었다.

"우리 계획은 틀림없이 성공할 것 같소. 어렵지 않게 길이 트였으니까요. 그런데 여러분이 꼭 알아둬야 할 일이 있소. 이번 일의 발단이 된 사람은 민하 군이오. 구체적인 얘기는 안 하겠소만, 조정이 우리를 돕게 만든 것도 민하 군이고, 청나라와 교역을 꿈꿀 수 있게 만든 것도 민하 군이오. 우리가 거리낌 없이 사업을 할 수 있게 만든 것도 민하 군이고, 충분한 밑천을 만들게 된 것도 민하 군 덕택이오."

"그런 인재를 발굴하여 키운 사람이 곧 최공 아닌가배."

최팔룡의 말이었다.

한편, 여란의 집에선 민하, 왕문, 소민 등을 비롯한 젊은 사람들의 잔치가 있었다. 민하가 탄 상여금을 며칠이 걸리건 몽땅 마셔 치우자는 게 젊은이들의 기백이었다.

정무초략

丁戊抄略

이 무렵 조선반도의 풍운은 어떠했던가.

고종 24년, 즉 1887년 2월, 영국은 거문도에서 철수했다.

무슨 까닭으로 영국이 느닷없이 거문도를 점거했다가 무슨 까닭으로 거문도에서 철수했는지, 조선인 가운데서 그 연유를 아는 사람은 당시 하나도 없었다.

실상을 말하면, 영국과 아라사는 아프가니스탄을 두고 잔뜩 긴장 상태에 있었다. 영국으로선 극동에서 아라사를 견제할 필요가 있었다. 블라디보스토크에서 아라사 함대가 발진하여 인도양 부근에 나타나는 일이 없도록 하기 위해서였다. 이런 이유에 곁들여, 영국은 조선에 얼마간의 발언권을 만들어둘 필요를 느꼈다. 그 필요가 거문도 점거로 된 것이다.

그런데 전년에 영국은 미얀마를 병합하고, 아라사와의 사이에 아프가니스탄에 관한 타협이 이루어졌다. 외국의 지탄을 받으며까지 거문도를 점령할 필요가 없어졌다. 그 없어진 필요가 거문도에서의 철수로 되었다.

그러나저러나, 조선의 조정은 앞으로 그런 일이 다시 있어선 안 되겠다고 생각했다. 그렇다면 어떻게 해야 할 것인가.

한양에 와 있던 서양의 외교관들이 가르쳤다.

— 자주 독립된 나라는 외국 군대가 함부로 침범하지 못한다. 그러니 조선은 널리 세계에, 자주 독립의 나라임을 선포해야 한다. 선포하는 것만으로 끝나는 것이 아니다. 세계의 주요 국가에 조선을 대표하는 외교관을 보내야 한다.

이것을 가장 강하게 권고한 사람이 미국의 공사 딘스모어였다.

그러나 그 어느 각도에서 보아도 천만타당한 일이 곧 실행에 옮겨지질 않았다. 공사 하나를 파견하자면 1년간의 비용으로서 최저 10만 냥이 든다는 바람에 민비가 난색을 나타낸 것이다.

"명산대천에 제祭를 지낼 적엔 수만 냥을 아끼지 않으면서, 나라의 체모를 지키려는 덴 돈을 아끼려 드니 정말 답답하군."

좌의정 김홍집이 한탄한 소리다.

일본에 다녀온 적이 있는 김홍집은 궁중의 경리와 정부의 경리가 엄밀히 구분되어 있는 일본의 재정 방식을 옳다고 생각하고 있었다. 그렇게 되지 않는 이상 나라의 근대화는 무망한 노릇이었다.

하기야, 당시의 조선에서도 형식만은 나라의 살림과 궁중의 살림이 구분되어 있지 않은 바 아니었다. 그러나 궁중에서 돈을 만들어 오라고 하면, 나라의 돈이고 궁중의 돈이고 가릴 것이 없었다. 세입 세출에 엄격한 준칙이 없었기 때문이다.

하지만 돈이 없다는 이유로 자주 독립국가로서의 체면을 없게 할 순 없었다. 제 비용을 극도로 절약한다는 방침을 세운 후, 먼저 도승지 민영준閔泳駿을 주일공사로 임명했다. 이를 보좌하는 사람으로서 부사과副司果 김가진金嘉鎭을 참찬관으로 임명했다. 5월 16일에 있었던 일이다.

이어 6월 29일, 박정양朴定陽을 주미 전권공사로, 심상학沈相學을 유럽에 주재하는 전권공사로 임명했다. 영국, 독일, 러시아, 이태리, 프랑스 등을 한 지역으로 보고 심상학에게 겸임시킨 것이다.

그런데 원세개로부터 항의가 들어왔다.

"공사를 파견할 땐 먼저 청국의 승인을 받아야 한다."

는 내용이었다.

조정에선 먼저 공사를 파견해놓고 뒤에 승인을 받을 참이었는데, 뜻밖에 곤란이 생긴 셈이다.

원세개의 항의는 당소의의 건의에 의한 것이었다. 당초 원세개는 기왕 조선은 독자적으로 각국과 조약을 맺었으니 외교관 파견도 조약에 준하여 있을 수 있는 일이라고만 생각하고 있었는데, 당소의 다음과 같은 의견이 있었다.

"원 총리, 조선은 청국의 속국입니까, 완전 독립국입니까?"

"뻔한 일을 왜 묻소?"

"조선이 청국의 속국이라면 조선엔 외교권이 있을 수 없습니다. 따라서 공사를 비롯한 외교관을 외국에 파견할 수 없습니다. 속국이란 외교권이 없는 나라를 말하는 겁니다. 이것은 국제 공법에 엄연히 규정되어 있습니다."

"그 국제 공법이란 것을 알아야 하겠구나."

원세개는 이런 점에서 소탈한 사람이었다.

미국 컬럼비아대학에 유학한 적이 있는 당소의는 요령 있게 국제 공법의 대강을 설명했다. 원세개는

"그렇다면 조선이 체결한 외국과의 조약은 전부 무효로 해야 할 것이 아닌가?"

고 물었다.

"원칙론으로 말하면, 조약의 체결은 외교권의 발동이니까 조선이 외국과 조약을 맺지 못하도록 종주권을 발동했어야 옳았지요."

"그런데 우리가 권해서 조약을 체결토록 했지 않은가?"

"그렇다면 우리가 종주권을 포기한 거나 다를 바 없지요."

"그러나 사실상, 종주권을 포기할 수도 없지 않은가?"

"그렇습니다."

"조선이 체결한 외국과의 조약을 무효라고 할 수도 없고…."

"만일 그랬다간, 국제문제가 야기됩니다."

"그렇다면 어떻게 해야 되지?"

"현실적으로 조선의 외교관 파견을 저지할 순 없을 것이니까."

하고 당소의는

"조선 외교관의 신분과 행동을 제한하는 규례規例를 만들어 조선 정부에 통고하는 것이 좋겠습니다."

라고 했던 것이다.

일단 원세개로부터 항의가 들어왔으니, 이에 앞서 일본으로 가버린 민영준은 기정사실로 칠 수 있었으나, 박정양의 미국행은 연기할 수밖에 없었다.

미국대사 딘스모어가 원세개에게 항의의 서한을 보냈다.

그 내용은,

1. 우리는 조선과 맺은 조약에서 서로 외교관을 파견할 것을 결정했
   는데, 조약 어느 조문에도 청국의 승인을 받아야 한다는 대목이
   없다.

2. 조선 정부가 조일조약에 따라 민영준을 일본에 파견했을 때는
   청국은 아무런 간섭이 없었다. 그런데 금번의 간섭은 무슨 까닭
   인가.

같은 시기, 청국에 주재한 미국공사 덴바이도 국무장관 바야드
의 훈령에 따라 청국 정부에 항의했다.

"청국과 조선이 종속 관계에 있다고 하더라도, 그것은 양국 간의
관계에 지나지 않는다. 청국은 이때까지 조선의 내정이나 외교에
사실상 자주권을 인정해오지 않았는가. 그런데 이제 와서 외교권
을 제한한다는 것은 이해할 수가 없다."

이처럼 사태는 복잡하게 되었다.

사태가 복잡하게 되자, 원세개의 권한을 넘어선 곳에서 교섭이
진행되었다.

조선 정부는 예빈사禮賓司 주부主簿 윤규섭尹奎燮을 천진에 파
견하여 정중하게 사정을 설명하고, 상대방의 지시를 받는 형식을
취했다.

청국 정부가 중요시한 것은 체면 문제였다. 조선 정부는 그 사실

을 잘 알고 있었다.

처음, 청국은 조선의 주미외교관 박정양이 전권공사plenipotentiary
란 칭호를 사용하지 말고, minister resident란 칭호를 쓰라고 했다.
직역하면 삼등공사三等公使의 자격이다.

이에 대해 윤규섭은 끝까지 버티었다. 조선이 미국에 외교관을
파견하는 최대의 목적은 독립 자주의 선양에 있었다. 이 일 말고는
조선과 미국 사이에 이렇다 할 문제가 있을 까닭이 없었다. 그러니
어떻게 하든지 '전권'이라고 하는 타이틀이 필요했다.

윤규섭은

"조약에 따라 외교관을 교환하는데, 우리나라에 온 미국의 공사는
'전권'입니다. 그러니 이편에서도 그렇게 해야 합니다. 우리 조선은
가난해서 평등한 교제는 불가능합니다. 신임장을 제출하는 것이 주
요 임무입니다. 그것이 끝나면 박정양은 곧 귀국하고, 그 후론 일등
서기관을 대리공사로 임명하여 국비의 절감을 꾀할 작정입니다."
하고 설득에 힘썼다.

청국 정부는 마지못해 '전권'의 타이틀을 인정하는 대신, 다음
사항의 부대조건을 강요했다.

1. 조선의 외교관이 외국에 가면, 먼저 그곳의 청국공사관에 보고
   하고, 청국공사와 함께 그 나라의 외무부를 방문할 것. 그 후의
   일은 구속하지 않는다.
2. 궁정 또는 국가의 공식행사, 연회 등에서 조선의 외교관은 청국
   공사 뒤를 따라갈 것.

3. 중요한 외교 교섭을 할 땐, 조선의 외교관은 미리 청국의 공사와
    의논해서 할 것.

조선 정부는 이 세 가지 조건을 승복했다. 이윽고 박정양은 11월
12일 임지로 떠날 수 있었다. 그 일행 가운덴 이완용李完用이 끼어
있었다. 참찬관參贊官의 자격이었다.

당시 주미 청국대사는 장은환張蔭桓이었고, 그 밑에 서수붕徐壽
朋이란 일등서기관이 있었다. 이들은 북경으로부터 전보를 받아,
조선공사가 도임하면 반드시 청국공사관을 예방할 것이라고 기대
하고 있었다.

그런데 박정양은 그들을 예방하지 않았다. 아니, 박정양의 임무는
고의로 세 가지의 부대조건을 무시하는 데 있었다. 조선의 자주 독
립의 증거를 보이는 것이, 그에게 부과된 지상 명령이었던 것이다.

그래서 박정양은 미국까지 동행한 미국인 알렌에게 부탁하여, 청
국공사관에 가서 다음과 같이 말하게 했다.

"풍문에 의하면, 우리들이 미국에 도착하면 청국공사관을 방문
해야 한다고 하는데, 사실 나는 그런 훈령을 받지 않았다. 전보가
늦은 탓인지 모르나 아무튼 훈령을 받지 않았으니, 이번엔 '외교의
관례'에 좇아 행동할밖에 없다. 양해하기를 바란다."

박정양이 조선을 떠날 때, 앞에서 말한 3항의 부대조건을 조선
정부는 승복하기로 되어 있었다. 박정양 본인이 그것을 모를 까닭
이 없었다. 전보 운운은 구실에 불과했다. 그는 외교의 관례에 따르
기로 배짱을 정해놓고 있었던 것이다.

조선 전권공사 박정양은 단독으로 국무성에 가서 국무장관 바야드를 만났다. 그리고 미국 대통령 클리블랜드를 알현했다. 이로써 박정양은 조선이 자주 독립국임을 세계에 명시한 것이다.

청국공사 장은환은 워싱턴에서 북경의 총리아문에 전보를 쳤다.

"조선 외교관은 태도가 극히 불손하여 청국의 권위를 크게 손상시켰다. 징벌해야 마땅하다."

이 전보는 서울의 원세개에게로 회송되었다. 원세개는 조선 조정을 힐난했다.

"실수였습니다. 앞으론 그런 일이 없도록 조심하겠습니다."

는 것이 조선 정부의 회답이었는데, 그 자리에서 조선 정부는

"1, 2, 3항 중의 제1항은 조선국의 체면에 관계되는 것이니 삭제해줄 수 없겠느냐?"

고 제안했다.

이처럼 조선 정부는 태도가 변해가고 있었다. 어떤 틈도 놓치지 않고 청국의 종주권을 무시하려고 들었다. 각국의 외교관들이 은근하게, 또는 노골적으로 조선 정부를 자극하고 있었던 것이다.

이 무렵 홍산계는, 만범滿帆*에 순풍을 받은 배처럼 나아가고 있었다. 이에 앞서 최천중은 마포 최쌀롱의 창고에 소장돼 있던 백만 냥을 인천에 있는 청국인 창고로 옮겼다.

민하를 사이에 넣어 원세개와 교섭하여 십만금의 뇌물을 씀으로

---

* 바람이 돛에 차서 가득함.

써, 인천에 있는 청국인 창고를 감쪽같이 이용하게 된 것이다.

의심이 많은 민비는, 급한 김에 백만금을 마포 창고에 맡겨 그 효과를 보았다고 자인하면서도, 그 돈의 행방에 신경을 쓰지 않을 수 없었는데, 심복인 정탐꾼이 마포 창고의 그 돈을 원세개의 부하가 인천의 청국인 창고로 옮기더라고 보고하자, 그 돈에 관한 의혹을 일체 지워버렸다.

최천중은 그런 구석에까지 배려가 철저했던 것이다.

그렇게 함으로써 최천중은, 홍산계의 실력을 원세개에게 과시하는 보람도 가질 수 있었다.

"원 총리가 필요하시다면 언제든지 재산을 제공할 수 있다."

는 말은 원세개를 솔깃하게 했고,

"원 총리는 조선의 총리로 끝날 인물이 아니고, 장차 청국을 좌지우지할 인물이다."

라고 한 최천중의 말도 원세개로서는 싫지 않았다. 미상불 그는, 북양대신 이홍장의 자리를 자기가 차지할 앞날로 굽어보고 있기까지 했던 것이다.

인천에 천인공사天人公司가 세워졌는데, 이것은 원세개와 최천중의 야심이 합작한 무역회사였다. 얼마 되지 않아 천인공사는 주산호舟山號, 청도호靑島號 두 척의 화륜선을 갖게 되었다. 각 2백 톤급인 이 두 화륜선은 청국인이 주문하여 영국인이 만든 것인데, 주문한 청국인에게 비행非行이 있어 공중에 떠버린 것을 영국공사관 직원의 알선으로 원세개가 보관하게 된 것이다.

선적은 청 국적으로 하고 선주도 명의상 청국인이었지만, 실질적으론 조선인 유태만의 소유였다. 유태만은 흥산계원 중 해운 관계의 책임자였다.

최천중은 인천해관仁川海關에 자기 수하 3인을 배치해놓고 있었다. 그런 까닭에 주산호, 청도호의 운영엔 하등의 지장이 없었다. 얼마 후, 서상집徐相集이란 자가 자기 배에 미국기를 달아 미국 선적의 배인 양 가장하고 작간作奸하다가 탄로 나서 문제 된 일이 있었지만, 최천중 또는 그 수하에게 이런 실수가 있을 까닭이 없었다.

염전과 광산의 개발도 순조로웠고, 잠사업蠶事業도 진행 중이었다. 청국상무관을 통해 청국에서 잠사기술자 수명을 초빙할 수 있었다.

흥산계의 앞날은 이렇게 창창했다.

이 무렵에 있었던 일로서 잊어선 안 될 사건이 있다. 그것은 토문감계사土們勘界使 이중하李重夏의 성의 있는 노력이다.

원래 청국과 조선의 국경은 정계비定界碑를 둘러싸고 말썽이 있었는데, 청국 정부는 원세개에게 훈령하여 그 문제를 해결하려고 했다.

청국 위원 진영秦愼 등이 토문土們을 두만강 부근이라고 우기고 그렇게 경계를 결정하려는 것을, 이중하가 원래의 토문은 그곳이 아니라고 반대하여 끝끝내 청국 측의 요구를 듣지 않고 다음과 같은 보고를 올렸다.

신이 지난겨울, 감계勘界의 명을 받들어 청국 위원 진영과 더불어 수개월 간 백두산정白頭山頂, 두만강원豆滿江源을 답사하였지만 결론을 얻지 못했다가, 이제 재감再勘의 명령을 받았으니 마땅히 빨리 이행할 것이지만, 앞서 신의 소견을 말하지 않을 수 없다. 생각건대, 나랏일 가운데 국경을 정한다는 것은 가장 중요하다. 세종, 숙종 때의 북방 경계를 감안할 때, 중신重臣과 도신道臣들이 함께 변경으로 가기도 하고, 군신 상하가 오래도록 신고*하여 조사한 연후에 비로소 완결을 볼 수 있었다. 그런데 금일의 감계는 옛날의 그것과 비교할 수 없는 것이어서, 다만 옛터를 밝히고 유민流民을 안정케 하는 일뿐이지만, 옛터를 말할진대, 수원水源이 하나가 아니고 목책木柵은 다 썩어버려, 그 지점하는 바가 구문헌舊文獻에 맞지 아니하니, 경계를 타감妥勘하기가 어렵다. 그리고 유민으로 말할진대, 강금江禁이 오랫동안 해이하여 과입過入한 자가 매우 많은데 돌려보낸 바가 없었고, 그렇다고 해서 그대로 포기할 수도 없다. 거번 북양자문(北洋咨文. 북양대신)이 내린 공문에 의하면, 장차 그들의 판적版籍에 흡수할 것이라고 하는데, 이 또한 그렇게 처리되어선 안 될 일이다. 감계는 강토와 인민에 대한 관계가 심중한 것이므로, 마땅히 묘당廟堂으로 하여금 심사숙고케 하고, 구지舊址는 도지圖誌를 고증하는 유민의 사의事宜를 헤아려, 어디서 어디까지를 표획標劃할 것인지, 또 어느 곳에 안삽安揷할 것인지를 충분히 고려한 뒤에, 가히 감계를 맡을 만한 자를 차하次下하여 신명지위申明知委케 한다면, 국체國體도 존중되고 사리에도 타당할 것이다.

---

* 辛苦: 몹시 애씀.

이렇게 하여 이중하는 끝끝내 청국 측의 의견에 불복하여 국경 문제를 보류한 채로 두었다. (그 후 세월이 흐르는 동안에 우리 주장대로 국경이 정해졌는데, 2차 대전 후 이 국경 문제가 재연되자, 김일성은 간단하게 중국의 요구대로 굴복해버려, 백두산이 중국의 소유가 되었다고 한다. 김일성은 이중하만 한 견식도 배짱도 가지지 못한 자라고 할밖에 없다.)

조동호, 김웅서가 중심이 되어 운영하는 임강학원은, 민하의 부탁을 받은 민비의 비호가 있어, 관의 간섭을 받지 않고 교육 내용을 충실히 할 수 있었다. 이 학원에선 주 한 차례씩 외국의 사신을 초빙하여 강연을 들었다.

어느 날 왕문이, 최근 미국에서 초빙해 온 군사교련교사 윌리엄 다이 장군을 초청해서 강연을 듣자는 제안을 했다.

윌리엄 다이 장군은 지난 2월 말, 육군 대령 커먼스와 육군 소령 리와 같이 도임한 사람이었다.

외교관은 각기의 국익을 중심으로 국익의 선에서 얘기할 것이지만, 교육자로서 온 사람은 견해가 다르지 않을까 하는 것이 왕문의 의견이었다. 조동호와 김웅서는 왕문의 제안에 좋다고 찬성하고, 병조참판 조존만趙存萬을 통해 교섭했다.

다이 장군은 흔쾌히 초청에 응해주었다.

4월 3일 화요일 하오 2시, 다이 장군이 임강학원에 왔다. 이 강연회엔 특별히 최천중, 곽선우, 박종태, 연치성, 소민 등도 참석했다.

다이 장군은, 계급은 비록 육군 소장으로 일개 무변에 지나지 않았으나, 식견이 넓고 깊었으며 극동의 은사국隱士國에 교관으로 올

생각을 했을 만큼 패기와 정열도 갖춘 사람이었다. 그는 개구일변*,

"나와 여러분은 자라온 환경이 다르고, 생각하는 방식이 다르고, 기타 여러 가지가 색깔이 흑백처럼 다르니, 서로의 의사소통에 큰 곤란이 있을 줄 압니다. 그러나 우리가 목적하는 바는 같지 않을 수 없습니다. 개인적으로 행복하게 살고 싶어 하는 마음, 나아가 내가 존재한다는 것이 내가 살고 있는 사회에, 또는 나라에 보탬이 있어야 하겠다는 마음은 같을 줄 압니다. 이 같은 터전에서 나는 여러분께 얘기하고자 합니다."

하고 강연을 시작했다.

그는 미합중국의 성립 과정을 설명해나갔다. 즉, 무슨 까닭으로 미국이 영국으로부터 독립하지 않을 수 없었던가를 구체적으로 요령 있게 설명했다.

"이해하지 못하는 처사를 이해하지 못한 채 승복하고 산다는 것은 노예가 할 짓입니다. 우리는 신천지에 와서 갖은 고통을 무릅쓰고 원시림을 개척하여 옥토를 만들었습니다. 그때 영국 군대의 보호를 받은 것은 사실입니다. 우리는 영국 국왕의 신민으로서의 본분을 지킬 생각을 했습니다. 그런데 영국은 우리들에게 부당한 세금을 부과하였습니다. 여러 가지 금지 규정을 만들어 우리를 속박하려고 했습니다. 우리들의 대표자가 한 사람도 파견되어 있지 않은 영국 국회에서 우리들에게 의무만을 강요한 것입니다. 의무가 있기 위해선 권리가 있어야 합니다. 권리 없이 의무만 이행한다는

---

* 開口一辯: 개구일성(開口一聲). 입을 벌려 내는 한 소리.

것은 불합리합니다. 우리는 이렇게 느낀 것입니다. 당신들 나라와 같이 오랜 역사를 가진 나라라면 전통적, 습관적으로 이미 그렇게 되어 있으니, 어쩔 수 없이 맹종한다는 것이 있을 수 있는 일일지 모르지만, 국왕이 만들어준 땅도 아닌 생판 새로운 땅을 우리의 힘으로 개척하여 사는 터전에선 그런 불합리는 견딜 수 없는 것입니다. 그래서 우리는 독립을 선언한 것입니다. 그 독립선언서는 여러분에게도 참고가 될 것입니다."

하고, 다이 장군은 독립선언서 전문을 낭송했다.

'모든 인간은 출생하면서부터 평등하다.'

는 사상은 왕문에겐 커다란 충격이었다. 물론, 왕문이 그 독립선언서의 취지를 완전히 파악한 것은 아니지만, 이러한 사상이 힘차게 작동하고, 그 작동한 힘이 오늘의 미국을 만들었다는 사실에 주목하지 않을 수 없었다.

다이 장군은

"이 독립선언이 세계, 특히 영국에 대해 발표된 것은 1776년 7월 4일이었습니다."

고 하고,

"그 후, 전쟁이 약 7년간 계속된 후 미합중국은 1783년 9월 3일의 조약에 의해 독립의 목적을 달성할 수가 있었습니다."

고 했다.

또한 다이 장군은, 신생 미국이 어떻게 해서 부조父祖의 나라일 뿐 아니라 세계 최강국인 영국의 지배에서 벗어나 창창한 앞날을 바라보고 성장할 수 있었는가의 비결은,

"불합리를 인정하지 않는 독립 불기不羈*의 정의감과 이상을 하나로 한 미국민의 단결심에 있었습니다."

고 지적하고,

"우리 미국이 그 당시, 벤저민 프랭클린, 조지 워싱턴, 존 애덤스, 토머스 제퍼슨을 비롯한 천재적인 지도자들을 가졌다는 사실이 커다란, 아니 결정적인 은총이었습니다."

라고 강연을 끝맺었다.

다이 장군은 군주전제주의 체제하에 있는 조선이란 특수성을 감안하여, 한마디로 '민주주의'란 말을 쓰진 않았지만, 그의 강연을 들은 청년들의 가슴엔 막연하나마 민주공화제에 대한 동경과 혁명에 대한 의욕이 싹텄다.

모처럼 미국으로부터 군사교련교사를 초빙해놓고 조정에선 이들을 활용하질 못했다.

처음엔 군軍의 일각에서 무과 합격자로 새 훈련반을 만들어 차츰 군대의 미식화美式化를 꾀하려 했는데, 아무도 이 신설된 훈련반에 지원하는 사람이 없어 당초의 계획이 흐지부지되었다.

그 다음엔 기성 군대에 배치해서 병업兵業의 일부만을 미식으로 조련할 계획을 세웠는데, 이 계획은 미국에서 온 교사들이 반대했다. 군대의 훈련엔 일관된 것이 있어야 하는데, 다른 것은 종래대로 하고 일부 제식훈련만을 미국식으로 해보았자 아무런 성과도 볼 수 없다는 것이 그들의 의견이었다.

---

* 얽매이지 않음.

이것도 안 되고 저것도 안 되어, 미국에서 온 이들은 하는 일 없이 그저 시일만 보내게 되었다. 그렇게 되니, 다이 장군의 강연으로 인연을 맺어진 임강학원에 그들이 드나들게 되었다. 임강학원에선 그들을 환영하여, 그들로부터 미국의 역사, 미국의 병학을 배우게 되었다. 군사훈련을 배우는 것이 아니라, 교실에서 학문적으로 병학을 배우는 것이었다.

조정에선, 별반 하는 일이 없는 그들을 등한시했던 모양이다. 구한국 외교문서 고종 25년 5월 7일조에, 미국공사 딘스모어가 교련 교관 다이 등에게 월급을 석 달 동안이나 지급하지 않은 데 대해 항의한 사건이 적혀 있다.

이런 동안 그들을 돌보아준 곳은 임강학원이었다. 다이와 그의 부하들은 조선 정부와의 관계를 끊고 임강학원에 헌신하겠다는 의사를 딘스모어에게 밝힌 적이 있었다.

물론 왕문의 희망에 의한 것이겠지만, 최천중은 자기가 계획한 바에 따라 다이 장군 등을 평생의 빈객으로 모실 작정을 했던 것 같다.

아무튼 다이를 중심으로 임강학원에서는 친미적인 그룹이 형성되어갔다. 왕문, 강원수, 민하를 비롯한 수 명의 동지들은 토머스 제퍼슨의 정치사상을 익히게 되고, 매디슨의 정치 실천을 배우게 되었으며, 에이브러햄 링컨의 인격을 사숙하게 되었다. 요컨대 이들은, 이 나라에 미국의 정치 이념을 도입하지 못할 것이 없다는 신념을 갖게 되었다.

'그러자면 첫째, 독립자존의 정신에 투철해야 한다. 자유와 평등의 사상을 인격화해야 한다. 혁명도 불사한다는 기백과 혁명을 위한 준비가 있어야 한다. 그러기 위해선 피압박 대중의 광범한 조직이 필요하다.'

강원수와 왕문은 남몰래 새 조선의 독립 선언을 준비하기 시작했다.

이 무렵 엉뚱한 얘기가 항간에 퍼지고 있었다. 민간에선 실아사건失兒事件이 빈번했는데, 그 원인이 외국인 특히 서양인에게 있다는 것이었다.

'서양인들은 어린애를 잡아먹는다. 천주교도들이 어린애를 잡아 서양인들에게 갖다 바친다…'

이 소문이 삽시간에 퍼져, 서양인들은 외출을 못 할 만큼 신변에 위험을 느끼게 되었다. 한성에 주재한 미국, 일본, 독일, 영국, 프랑스 공사들이 모여 회의하고, 조선 정부에 이 허무맹랑한 낭설을 빨리 해명하라고 통고했다. 그런데 조선 정부가 '해명 공고'라 하여 발표한 내용이 되레 서양인을 의심하게 하는 대목이 있다고 하여 독판 조병식趙秉式에게 엄중히 항의하고, 그런 낭설을 퍼뜨린 자들을 철저하게 단속하라고 요구하는 한편, 미국, 러시아, 프랑스 등 세 나라의 육전대陸戰隊를 한성에 진주시켰다.

이런저런 경위로 하여 서양인이 어린애를 먹는다는 얘기는 근거 없는 것으로 밝혀졌지만, 빈번히 어린애가 없어진 사건의 이유는 알아낼 수가 없었다.

일설에 의하면, 서양인과 조선인을 이간시키기 위해 일부 일본인이 조작한 것이라고 했지만, 그 확증을 잡을 수 없었고, 또 일설에 의하면, 흥행용 괴기물을 만들기 위해 청국인이 어린애를 잡아다가 토끼집 같은 데 넣어서 사육한다고 했으나, 이것 역시 확증을 잡을 수 없었다. 결국 나환자의 소행일 것이라고 추측하는 사람들도 있었으나 이것 역시 근거 없는 얘기였을 뿐이다.

다이 장군의 부관 리 소령은 왕문과 개인적으로 친숙한 사이가 되었다. 왕문의 영어 실력을 높이기 위해 자청하여 개인 교사를 맡기도 했다. 왕문은 수시로 리 소령을 자기 집에 재우기 위해 집 일부를 양옥으로 개조했다.

왕문은 리 소령을 통해 영어를 배우기도 했지만 그 밖에 갖가지 중요한 시사를 받기도 했다. 리 소령은

"나라를 걱정하기 위해선 우선 나라 안팎의 일을 소상하게 알아야 한다."

고 하고,

"그렇게 하려면, 정부에서 무슨 일을 하고 있는가를 알기 위해 정부 내에 믿을 만한 사람을 만들어두어야 한다."

고도 했다.

그 점에 있어선 걱정이 없었다. 최천중이 과거가 있을 때마다 몇 사람씩을 등과시켜, 그 사람들을 요로에 배치해두고 있었기 때문이다. 그런 연고로 하여, 통리교섭통상사무아문統理交涉通商事務衙門의 주사主事로 이호상李鎬相이 있었다. 이 사람을 통해 왕문은 지난 7월, 독판 조병식과 러시아공사 웨벨이 회동한 자리에서 다음과 같은 '조아육로통상장정朝俄陸路通商章程'이 조인되었다는 것을 알았다.

제1관

1. 인천, 원산, 부산, 경성, 양화진의 5개처 이외에 함경도 경흥부 1처
   도 개방하여, 조아 양국민의 통상무역을 허한다.

2. 아국俄國은 경흥부 1처에만 영사관 또는 부영사관을 둘 수 있다.

3. 경흥부 주재 아국영사관 등은 조선 지방 관헌에 대한 회견이나
   문서 왕복에 관하여, 다른 통상 각국의 영사와 동등한 권리 및
   특전을 향유한다.

4. 아국의 사신 및 수원과 영사 관원 및 변경邊境 관헌 등은 조선 내
   의 어떠한 지방이라도 자유로이 여행할 수 있으며, 이러한 경우
   조선의 지방 관헌은 여권을 교부하고, 필요한 경우에는 파원派員
   호송護送을 한다.

제2관

1. 아국 인민은 경흥부 1처에서 지단地段 또는 가옥을 임차, 구하여
   방옥, 창고, 제조소 등을 설립할 수 있으며, 종교상 의식도 자유로
   이 거행할 수 있다. 단, 거류지의 선택과 그 경계 및 구획 설정 또
   는 토지 구매, 지세의 연액年額 등은 조아 양국 관헌이 회동, 상정
   한다.

2. 아국 인민은 경흥부 1처에서 조선 이수里數로 백 리 이내의 지역,
   혹은 양국 관헌이 의정하는 범위 내에서는 여권을 가지지 않고
   도 자유로이 여행할 수 있다.

3. 조선국 인민도 아국 내에 들어가 유력遊歷 통상할 수 있으며, 아
   국 정부의 금수품을 제외한 각종 상품의 수입이나 토산물 구매
   를 할 수 있다. 이와 같은 경우, 아국 관헌의 여권을 필요로 한다.

4. 조선국 인민이 여권 없이 아국에 잠입할 때는 아국 관헌이 전형을 사찰한 후 이를 억류, 본국으로 송환한다. 아국 인민이 조선에 잠입할 때도 마찬가지다.

5. 조선에 기거하는 아국 인민과 아국에 기거하는 조선 인민이 서로 고토로 돌아가기를 원하면, 양국 관헌은 마땅히 여권을 발급한다.

제3관

1. 아국 인민은 경흥부 1처에서 본 장정章程이 금하지 않는 상품을 매매할 수 있다. 수입하는 경우는 반드시 경흥부를 경유할 것이요, 일체 공법 경영의 권리도 갖는다.

2. 아국 인민이 상품을 휴대하고 국경 세관에 도착하였을 때는 세관장에게 계출하고 화물 목록을 제시해야 한다.

3. 화물은 세관의 사험위원査驗委員이 사험하되 화물을 손상, 지체시켜서는 안 된다.

4. 화물이 세관에 도착하면 5일 이내에 과세를 완납하고, 그 세관에서 사험증을 발급한 후에야 내지에 수출입할 수 있다.

5. 아국인이 관세를 완납한 화물을 내지로 가지고 들어올 때는 기타 모든 세금 비용을 다시 징수치 못하며, 내지에서 각종 화물을 반출할 때도 그 생산지나 연로에서만 수출세를 납부한다. (중략)

제4관

1. 밀수자의 엄방을 위하여 조선 관헌은 수시로 설법說法 변리辨理한다.

2. 아국 인민의 세관을 피한 밀수품은 관에서 몰수하고, 위법자에

겐 물화 가격 2배 해당의 벌금을 징수한다.

3. 아국 인민은 조선국 인민의 소유품을 자기 명의로 통상 항구에 수입할 수 없으며, 범법시에는 밀수 규정에 의하여 처벌한다.

제5관

1. 여객의 행리行李*, 각종 닭, 도리 등과 농기, 각종 금은, 금은전, 각종 견본류, 천문산법天文算法 등 의가치병醫家治病에 소용되는 도刀, 거鋸**, 배합물, 서적, 지도, 연자기계양식鉛字機械樣式, 채소, 과일, 각종 화기, 각종 어류, 방화제류防火劑類, 각종 소포대小包袋, 포석包蓆, 곤물승선綑物繩線 등을 조선에서 수입하는 덴 모두 면세한다.

2. 아편, 모조 약품, 병기 및 탄약의 수입은 금하되, 범법자의 수입품은 몰수하며, 곡물, 주류의 아국 수입과 조선으로부터의 홍삼 수출을 금한다.

3. 전기 무세품 혹은 수출입 금지품을 제외한 육로로 조선으로 수입하는 상품은 종가세 백분지 5를 납입하여야 한다. (중략)

제6관

1. 조선에 있는 아국 인민과 재산은 아국 관리가 관리하며, 아국인끼리의 소송, 타국인의 아국인에 대한 고소 안건은 아국 관리가 심리한다.

2. 조선국 관리 및 인민의 조선에 거주하는 아국 인민에 대한 고소

---

* 여행하는 데 필요한 물품.

** 톱.

안건은 아국 법률과 아국 사법관에 의하여 심판한다.

3. 조선에 거주하는 아국 관리나 인민 등의 조선 인민에 대한 고소 안건은 조선 관리가 조선 법률에 의하여 심판한다.

4. 조선에 거주하는 아국 인민으로서 위법하는 자는, 아국 관리가 아국 법률에 의하여 심판한다.

5. 조선 인민이 조선 경내에서 위법적으로 아국 인민을 모욕하였을 때는 응당 조선 관리가 체포하여 조선 법률에 의하여 심판한다.

6. 아국 인민에 대한 고소 및 양국 간의 협정 조약 장정을 위반하는 데 따른 처벌 혹은 몰수금 및 일체 죄명은 아국영사가 심판하며, 그 벌금 및 몰수 재물은 조선 정부에 인도한다.

7. 아국 인민의 범칙 물품을 몰수할 때는 조선 관리는 노국영사관 등의 입회하에 봉인해놓고 범칙 여부를 판단한다.

8. 양국 인민의 민사 및 형사소송 사건에 대하여 만약 조선 관서에서 재판할 때는 아국 관리를, 아국 관서에서 재판할 때는 조선 관리를 파견 청심케 하며, 청심관은 필요할 때 증인을 소환, 심문할 수 있으며, 재판의 방법, 판결에 항의할 수 있다.

9. 조선인 범인으로서 아국인 무역소, 숙소, 상선 내에 도피한 자는 체포하여 인도한다.

10. 조선 관리는 아국 위법 상인, 도망 선원을 체포, 인도해야 한다.

제7관 (생략)

제8관

1. 이 통상 장정은 조아 양국 문자로 쓰며, 만일 문사文詞에 분기分岐가 있을 때는 아문俄文에 기준하여 해석한다.

2. 아국 관리가 조선 관리에게 조회하는 문건은, 한문이나 조선 국
   문으로 번역하여 아문과 함께 송달한다.

제9관

1. 본 장정은 조인일로부터 시행하며, 기한을 5년으로 한다. 조선국
   혹은 아국에서 개정을 요구할 때는 만기 6개월 전에 미리 성명하
   여야 하며, 성명이 없으면 5년을 더 시행한다.

이 장정은 한양 경성에서 의정 조인하여 신수信守할 것을 밝힌다.

왕문과 그 친구들은 이 조약을 읽고 흥분했다. 특히 제6관의 규
정엔 분개하지 않을 수 없었다.

왕문이 리 소령에게 물었다.

"세상에 이런 불공평이 있을 수 있습니까?"

리 소령은 씁쓸한 웃음을 띠고 이렇게 말했다.

"내가 당신들에게 나라 안팎의 대소사에 관심을 가지라고 한 것
은, 이런 문제를 알아두라는 뜻이었소. 당신은 러시아와의 사이에
맺은 조약을 읽고 흥분하는데, 이에 앞서 당신 나라가 여러 외국과
맺은 조약이 모두 이런 식이오. 자주적이고 독립된 나라라면, 나라
안에서 생긴 사건은 내국인이나 외국인을 막론하고 그 나라의 법
률에 의해 심판하고 처리하게 돼 있소. 그런데 당신 나라는 그렇게
되지 못하고, 각국이 당신 나라 안에서 자기들의 사법권을 주장하
고 있소. 이것을 치외법권이라고 하오. 나라가 나라의 체면을 갖자
면, 우선 이런 치외법권부터 철폐해야 하오. 그런데 당신들 나라는
그렇게 하지 못하고 있소. 그 이유가 어디에 있는지, 나는 말할 수

없소. 당신들이 생각해볼 일이오. 이건 분명히 당신들의 체면에 관계되는 일이오. 자각하셔야지요. 분발하셔야지요. 당신들이 자각하고 분발하여, 이런 불합리를 시정하려고 전 국민의 힘을 모으면, 우리 미국은 반드시 당신들을 위해 힘을 보탤 것이오. 우리 미국도 현재 당신들과 불평등조약을 맺고 있지만, 이것은 사세事勢에 따른 것이지, 우리의 본의는 아니오."

이 밖에 리는 세계의 대세를 좇아 조선을 현대화해야 하며 그러기 위해선 이 나라에서 보수 세력을 추방해야 한다는 말도 했다.

'새 것은 새 그릇에 담아야 한다.'

는 말을 왕문은 배웠다.

리의 말에 자극을 받아 신식으로 결사結社할 노력을 시작했다.

결사의 목적은,

　1. 구세력을 소탕하기 위해 혁명을 추진한다.

　2. 입헌군주제와 공화제 가운데서 앞으로의 정체를 선택한다.

　3. 어떤 정체이건 영세중립국으로서 자주권을 지탱한다.

그리고 고문으로 다이 장군과 리 소령을 모실 것을 은근히 희망했는데, 이들은 고용 기간이 만료되자 총총히 귀국해버렸다.

이 무렵, 방곡령防穀令 사건이 있었다.

함경도감사 조병식趙秉式이 향후 1년 동안 곡류穀類의 유출을 금하는 영을 내린 것이다.

사정은 다음과 같았다.

1889년, 일본 각지에서 기근이 발생했다. 식량 부족으로 고민하던 일본은 이웃 조선에서 다량의 미곡과 콩을 사들였다. 그 바람에 조선에 식량 부족 현상이 나타났다.

조선으로부터의 식량 수입은, 13년 전에 체결된 조일조약에 의해 무관세무역으로 규정되어 있었다. 당시 일본은 서구 제국諸國과 체결한 불평등조약 때문에 골치를 앓고 있었고, 그 조약의 개정이 국민의 비원悲願처럼 되어 있었는데, 그들이 조선과 맺은 조약은 그 이상으로 불평등한 내용이었다. 예컨대, 무관세무역 조항 같은 것은 서양 제국과 일본의 조약에선 볼 수 없는 가혹한 것이었다. 이 조항으로 인해 조선은, 국내의 산업을 전연 보호할 수 없는 처지에 있었다.

노동력이 싼 조선의 곡식은 당연히 헐값이었다. 일본 상인은 조선의 곡식을 헐값으로 사서 일본으로 보냈다. 무관세인 까닭에 그들은 큰 이익을 얻을 수 있었다. 이 장사에 재미를 붙인 일본 상인의 조선 진출이 날로 늘어갔다. 그들은 입도선매立稻先買*까지 하게 되었다. 일본 상인은 고리대금업자의 수법으로 조선의 농민을 착취한 것이다.

곤란을 당한 것은 농민만이 아니었다. 일본 상인의 곡물 매점으로 조선에서도 곡가가 등귀했다. 사회 불안이 양성되어갔다.

조일조약에는 이러한 사태를 예상하여, 곡물 수출을 금지할 수

---

* 아직 논에서 자라고 있는 벼를 미리 돈을 받고 팖.

있는 조항이 37항에 규정되어 있었다. 조선이 수출을 금지할 경우엔 1개월 이전에 일본 측에 통고하게 되어 있었다.

조선 내정의 관례로서, 식량 이동을 금지하는 권한은 지방 장관에게 있었다. 조선의 행정구역 중 가장 큰 것이 도이고, 도의 장관이 감사이다. 말하자면 감사가 곡물 이동을 금지하는 권한을 가지고 있었다.

그해 함경도엔 흉년이 들었다. 그래서 향후 1년간 도내의 곡류를 다른 곳으로 나가지 못하게 영을 내렸다. 당연히 조병식은 조일조약에 따라 금지 규정을 실시하기 한 달 전인 9월 1일에 관문關文, 즉 예고를 했다.

그런데 행정 능력의 부족과 공문서 일부日付에 대한 인식 부족으로, 조병식의 관문이 외서(外署, 외무부)에 도착한 것은 2주일 후였다. 외서가 일본에 통고했을 땐 반 달 전으로 되어 있었다.

조병식은 예정대로 10월 1일부터 방곡령을 시행했다. 일본은 이것을 조약 위반이라고 비난했다. 조약 제37항은 천재지변이 있거나 흉작일 경우에 곡물 수출을 금지할 수 있도록 되어 있는데, 일본은 함경도에선 그런 사태가 없었다고 주장했다. 예고 기간도 문제지만 방곡령을 실시할 근거가 없다고 우긴 것이다.

일본은 방곡령을 철회할 것과 조병식을 처벌할 것을 요구했다. 조정은 이에 굴복했다. 방곡령을 취소하고 조병식을 강원감사로 옮겼다.

그런데도 일본은 만족하지 않았다. 방곡령이 실시된 것이 짧은 기간인데도, 그 기간 동안 일본 상인이 입은 손해를 배상하라고 대들었다.

일본이 조선에 청구한 배상액은 일본 돈으로 14만7천 원이었다. 이에 대해 조정은 6만 원이면 지불하겠다고 했다.

이런 교섭이 진행되는 동안 중국에 가 있던 원세개가 돌아왔다. 원세개는 이 얘기를 듣고,

"그건 해석상의 문제가 아닌가? 취소한 것만으로도 양보인데, 배상금까지 줄 필요가 있느냐?"

고, 당시의 외서독판 민종묵에게 말했다.

"그런데 그게 마음대로 안 된다."

고 민종묵이 입술을 깨물었다.

방곡령에 관한 일본의 압력에 가장 강하게 저항한 사람이 바로 민종묵이었다. 우의정 김굉집은 도리가 없다는 태도를 취했다.

일본공사 가지야마[梶山]는 민종묵이 제안한 6만 원으로 낙착시키려는데, 상인들이 말을 듣지 않았다. 이윽고 일본 본국에서 하라케이[原敬]라는 통상국장이 조선에 왔다. 배상금 6만 원으론 안 된다는 것이었다.

이 교섭이 타결을 보지 못하고 있는 차에, 황해도감사 오준영吳俊泳이 방곡령을 발표했다. 오준영으로선 식량 부족과 물가의 등귀를 해결하기 위한 부득이한 처사였는데, 일본은 이것을 중대한 도발이라고 보았다.

함경도의 해항은 원산이고, 황해도의 항구는 인천이다. 인천 주재 일본영사 하야시[林權助]는 상인이 입은 손해배상으로 6만9천 원을 요구했다. 이렇게 해서, 방곡령을 둘러싼 분규는 확대되어갔다.

일본 국내에서도 이것이 문제가 되어, 가지야마가 연약하다는 비난이 있었다. 가지야마가 파면되고, 후임으로 오이시[大石正巳]란 자가 왔다. 이자는 강경 일변도로 조선 정부에 17만 원의 배상을 청구했다. 이윽고 원세개가 등장, 6만 원을 고집했다.

이렇게 해선 교섭이 타결될 까닭이 없었다. 오이시는 직접 국왕을 만나 담판하겠다고 덤볐다. 안 되면 군대를 도입하여 인천과 부산의 세관을 점령하겠다고 협박했다.

조정은 일본에 오이시를 해임하라고 요구했다. 일본 정부는 오이시 해임 요구는 거절했지만, 오이시에게 인천에 퇴거해 있으라고 명령하고, 천진의 이홍장과 교섭하게 되었다.

그 결과 함경도 방곡령에 대해선 배상금 9만 원, 황해도에 대해선 2만 원, 도합 11만 원으로 낙착을 보게 되었다.

왕문과 그 일파가 이런 소동을 지켜보며 흥분한 것은 두말할 나위가 없다.

이런 가운데 광양에서 난민의 소동이 있었고, 수원에서도 난민의 소동이 있었다.

바야흐로 천하가 어수선하게 되어갔다.

이 무렵 박종태에게 동학교도가 빈번히 드나들었다.

어느 날 박종태가 최천중에게 말했다.

"동학이 일을 꾸민 모양입니다. 어떻게 하시렵니까?"

최천중은 묵묵부답이다가,

"며칠 후에 말하겠다."

고 했다.

최천중은 황봉련과 의논했다.

황봉련의 말은 다음과 같이 단호했다.

"천하 대란은 필지의 사실이오. 그러나 조정을 저 모양으로 두곤, 동학은 성공하지 못하오. 난이 났다 하면 필시 청군을 끌어들일 것이고, 그렇게 되면 일본 또한 가만있지 않을 것인데, 동학이 어찌 청일 양군을 대적할 수 있겠소? 할 수 있다면 동학도를 말리시오. 그 힘을 온존해두었다가 청일 양국이 서로 줄다리기를 해서 지친 후에 일어서라 하시오. 언제이건 청일 양국 사이에 전쟁이 있고야 말 것인데, 동학이 그 발화점을 제공해선 안 될 것이오. 동학이 망하고 나라가 망할 것은 필연의 사실이오."

한마디 끼울 틈도 없는 황봉련의 단언에, 최천중은 어이가 없다는 듯 웃었다. 자주 궁중에 드나들고, 민하를 통해 청진淸陣의 동정을 듣는 까닭에, 황봉련의 정세 판단은 정확했다. 소시少時*의 신통력이 줄어든 대신 경험에 의한 판단력이 날카로워진 것이다.

최천중의 웃음을 보고, 황봉련이 물었다.

"당신의 웃음이 이상한데, 무슨 뜻이지요?"

"아니오, 임자가 없었다면 내가 어떻게 되었을까 해서 웃었소."

최천중이 덤덤히 말했다.

황봉련은 하녀를 불러 주안상을 내오라고 하더니, 호박색의 양주를 유리잔에 따라놓고,

---

* 젊었을 때.

"오랜만에 이야기 좀 합시다."

하고 다정하게 다가앉았다.

"무슨 얘기를 하려는 거요?"

최천중이 부어놓은 양주를 반잔쯤 마셨다.

"홍산계는 어떻게 되어가지요?"

"잘 되어가오."

하고, 최천중은 사업의 개요를 설명했다. 듣고 있던 황봉련이 한숨을 내쉬었다.

"왜 그러시유?"

"당신은 태평 시대가 백년이나 계속될 듯이 일을 꾸미고 계십니다그려."

"항구한 계획을 세워야 하지 않겠소? 그게 임자의 뜻이기도 했지 않소?"

"그러나 정도의 문제라는 것이 있는 것이외다. 그처럼 돈을 팔도에 깔아놓고, 앞으로 수습은 어떻게 할 작정이지요?"

"각기 몫을 맡은 사람이 있고, 그 사람들이 모두 유능한 계원이니, 실수는 없을 것 같소이다."

"그건 평화 때의 얘기가 아니겠소? 아까도 말씀드렸습니다만, 천하 대란이 발생하면 어떻게 되겠소?"

"대란도 몇 해가 지나면 진정되지 않겠소? 우리는 돈을 땅에 묻고, 광산에 묻고, 염전에 묻고 있으니, 아무리 대단하더라도 땅과 산과 염전을 쓸어가기야 하겠소?"

"그 생각이 잘못되었지요. 세상이 바뀌면 한꺼번에 바뀝니다. 이런 때는 돈을 깔 것이 아니라, 돈을 한 군데로 모아야 합니다."

"계꾼들이 파악하고 있는 것이 어디로 날아가겠소? 돈이 한 군데 있는 것이 되레 위험하오. 각기에게 맡겨두었다가 필요할 때 거둬 올리면 될 게 아니오?"

"당신이 그런 생각이라면 도리가 없지요. 그러나 세상이 그렇게 돌아가진 않을 것 같소이다. 전라도에서 동학이 일어나면, 그 지방의 재물은 없었던 것으로 쳐야 할 것이오. 난이 지나가고 나서도 그걸 도로 찾진 못할 것이오. 청나라와 일본 사이에 전쟁이 붙으면, 깔아놓은 재산은 그냥 오유烏有*가 될 것이오. 모든 산업이 황폐한 데다가, 전쟁이 끝나면 그 재산의 귀속권이 불명해질 테니까요. 아무튼 민비의 권세는 오래가지 못합니다. 그 권세가 밀려나고 나면, 광산이고 염전이고 개간한 농토이고 홍산계의 소유로 남아 있지 못하게 될 것입니다."

최천중의 가슴이 뜨끔했다. 황봉련의 통찰이 정확하리라고 느꼈기 때문이다. 그러나 최천중은 태연한 척,

"그렇게 되면 되는 대로 할밖에…. 이제 와서 어떻게 하겠소? 모처럼 계원들이 신이 나서 서둘고 있는데…"

하고 중얼거렸다.

"여보."

황봉련이 손을 최천중의 허벅다리에 얹었다.

"말씀하시구려."

---

* '어찌 있겠느냐'는 뜻으로, 있던 사물이 없게 되는 것을 이르는 말.

"우리, 편안하게 한번 살아보사이다."

"이 이상 어떻게 편안하게 산단 말이오?"

"당신의 마음은 하루도 편안하지 않아요. 애국과 돈에 사로잡혀 있어요. 애국은 청년들에게 맡기고, 돈은 흥산계 계원들에게 맡겨 버리고, 그야말로 한운야학閑雲野鶴*으로 삽시다요."

"…."

"왕문, 민하, 강원수 등도 저만큼 컸으니, 그들은 그들대로 자기들 운명에 따라 살게 하고, 우리는 청춘을 아껴가며 삽시다."

'청춘'이란 소리에 최천중은 실소를 터뜨렸다.

"아끼다니, 청춘이 어디에 있소? 다 지나가버렸는데…."

"지나가지 않았어요. 당신은 70세까지 청춘일 수 있어요. 그럼 나도 따라 청춘이에요. 인생은 허망한 것이에요. 지나가면 그만이에요. 야망과 청춘은 바꿀 수가 없잖을까요? 우리는 이제 하루에 열흘치를 살고, 1년에 10년치를 살아야 해요. 그렇게 한다면, 지금부터라도 우리는 백 년 넘게 살게 되는 겁니다."

"언즉시야言則是也라, 말은 옳소. 그러나 사불시야事不是也라, 일은 그렇게 되지 않소. 사람이 생을 받아 이 세상에 났으면, 각기 천분이 있는 것이오. 천분 따라 움직여야지."

"당신은 내가 차츰 싫어지는가 보지요?"

"천만의 말씀."

"그런데 왜 나를 소원히 하시지요? 당신과 자리를 같이하지 않

---

* '한가로운 구름 아래 노니는 들의 학'이란 뜻으로, 한가롭고 유유자적하게 살아감.

은 지가 열흘이 넘었사와요. 내가 늙었다고 그러시는지요?"

"늙긴…. 당신도 그야말로 청춘이오. 당신을 만난 이십수 년 전과 당신은 똑같소. 도대체 어떻게 된 걸까? 사랑이 식어 소원한 것이 아니라, 나는 이미 늙었소."

"아니 될 말씀…. 당신의 정력을 야망이 뺏어간 때문이에요. 그 야망만 포기하면 아직도 30세의 장년이 될 건데요."

"30세의 장년이라!"

하고 최천중은 껄껄 웃었다.

30세의 장년이 어젯일 같건만….

"그럼 오늘 밤 우리, 30세의 장년으로 한번 돌아가봅시다."

최천중이 잔을 비웠다.

아닌 게 아니라, 일체의 야망을 버리고 황봉련과 더불어 명산명지를 찾아 음풍영월하며 지낼 수 있다면 얼마나 좋을까?

그러다 문득, 소동파의 시 한 구절을 상기했다.

인노잠화부자수人老簪花不自羞

화응수상노인두花應羞上老人頭

(사람은 늙어 꽃을 머리 위에 꽂아도 부끄러울 것이 없는데,

꽃은 노인 머리 위에서 부끄러워할 거다.)

이 시를 상기하니, 저절로 웃음이 나왔다. 최천중은 황봉련에게 이 시를 읊어주곤,

"나는 당신을 꽃비녀처럼 머리 위에 꽂아도 부끄럽지 않지만, 당

신은 부끄러울 것이 아닌가?"

하고 봉련의 허리를 안았다. 이십수 년 전 그대로의 촉감이며 탄력

이었다.

방형의 패

方型

牌

사람들이야 어떻게 살아가건 세월은 가게 마련이다.

처처에서 민란과 소요가 그칠 날이 없었으나, 서울에선 비교적 안온한 나날이 계속되었다.

모자라는 재정을 위해 나라는 빚 얻기에 갈팡질팡하고 있었으나, 민비의 돈 씀씀이는 예나 지금이나 다를 바가 없었다. 총寵을 잃었다고 했지만, 무당 신령군의 말은 언제나 그냥 통했다. '금강산에 재齋를 올려야 한다. 계룡산에 재를 올려야 한다'며 한 달을 쉬지 않고 재를 올렸다. 대재엔 수만금이 들고, 소재엔 수천금이 들었다.

황봉련은 재를 올리라고 권하진 않았지만, 그것을 막지도 않았다. 신령군과의 대립이 겁나서가 아니라, 갈 데까지 가고야 말 민비의 성격을 알고 있었기 때문이다. 황봉련은, 민비가 올리는 재 때문에 조정이 망할 것이라고 확신하고 있었다. 백성은 굶주려 죽어가는데 산신에게 수만금, 수천금을 쓰는 판이니, 그 결과가 좋을 까닭이 없는 것이다. 물론, 그 비용의 태반은 신령군과 그 일당에게로 들어가지만, 보람 없이 뿌려버리는 재물도 적잖았다.

1893년, 이윽고 강직한 선비가 이 문제를 들고 일어섰다. 전前 사간원 정언正言 의령인宜寧人 안효제安孝濟가 상소했다. 북관묘北關廟에 자리잡고 있는 무녀 신령군을 정형正刑*에 처해야 한다는 내용이었다. 북관묘는 궁중의 북쪽에 있었다. 신령군은 스스로 관제關帝**의 딸이라고 일컬으며 왕비의 존신을 받고 있었던 것이다.

이 상소로 인해 조정은 발각 뒤집혔다. 민비는 노발대발하여 안효제를 잡아들여 즉시 처단하라고 호통쳤다.

그러나 나라를 위해 정론을 말하는 신하를 어떻게 죽일 수 있느냐는 여론이 압도적이어서, 안효제는 죽음만은 면할 수 있었지만, 무사할 순 없었다.

안효제는 이해 8월 21일, 제주목 추자도로 정배되었다. 양사兩司, 옥당玉堂, 시원임*** 대신들이 안효제에게 시율施律할 것을 청했다. 민비의 눈치를 살펴 마음에도 없는 소리들을 한 것이다.

이와 때를 같이하여, 전前 사간司諫 권봉희도 전라도 흑산도로 유배되었다. 안효제와 마찬가지로, 정사의 혼란을 상소로써 비방했기 때문이다.

안효제는 추자도에서, 조정의 사주를 받은 말단 관리들의 학대를 받으면서도 태연하게 말했다.

"나라를 망칠 년이다, 신령군이란 무당은. 그 무당의 손아귀에 조

---

* 사형에 처하는 큰 형벌.
** 관성제군(關聖帝君)의 준말로 '관우의 영'을 뜻함.
*** 시임: 현직. 원임: 전직.

정이 놀아나다니, 어이가 없다. 그년이 만일, 그년의 말대로 관제의 딸이라면, 관제 같은 것이 있을 까닭도 없지만, 내가 당장 벌을 받아야 할 게 아닌가? 그런데 이처럼 정정하다. 그래도 그년의 말을 들어? 그 무당 년을 죽이지 않곤 나라가 온전하지 못해."

한성 거리에선 말이 많았다. 무당과 충신을 분간 못 하는 조정이 온전할 수 있을까 하고….

이 무렵 김천호, 박주철, 염상만, 이중하, 임건중이 왕문과 민하를 찾아왔다. 몇 해 전 광통교에서 악덕 포교 박중근, 민응오, 김창인, 송홍록 등을 죽이고, 소민의 주선으로 왕문, 민하와 더불어 청진으로 은신했던 사람들이다.

김천호가 입을 열었다.

"안효제 정언의 사건을 아시죠?"

왕문이

"안다."

고 했다.

"세상에 그런 법이 있습니까? 당장 신령군인가 뭔가 하는 무당을 죽여버려야 하겠소."

박주철이 팔을 걷어붙였다.

"그 무당은 대궐 안 북관묘에 있다는데, 그곳에까지 가서 죽일 수 있겠소?"

왕문이 웃으며 물었다.

"무당 년은 장차 기회를 보아 죽이기로 하고, 우선 정원하, 조병욱부터 죽입시다."

염상만의 말이었다.

정원하는 사헌부 대사헌이고, 조병욱은 사간원 대사간이었다. 이들이 부임한 것은 8월 초이튿날인데, 부임하자마자 안효제의 처벌 문제를 제기한 것이다.

"이용직이란 놈도 가만둬선 안 돼."

이중하의 말이었다.

이용직은 신임 형조참판인데, 이자 또한 안효제의 처형을 서둘렀다.

"듣건대, 안효제 정언을 처벌하자고 한 것은 원시임 대신 대부분이라고 하는데, 그렇다면 원시임 대신 전부를 죽여야 될 것이 아닌가?"

왕문의 이 말에, 임건중이

"놈들 모두를 죽여도 분이 안 풀리겠지만, 그 가운데 몇 놈은 죽어야 할 거요."

하고,

"아무튼, 대신들이 정신 차리도록 따끔한 맛을 보여주어야 한다."

고 덧붙였다.

"법이 징치 못 하는 것을 징치하는 자가 의사義士요. 의사가 없으니까, 나라가 이 꼴로 되는 것이오. 우리는 말만 하고 행동이 없소. 이때 행동을 일으켜야 하오."

김천호가 정중히 말했다.

"여러분의 뜻은 잘 알겠소만, 버러지 같은 놈을 상대하다가 이편이 상할까 싶어 걱정이오."

왕문이 한 소리였다.

"의를 행하려는데, 희생은 당연하지 않을까요?"

이중하가 한 소리였다.

"놈들을 죽였다고 우리가 손해 입을 건 없습니다. 감쪽같이 해치우고, 서면 하나를 놓아두는 거요. 간악한 놈의 최후는 이렇게 된다고…."

임건중의 말이었다.

"감쪽같이 해치울 자신이 있소?"

왕문이 물었다.

"이것이 있지 않습니까?"

하고, 임건중이 품속에서 방형方型의 패패牌를 꺼내 보였다.

"핫하, 그것…!"

왕문이 웃었다. 연전에 원세개로부터 받은 패이다. 한쪽에 '대청大淸'이란 글자가 새겨져 있고, 한쪽엔 독수리가 새겨져 있는 그것…. 그때 왕문도 그것을 받았지만, 어디에 두었는지 지금은 알지 못한다. 그것은 청국의 첩자가 되겠다는 표시가 아니었던가.

"모두들 그걸 가지고 있소?"

왕문이 물었다.

"가지고 있다마다요."

하고, 김천호가 그걸 내보였다.

"그래, 원세개의 귀가 되고 눈이 되었소?"

"말이 그랬지, 어찌 장부가 그런 짓을 할 수 있겠소? 그러나 이걸 가지고 있으면 편리합니다. 포리나 포교가 덤벼들지 못하니까요."

염상만의 말이었다.

"그걸 가지고 있으니까 감쪽같이 해치우고 도망갈 수 있다는 애기였소?"

왕문의 말에 약간 비감이 섞였다.

김천호, 임건중 등은 다시 주장했다. 똑똑히 맛을 보여줘야 간악한 놈들이 정신을 차린다는 것이다.

민하가 말을 끼웠다.

"동지들 말에도 일리는 있소. 그러나 그것으로 문제가 해결되지는 않소. 우리는 힘을 모아두었다가, 일거一擧로 결정적인 일을 할수 있을 때 사용하도록 합시다. 간악한 놈 몇 죽여보았자, 세상을 고치는 덴 아무런 보람도 안 될 것이오. 되레 우리의 힘을 줄이는 결과밖엔 더 될 것이 없을 거요."

"그러나 언제나 이대로 있다간 세월만 다 가버리고…."

하며, 임건중이 자기 팔뚝을 툭툭 쳤다.

"아닌 게 아니라, 나도 숨통이 터질 것 같소. 그러나 어떻게 하오? 은인자중할밖에…."

왕문의 말은 숙연했다.

자리가 조용해졌다.

다시 정세 이야기가 이어졌다.

지난 7월 초순, 청나라의 도적 60여 명이 함경도 갑산, 단천 등을 습격하여, 양민 중 죽은 자기 11명, 부상자가 수십 명이나 되었다는 얘기도 나왔다. 원세개가 이 문제를 어떻게 처리할지 볼 만할 것이라는 말도 있었다.

8월 26일, 정언 김만제란 자가 안효제, 권봉희를 사형에 처해야한다는 소청을 올렸다. 뿐만 아니라 김만제는 어윤중, 장병욱, 박시

순 등도 처벌해야 한다고 주장했다. 전 승지 박시순은 안효제와 동향인이니 필시 안효제와 모의했을 것이라고 고자질한 것이다.

그로부터 며칠 후, 김만제는 어두운 골목에서 등에 칼을 맞았다. 죽음을 면한 것이 다행이었다.

갑오년, 1894년에 들어섰다.

전라도에서 동학교도들의 움직임이 심상치 않다는 풍문이 돌았다.

최천중은 황봉련의 충고도 있고 해서 개입하지 않으려는 태도를 굳히고 있었다. 그러나 박종태의 처지를 감안하지 않을 수 없어, 돈 10만 냥을 박종태에게 맡겨, 전라도의 홍산계원에 국한하여 박종태의 재량에 맡기기로 했다.

최천중이, 김옥균이 상해에서 암살되었다는 소식을 들은 것은 3월도 다 간 어느 날이었다. 이 소식은 최천중을 슬프게 했다. 최천중은 김옥균에게 큰 기대를 걸고 있지는 않았지만, 왠지 모르게 애착을 느끼고 있었다.

갑신정변이 실패한 지 꼬박 10년 후였다. '언제인가 세상이 평정되면 만날 날이 있겠지' 했는데, 죽었다고 들으니 막막한 기분이었다.

어떻게 했기에 그런 꼴이 되었는지 궁금한 마음 한량이 없었다. 궁금함과 슬픔으로, 최천중은 아무에게도 알리지 않고 근교의 절간에 가서 사흘 동안 식음을 전폐하고 지냈다.

어떤 의미에서건 김옥균은 이 나라의 명성明星*이었다. 그 명성

---

* 샛별.

이 가린 구름을 헤치지 못한 채 나락으로 떨어져버린 것이다.

'어떻게 해서 그렇게 되었는가?'

궁금한 것은 최천중만이 아니고 조선 국민 전체였다. 그를 좋아했건 미워했건 김옥균의 최후는 궁금했다. 그 궁금증을 풀기 위해, 다음에 진순신陣舜臣의 기록을 적어본다.

김옥균의 최후

― 김옥균을 체포하여 인도하라.

조정은 일본 측에, 전권공사 서상우와 독일인 묄렌도르프[穆麟德]를 통해 이렇게 요구했다. 그런데 일본은 자기들이 이용해온 인물을 사지에 몰아넣는 행동을 할 수가 없었다.

그렇다고 해서 김옥균을 너무 두둔하면 조선 궁정의 감정을 상하게 할 우려가 있었다. 체포하여 인도하지도 않고, 각별한 보호도 하지 않는다, 이런 엉거주춤한 상태로 만들어놓았다.

원래 일본에선 유력한 망명자에 대해 조야에서 냉난冷暖으로 대우를 분담하는 경향이 있는 것 같았다. 경향이라기보다 전통인지 모른다.

일본에 있어서의 김옥균은 불우했다. 이와다 슈사쿠[岩田周作]라고 변성명*한 그는, 오가사와라[小笠原] 제도에 유배되었다가 북해도로 옮겨졌다고 했는데, 사실상 일본 정부의 구속하에 있었다. 그

---

* 變姓名: 성과 이름을 바꿈.

구속이 해제된 것은 1891년에 들어서였다.

일본 정부가 인도를 거부하자, 조선은 자객을 보내 김옥균을 암살하려고 했다. 조선에서 파견된 자객은 지운영池運永, 장은규張殷奎 등이었다. 그러나 김옥균의 신변엔 강력 무쌍한 정난교鄭蘭敎, 유혁로柳赫魯 등의 호위가 있었다. 김옥균에게 접근한 지운영이 수상하다는 것을 발견한 사람은 유혁로였다. 유혁로는 지운영의 숙소에서, 조선 국왕이 암살을 명령한 칙서와 무기, 독약 등을 발견하여 화를 미연에 방지할 수가 있었다.

암살에 실패한 조정이 김옥균의 암살을 단념한 것은 아니었다. 김옥균의 구속이 해제된 1891년, 조정은 다시 자객을 파견했다. 이 자객의 이름은 이일식李逸植이었다.

지운영은 벼슬이 내서內署 주사主事이니 꽤 높았다. 지운영은 '암살 칙서'를 발견당하여 일본 감옥에 감금되었다가, 그 후 강제 송환되었다. 말하자면, 지운영은 대단한 자객이 아니었는데, 이일식은 만만치 않은 자객이었다. 이일식은 권동수, 권재수 형제와 함께 도쿄에 잠입하여 김옥균에게 접근했다.

지운영과 장은규의 전례가 있었으니, 김옥균으로서도 경계심은 가지고 있었을 것이다. 어떤 이유로든 자기에게 접근하는 인물에 대해선 일단 의심해보았을 것이다. 우국지사의 가면을 쓰고 접근한 이일식을 김옥균은 결코 전면적으로 믿지는 않았다.

그러나 원래 김옥균은 사교적인 인물이었다. 접근하는 사람을 거절하진 않았다.

"자객일지도 모른다. 동지일지도 모른다. 장차 동지가 될 사람일지도 모른다. 기피할 필요가 없지 않은가?"

김옥균은 측근의 사람들에게 이렇게 말하곤 했다.

같이 일본에 망명해 있던 박영효완 소원한 관계에 있었다. 서로 의견이 맞지 않았던 탓이다. 김옥균의 사후, 박영효는 다음과 같이 그를 회고했다.

김옥균의 장점은 교유交遊에 있었다. 실제로 교유를 잘 했다. 문장이 교묘하고 화술도 좋았다. 시, 문, 서, 화, 모든 것에 능했다. 김옥균의 단점은 덕의德義와 모략이 없다는 데 있었다.

_이광수 '박영효를 만난 이야기'에서

대립자인 박영효가 김옥균의 장점으로 친 것은 '교유'이다. 그런데 이 교유라는 장점의 그늘에 '모략'이 없다는 단점이 있었다. 경계해야 할 인물이란 것을 알면서, 경계의 모략을 갖지 않았던 것이다.

교유를 잘했다지만, 그의 교유는 피상적인 것 같았다. 망명 9년간, 그는 많은 사람으로부터 도움을 받았다. 현양사계玄洋社系의 사람들, 또는 이누가이[犬養毅], 오자키[尾崎行雄], 후자와[福澤諭吉] 같은 저명인, 아사부키[朝吹英二] 같은 실업가가 경제적으로 그를 도왔다.

민간인들의 경우, 정부가 그에게 너무나 냉담한 데 대한 반발에서 그를 도왔는지도 모르나, 언젠간 김옥균을 이용할 날이 있을지 모른다는 배려도 있었을 것이다.

쿠데타에 실패한 김옥균이 인천으로 피해 일본선 지도세마루[千

歲丸]를 탔을 때, 다케조에 공사는 조선 정부의 요구에 따라 그에게 하선을 명했다. 하선하면 참살될 것이 뻔했다. 김옥균 일행은 자살할 각오를 했다. 이때, 선장의 협기가 그를 구했다.

선장은 민간인이고, 공사는 정부의 사람이다. 이 시점에서 김옥균은, 일본 정부라는 것을 신용하지 않게 되었을 것이다. 정치적 후각이 발달한 김옥균이 자기를 이용하려고 접근하는 민간의 국익팽창주의자들의 정체를 몰랐을 까닭이 없었다. 그럼에도 불구하고 그들을 거절하지 못했던 것은, 경제적으로 궁핍한 탓도 있었거니와, 동지의 수가 적었기 때문이기도 했다. 당시 김옥균의 주변은 적막했다.

망명한 거물 정객으로서 김옥균은 곧잘 손문孫文과 비교되었다. 김옥균을 '조선의 손문'이라고 하는 사람도 있었다. 그러나 양자를 비교하면 김옥균의 형편이 훨씬 불리했다. 손문은 많은 해외 동포의 지지를 받고 있었다. 미국, 동남아시아, 일본엔 사업에 성공한 화교가 적지 않았다. 그래도 손문은 자금을 모으는 덴 고생했다. 혁명이 현실 문제로 되자, 많은 자금을 필요로 했던 것이다.

화교 말고도 많은 유학생이 있었다. 지식과 정열을 가진 투사들이었다. 이에 비하면, 해외에 거주하는 조선인은 수가 적었다. 김옥균은 해외에서 손문처럼 동포들의 경제적, 정신적 원조를 기대할 수가 없었다. 손문이 조달에 고심한 것은 혁명 자금이었고, 김옥균이 고심한 것은 생활 자금이었다. 그는 서화반포회書畵頒布會를 열어, 서와 그림을 팔아 생활비로 충당했다.

생활의 궁핍 이상으로 김옥균이 고민한 것은 동지의 절대수가 모자라다는 것이었다. 일본의 친구들에겐 그런 말을 못 했지만, 외국인인 일본인을 동지라고 할 수는 없었다. 그들이 조선의 자주 독립을 위해서 얼마만큼 성의를 보이겠는가. 동지가 부족한 것이 아니라, 동포의 수가 적은 것이다. 그는, 동포이기만 하면, 자기의 잠재적인 동지로 보았다. 비록 지금은 적이라 해도, 언젠가는 자기편으로 만들 수 있다는 자신이 그에겐 있었다.

김옥균은 대단히 자신 있는 사람이었다.

— 나에겐 세 치의 혀가 있다.

그는 자기의 변설에 절대적인 자신을 가지고 있었다.

중국의 전국시대, 조趙나라 평원군平原君의 수행원으로 초楚에 간 모수毛遂가 변설로써 동맹을 맺는 데 성공하여 '세 치의 혀가 백만의 군대보다 강하다'고 찬양받은 기록이 사기史記에 있다. 중국의 고전에 정통한 김옥균은, 자기의 세 치 혀가 모수의 그것보다 낫다고 믿고 있었다.

김옥균은 자기가 엮은 삼화주의三和主義가 반드시 어떤 사람이라도 설복시킬 수 있다고 생각하고 있었던 것이다.

삼화주의란 일본, 조선, 청국의 삼국이 제휴함으로써 서양의 동방 침략을 막자는 데 주안을 둔 사상이었다. 다분히 이상주의적인 것으로서 원칙적인 찬성은 얻을 수 있을지 모르나, 현실적인 정치가 그로써 설득될 만한 그런 것은 아니었다.

"이 주의는 내가 치밀하게 엮은 것이다. 어느 한 군데 하자가 없다. 어떤 논전에도 응할 것이다. 물론, 일본말로써의 논쟁도 환영한다."

그는 가슴을 펴고 이렇게 말하곤 했다. 그의 일본말은 일본인보다도 능했다고 한다. 이처럼 그는 자신만만했다. 그러나 옆에서 볼 때, 그의 생각은 지나치게 안이했다. 그 안이한 생각은, 그가 놓여 있는 환경에 대한 인식에도 나타나 있었다.

정권을 쥐고 있는 민씨 일족이, 살해된 일족의 원수인 그의 생명을 노리고 있다는 사실을 그는 잘 알고 있었다. 자주 독립을 목적으로 일본과 결합하려는 그를 청나라 당국이 달갑지 않게 생각하고 있다는 것도 그는 잘 알고 있었다. 일본 정부의 냉담한 태도로 보아 현재 실권을 쥐고 있는 일본인이 그를 방해물로 생각하고 있다는 것도 잘 알고 있었다.

홍종우洪鍾宇란 인물이 일본에 나타난 것은, 1893년의 일이다. 이미 말한 바와 같이, 일본에 체류하고 있는 조선인은 그리 많지 않아 새 사람이 나타나면 곧 눈에 띄었다. 특히 홍종우는 그러했다. 그는 프랑스 유학생이었다. 그 무렵의 프랑스 유학생이면 이례적인 존재였다.

홍종우는 변설이 능란했다. 게다가 야심가이기도 했다. 프랑스에서 새로운 사상을 섭취한 그는, 귀국하면 상당한 자리를 차지할 수 있을 것이지만, 당시의 조선에선 문벌門閥을 끼지 않으면 아무리 유능한 인물이라도 높은 지위에 올라갈 수 없었다. 유능하다는 것이 되레 마이너스일 수도 있었다. 그만큼 경계를 당해야 했으니까.

홍종우는 그런 사정을 잘 알고 있었다. 때문에, 프랑스에서 귀국하여 엽관 운동을 하기에 앞서, 자기를 비싸게 팔아먹을 수 있는 방법을 모색하고 있었다.

그의 목표는 외서독판外署督辦, 즉 외무장관이 되는 데 있었다. 세계 외교의 공통어가 프랑스어로 되어 있는 시대였다. 그는 자기에게 외서독판으로서의 자격이 충분히 갖추어져 있다고 믿고 있었다. 자격이 있는데도 문벌이 없어 그 자리를 차지하지 못한다는 것은 도리에 맞지 않는 일이다. 그는 그런 사실에 승복할 수가 없었다. 결국, 비상수단을 취할 수밖에 없었다.

그것은 문벌 외의 인물의 등용을 인정하지 않는 현 정권을 타도하든가, 아니면 현 정권을 위해 눈부신 공적을 세우든가 하는 것이었다.

이 밖엔 입신의 방법이 없었고 두 가지 모두 비상수단에 의할 수밖에 없다.

홍종우는 스마트한 신사일진 모르나 혼자의 힘으로써 반체제파를 조직하여 쿠데타를 감행할 만한 능력과 담력은 없었다. 현 정권을 타도하는 길을 택하려면 누군가에게 의존해야만 했다. 그럴 경우, 쿠데타를 지도한 경험을 가졌고, 일본으로 망명한 후에도 민씨 일족이 두려워하는 사나이, 김옥균과 손을 잡는 것이 가장 편리한 방법이었다.

'그런데 김옥균은 과연 소문대로 걸출한 사람일까? 그의 지도력으로써 정권을 탈취할 수 있을까?'

그 생각을 확인하기 위해, 홍종우는 일본에 와서 김옥균에게 접근한 것이다.

그는 두 가지 복안을 가지고 있었다.

하나는, 김옥균이 유망하면 그와 결탁하여 현 정권을 타도하고 높은 지위에 앉으려는 것이고, 다른 하나는, 김옥균에게 기대할 바 없으면 자신의 손으로 그를 죽여버리려는 것이었다. 현 정권은 김옥균을 말살하기 위해 갖은 계교를 꾸미고 있다고 했다. 막대한 현상금까지 걸려 있는 모양이었다. 홍종우는 현상금보다는 높은 지위를 원했다. 자기의 손으로 김옥균을 죽이는 데 성공하면 출세의 길이 트일지 몰랐다.

이와 같은 계산으로 홍종우는 김옥균에게 접근했는데, 김옥균의 측근엔 김옥균 암살을 목적으로 이일식이 이미 침투해 있었다.

— 자객인지도 모르지만 잘 설득하면 동지로 만들 수도 있을 것이다.

이일식을 멀리하라는 충고가 없었던 바는 아니지만, 김옥균은 이렇게 말하며 그 충고를 받아들이지 않았다.

그런 상황에 이번엔 프랑스에서 돌아온 홍종우란 인물이 나타난 것이다. 새로 접근하는 자에 대한 경각심이 없진 않았지만,

"홍종우도 조심해야 한다."

는 충고도 이일식에 대한 충고처럼 김옥균은 듣질 않았다.

이일식은 홍종우를 자기편으로 끌어들이려 했다. 냄새로써 서로의 저의를 알게 되었던 모양이다. 이일식은 민 정권이 파견한 뚜렷한 자객이었다. 그는 김옥균과 박영효, 양 거두를 암살하라는 명령을 받고 있었는데, 그게 그처럼 쉬운 일이 아니라서 답보 상태에 있었던 것이다.

이일식은 박영효를 뱃놀이에 유인해서 큰 트렁크에 넣어 조선으로 보낼 계획을 세운 적이 있었다. 그러나 그 계략은 성공하지 못했다.

'노리는 대상이 두 놈이니까 잘 되지 않는다.'

그는 이렇게 생각했다.

그래서 이일식은 은근히 동지를 구하고 있었다. 하나, 사람을 죽이는 일이고 보니, 간단히 동지가 나타날 리 없었다. 여간 좋은 조건이 아니고선 불가능하다는 걸 깨달았다.

교제를 하는 가운데, 이일식은 홍종우가 입신출세를 노리는 자라는 것을 알았다. 정부 고관 취임을 미끼로 하면 덤벼들지 모른다는 확신을 갖게 되었다.

이일식은 자기가 국왕의 명령을 받은 자란 사실을 증명해야만 했다. 확실한 물적 증거가 없고선, 홍종우를 설득할 수 없다는 사실을 알았기 때문이었다.

전번의 자객 지운영이 암살 칙서를 도둑맞는 실수를 한 일이 있어, 이일식은 구두로써 명령을 받았을 뿐, 증빙될 만한 물건을 소지하지 않았다.

이일식은 증빙 물건을 위조했다. 홍종우는 조정에 근무한 경력이 없어 칙서 같은 것을 구경한 적이 없을 것이므로, 위조된 물건으로써 이해시킬 수 있다고 판단했기 때문이었다.

어느 날, 이일식이

"어떻게 하면 조선을 근대적인 독립국가로 만들 수 있을까?"

하고 홍종우에게 물었다.

이 화제는 홍종우의 전문 분야였다. 홍종우는, 귀국하면 정부의 고관들을 설득하기 위해, 이론을 짜고 그 수사학적修辭學的인 연구까지 하고 있었다. 홍종우는 이일식을 앞에 하고 자기의 경륜을 유창하게 설명했다.

이일식은

"알았소, 당신의 경륜을."

하고 감동의 숨을 내쉬곤,

"문벌주의를 폐하고 능력주의를 권장하여 적재적소의 원칙으로써 일관하면 수년 안에 나라의 면모를 일신한다, 이거지? 김옥균도 그것을 노렸다. 하나, 국정의 개혁엔 전제가 있어야 한다."

고 했다.

"무슨 전제입니까?"

"정국이 안정되어 있어야 한다는 전제이다. 문벌주의를 폐하고 능력주의로 옮아가는 것은 대단한 개혁이다. 그러한 개혁을 하려면 정국에 동요가 인다. 그렇지 않아도 동요하는 정국을 의식적으로 혼란시키는 인물이 나타나면 낭패가 생긴다."

"의식적으로 혼란시킨다는 것은…?"

"우리는 개혁을 원하긴 하지만, 나라의 기초를 어지럽게 하는 건 원하지 않는다. 나라가 붕괴되고 말 테니까."

"그럼, 당신은 온건해야 한다는 겁니까? 문벌주의를 어느 정도 인정하는 온건한 개혁을 하자는 겁니까? 문벌주의는 그렇게 해서 고쳐지는 게 아닙니다. 문벌의 자기 방위 의식은 끈덕집니다. 당신의 생각은 미지근해요. 도대체 어떤 힘이 문벌을 제압할 수 있다고 생각합니까? 강력한 개혁의 의지와 세력 없이…."

"내가 미지근하다? 내가 미지근하다면, 당신은 젊어서 지나치게 이상주의적이다. 물론 우리의 독력으로써 해치울 수 있으면 그만이지만, 우리의 힘은 너무나 약하다. 그러니 보다 강력한 힘을 빌려야 한다. 이것이 현실이다. 이상만 좇는 당신은 모르겠지만…."

"모를 리 없지요. 나도 발을 땅에 붙이고 사는 사람이니까요. 일은 현실의 터전 위에 구축되어야 한다는 것쯤은 나도 알고 있습니다. 그런데 이 선생이 말하는 보다 강력한 힘이란 게 뭡니까?"

"문벌을 억제할 수 있는 힘이다. 나는 처음에 김옥균에게 기대했지만 요즘은 실망하고 있다. 그는 억제하는 것이 아니라 파괴하려고 든다. 갑신甲申의 사건이 그것이다. 왜 그렇게 많은 사람을 죽여야 했을까? 지금도 그때의 생각을 조금도 고친 것 같지가 않다."

"그럴까요? 그러나 지금 김옥균에겐 아무런 힘도 없질 않습니까?"

"아니, 그에겐 힘이 있다. 본인도 말하고 있지 않은가? 세 치의 혀…. 때가 오면 그는 무서운 파괴력을 조직할 것이다. 위험천만한 일이다."

"김옥균이 위험하다면, 안전한 힘은 무엇입니까?"

"나는 처음 일본의 힘에 기대를 걸었다. 청국으로부터 완전 독립하려면 일본에 기대는 것이 최선의 방법이라고 생각했다. 그런데 실망했다. 우리들에 대한 일본 정부의 냉담한 태도를 당신은 어떻게 생각하는가? 일본공사와 혈맹해서 거사한 김옥균과 박영효가 지도세마루에 승선했는데 도로 내리라고 하잖았는가? 우리들이 마음을 허許할 수 있는 상대가 아니다. 당신도 알겠지?"

"끝까지 신뢰할 순 없을 것 같아요. 일본이 안 되면 러시아?"

"러시아는 우리 일을 진지하게 생각하질 않아. 일본과 영국을 견제할 생각뿐이다."

"그럼, 어느 나라를 믿어야 합니까?"

"당신은 뜻밖이겠지만, 내 의중에 있는 것은 청국이다."

"청국?"

"뜻밖이지?"

홍종우가 수긍했다. 확실히 뜻밖이었다. 청국은 종주국임을 주장하고 조선에 원세개 같은 국정 감독관을 파견했다. 현재 정권을 장악하고 있는 민씨 일족도 표면상 청국에 기대고 있지만, 내심으론 그 속박에서 벗어나려 하고 있다. 수구완미守舊頑迷한 정권조차도 청국에 은근히 저항하고 있는데, 혁신을 지향한다는 사람이 청국에 기대려는 것은 어떤 까닭인가.

"정치는 현실이다."

이일식은 말을 이었다.

"우리나라는 청국으로부터 독립해야 한다. 그러나 상대는 청국이다. 청국을 무시하는 것은 현실적이 아니다. 무시하지 말고 정면으로 대결하여, 상대방으로 하여금 인정하게 하는 것이 최량의 방법이 아니겠는가."

"어떻게 인정하게 만든단 얘깁니까?"

"씁쓸한 얘기지만, 우리나라는 청국의 짐이 되어 있다. 원세개의 알선으로, 우리나라는 청국의 상인으로부터 저리低利의 돈을 빌렸다. 다른 곳에 빌려주면 높은 이자를 받을 수 있는데, 하는 수 없이 조선에 빌려주었다. 즉, 청국은 종주권을 주장하여 실질적으로 손해를 보고 있다. 청국의 진정은 조선을 포기하고 싶어 한다. 그런

데 체면이란 게 있다. 구실이 없다. 명분도 없다. 만일 조선이 자립
할 수 있는 확실한 증거를 보여주기만 하면, 이홍장은 단번에 조선
이란 짐을 벗어버리려고 할 것이다."

"자립할 수 있는 증거를 보인다고요?"

"그렇다. 자립할 수 있다는 증거를 보이기 위해선 뭔가 하지 않으
면 안 된다. 예컨대, 나라의 기초를 위태롭게 할 인간이 있으면, 그
런 자를 말살한다거나…"

이렇게 말하고, 이일식은 홍종우의 눈을 정면으로 응시했다.

"말살한다?"

홍종우는 고개를 갸웃했다. 상대방이 말하고자 하는 의미를 알
것 같았다.

"청국도 그걸 희망하고 있다. 그리고 우리의 국왕도 그걸 희망하
고 있다."

"말살한다?"

홍종우가 되뇌었다.

"이건 당연히 극비에 속한 일인데, 국왕 전하가 절실하게 희망하
고 있다."

"국왕 전하가?"

홍종우는 자기의 후각에 자신을 가졌다. 이일식은 기묘한 냄새
를 가진 인간이다. 비슷한 냄새를 가진 홍종우는, 이일식이 자기를
필요로 하고 있다는 사실을 깨달았다. 홍종우의 마음은 이일식의
유도誘導에 따르는 쪽으로 경사되어갔다.

"그렇다. …나는 증거를 가지고 있다. 만일 신용이 안 된다면, 그

걸 보여줘도 좋다."

"그거라뇨?"

"국왕 전하의 칙서이다."

하고, 이일식은 위조해 놓은 칙서를 꺼내 홍종우에게 보였다. 칙서는

— 이일식에게 칙명勅命한다. 갑신甲申의 누망역적漏網逆賊*을
토멸하여 과인의 대우大憂를 휴식케 하라….

는 내용으로, 말미에 옥새가 찍혀 있었다.

갑신의 누망역적이라면 김옥균, 박영효 등을 말한다.

"이건 국왕 전하 친필의 칙서이다. 나라의 기초를 뒤흔든 역적을
토멸하면 은상을 내리겠다는 것이다. …이렇게 비밀을 밝힌 이상,
당신은 나의 동지가 되어야 하겠다."

"무엇을 하자는 동지입니까?"

"역적을 친다. 김옥균, 박영효."

이일식이 낮은 소리로 속삭였다.

홍종우는 고개를 끄덕이고 침을 삼켰다.

이일식과 홍종우 사이에 김옥균 암살 계획이 익어갔다.

암살 장소에 관한 의논이 있었다. 일본에선 재미없다는 결론이
내려졌다. 암살이 곤란할 뿐 아니라, 경찰 기구가 치밀하고 견고하
기 때문에 결행 후의 추궁이 엄할 것이다.

이일식은 홍종우에게 말하진 않았지만, 결행 장소로서 일본을

---

* 수사망을 빠져 달아난 역적.

기피한 이유가 있었다. 일본 정부의 요인이 일본 이외의 장소를 선택하도록 주문한 것이다.

이 암살 계획엔 일본 측도 관여하고 있었다. 정부, 구체적으로 말하면 외무대신 이노우에 가오루(井上馨)가 그 당사자이다. 이노우에로선 어떻게든 김옥균을 국외로 추방하고 싶었다. 김옥균의 존재가 조선과 교섭하는 데 하나의 난점이 되어 있다고 생각한 때문이었다.

김옥균을 청국으로 유인해야 한다.

과연 가능한 일일까.

"가능하다."

이일식이 단언했다. 그는 의혹을 받으면서도 김옥균의 신변에서 떠나질 않았다. 그렇게 같이 지내는 동안에 그는 김옥균의 성격을 파악한 것이다.

김옥균은 궁핍해 있었다. 경제적으로나 정신적으로나 궁지에 서 있었다. 일본 우익 인사의 원조는 정신적 측면에서였고, 김옥균은 서화를 팔아 겨우 생활비를 염출하고 있었다.

— 무슨 수라도 있어야지, 이러다간 안 되겠다.

김옥균은 가끔 이렇게 중얼거렸다.

낙천적인 그도 심약해질 때가 있었던 것이다.

— 어떻게 하면 현재의 곤란을 타개할 수 있을까?

그의 심상 풍경은, 조선국의 개혁을 원경遠景으로 하고, 목하의 궁색한 망명 생활의 개선을 근경近景으로 하고 있었다. 근경이 더욱 절실하다는 것은 두말할 나위가 없었다.

미끼를 던지면 당장 물 가능성이 있었다. 물론, 그 미끼는 매력적인 것이어야 했다.

"당신은 재능이 대단하오. 그러한 당신이 고국에 돌아가지 못하고 궁핍한 생활을 하는 것을 보니 대단히 딱하오. 어떻소? 일본에 귀화歸化해버리면…. 당신은 실업가實業家로서도 성공할 수 있을 텐데…."

하고 권한 사람은, 외무대보外務大輔를 지낸 요시다(吉田淸成)였다. 김옥균은 웃으며 그 제안을 거절했다. 우편보지신문郵便報知新聞은 그때 한 김옥균의 대답을 다음과 같이 소개했다.

> 여余는 불초不肖이지만 국사國士로서 자임自任하고 있노라. 흉중에 어찌 경륜經綸이 없을까 보냐. 하늘이 여를 버리지 않고, 때 한 번 이利로우면 반드시 큰일을 해낼 뜻이 있도다. 지금 내가 일본에 귀화한다면, 그 누가 고국의 퇴폐를 고치고, 어느 누가 완로頑老들의 뇌몽瀨夢을 깨치고, 일신 독립국一新獨立國을 우리 동양에서 일으킬 것인가….

이러한 인물에게 귀화를 권유한 요시다란 사람은 하잘것없다. 일본인이 되어 실업계에서 활약하는 것 따위는 김옥균에겐 터무니없는 일이다.

금전엔 확실히 매력이 있다. 그러나 김옥균으로선 목하의 곤란을 면할 만한 돈만 있으면 되었다. 그에겐 자기의 경륜을 펼 가능성이 있는 길이 바람직스러웠다.

얼마 되진 않았지만, 그에게 돈을 계속 대주는 사람이 있기도 했다.

원조자들은 도박하는 셈이었는지 모른다. 지금은 망명 중에 있지만, 3일 천하라도 조선의 정권을 잡은 적이 있는 김옥균이다. 다시 조선의 최고 수뇌가 될 가망이 전연 없는 것은 아니다. 현재의 인재 부족을 감안하면, 김옥균이 정권을 탈취할 날이 있을지도 모르고, 어쩌면 현 정권이 그를 영입할지도 모른다.

— 김옥균은 지금이 최저의 상태이다. 그래서 지금 김옥균은 얼마간의 돈에도 감격한다. 그 은혜를 잊지 못해, 그가 천하를 잡는 날엔 몇 배로 은혜를 갚을지 모른다. 설령 손해를 본대도 대단할 건 없다.

조선에 관심을 가지고 사업을 하는 사람 가운덴, 이런 생각을 하는 자들이 있었다. 오사카〔大阪〕제58은행 행장이며, 오사카 의회 의장인 오미와〔大三輪長兵衛〕는 조선의 금융계에 발판을 구축하고 있었다. 이완용李完用이 총판總辦으로 있는 교환국交換局에 오미와도 회판會辦으로 참여하고 있었다. 그런 만큼, 오미와는 조선의 내정에 밝았다.

조정은 극히 불안하고, 열강의 모략이 교차해 있었다. 언제 어떤 역전극逆轉劇이 있을지 모른다. 그런 사정을 알고 있는 오미와는 어떤 상황이 되어도 자기의 권익이 보전될 수 있는 조치를 취했다. 김옥균이 천하를 장악할 가능성을 생각하고, 기꺼이 생활비를 조달할 작정을 했다. 그러나 공공연하게 그럴 순 없었다. 김옥균은 현 정권에 대해선 반역자이니까.

그 비밀의 통로를 맡은 사람이 이일식이었다. 이일식이 박영효 유괴의 무대를 오사카로 잡은 것도 오미와라는 배경이 있었기 때문이다.

어느 날, 오미와가 도쿄에 와서 이일식을 불렀다.

"자네는 김옥균을 어떻게 할 참인가? 자넨 김옥균을 숭배하는 척하고 있지만, 내 눈은 봉창 구멍이 아니다. 만일 김옥균이 죽으면 내가 쓴 돈은 전부 허탕이 된다. 얼마 되진 않지만 손해는 손해이다. 돈의 액수가 문제가 아니라, 속았다는 사실이 불쾌하다."

말은 온당했지만 바탕엔 위협이 있었다. 뱀 앞의 개구리처럼 이 일식은 오미와의 힐문에 항복해버렸다. 진상을 말하지 않을 수 없었다.

"틀림없이 국왕의 명령인가?"

오미와가 따졌다.

"그렇습니다. 증거를 보여드릴까요?"

"증거?"

"칙서가 있습니다. 오늘은 늦었으니, 내일 가지고 오겠습니다."

"흠, 그런 명령이면 밀칙密勅이겠지."

"예. 밀칙이긴 하지만 옥새가 찍혀 있습니다."

"조선 국왕의 밀칙이란 걸 한 번 보고 싶군."

오미와는 호기심을 가졌다.

이튿날, 이일식은 위조한 칙서를 오미와에게 보이며,

— 성공하면 가배보공加倍報功.

이란 조건을 제시했다.

"우리들의 계획이 성공되면, 국왕께서 크게 기뻐할 것입니다. 그런데 이 계획을 실행하는 덴 적잖은 돈이 필요합니다. 빌려 주신다면 배倍로 갚아드리겠습니다."

"배라고 했지?"

오미와는 은행가이다. 배라고 하는 말에 솔깃하지 않을 수 없었다. 한참을 생각한 끝에,

"그 계획이 어떤 것인지 나는 모른다. 알고 싶지도 않다. 참으로 배가 되어 돌아온다면야 빌려줘도 좋다. 당신의 소개로 김옥균에게 준 돈은 없었던 것으로 해도 좋다. 얼마 되지 않은 액수이니까."

어떤 계획인지 모른다고 했지만, 오미와는 대강 짐작을 했다.

오미와는 거액 5만 원을 내놓았다. 당시로선 큰돈이었다. 은행을 경영하고 있었으니까 망정이지, 아무리 오사카 재계財界의 거물이라고 해도, 개인적으로 간단하게 움직일 수 있는 금액이 아니다.

오미와의 계산은 이러했다.

'계획이 실패하더라도 원금은 돌아오게 돼 있다. 나로선 조선 국왕에게 빌려준 셈이니까. 만일 김옥균의 다음 쿠데타가 성공하면, 생활비를 대준 의리로 보아 이권利權 하나둘은 손아귀에 넣을 수 있을 것이다. 이일식의 계획이란 것이 성공하면 배가 되어 돌아올 것이고…'

김옥균을 청국으로 유인할 방침이 결정되었다. 목적지는 상해였다.

'어떤 미끼를 달면 김옥균을 움직일까? 청국이 '최고 수뇌 회담을 하자'고 하면 움직일 것이다.'

이일식은 자신을 가졌다. 김옥균의 성격을 잘 알고 있기 때문이었다.

― 이토 히로부미(伊藤博文)를 만날 수 없을까? 이토가 안 되면, 이노우에(井上)라도 만났으면 하는데…. 만나기만 하면 성산成算*이 있는데….

망명 9년 동안 이것이 김옥균의 입버릇이었다. 자기의 변설에 자신이 있는 김옥균은 그들을 만나기만 하면 설득할 수 있을 것이라고 믿었던 것이다. 김옥균은 그들이 만나주지 않는 것을, 자기의 변설을 두려워하기 때문이라고 생각하기에 이르렀다.

조선의 개혁에 대해서도 그는 정상회담으로써 해결하려고 했다. 이런 사고방식이 그의 치명적인 결함이었다. 하부下部를 굳혀, 국민들의 지지를 얻어 개혁하려는 것이 아니고, 상층을 설복시켜 아래로 미치려는 것은 일종의 궁정혁명적宮廷革命的인 방식이다. 갑신의 쿠데타도 결국 그런 따위의 짓이다.

망명 후에도 김옥균의 정신 구조는 변하지 않고 있었다. 그러니 그를 청국으로 데려가려면,

― 청국의 최고 수뇌가 만나려 한다.

는 것으로써 가능한 것이다.

청국의 최고 수뇌라면, 직례총독直隷總督 겸 북양대신北洋大臣인 이홍장이다.

어린애를 속이는 것과는 달라 청국의 수뇌와 회담한다는 근거를 제시해야 했다. 근거란 회견을 희망한다는 편지가 될 것인데, 이홍장이 김옥균을 상대로 하여 편지를 쓴다는 건 아무래도 부자연스

---

* 일이 이루어질 가능성.

러웠다.

'이경방李經方이면 좋다.'

이일식은 계획을 짜다가 이경방을 상기하곤 회심의 미소를 띠었다.

이경방은 이홍장의 양자이다. 동생의 아들이니, 양자라고 해도 피가 통했다. 이경방은 재능이 있었기 때문에, 양부인 이홍장은 특히 그를 사랑하고 있었다. 1890년 이경방은 여서창의 뒤를 이어 주일공사로 취임했는데, 1893년 7월 이홍장의 부인 조씨가 사망하자, 복상服喪을 위해 귀국했다.

이경방은 도쿄에 있을 때 김옥균과 몇 번 만나는 기회가 있었다. 중요한 말은 없었고, 주로 서화를 화제로 했을 뿐이다. 청국을 믿지 못한다는 사상의 소유자인 김옥균이 이경방을 중시했을 까닭이 없다. 망명 중 김옥균이 국왕에게 올린 상소 가운데 다음과 같은 구절이 있다.

청국은 근년, 안남安南과 유구琉球를 타국에 점령당하면서도 한마디의 항의도 없었다. 그런 나라에 의지하여 우리나라가 고침안와高枕安臥*할 수 있을 것이라고 믿는다는 것은 실로 가소로운 일이다.

그러나 김옥균은 궁지에 몰려 있었다. 그는 낙천적인 성격이었지만, 9년에 이르는 망명 기간 중 조국의 개혁을 일보도 전진시키지 못했다는 사실로 인해 깊은 좌절감을 맛보고 있었다. 청국에 기대

---

* 베개를 높이 하고 편안히 잠자다.

할 순 없었지만, 일본에 기댈 수도 없었다. 그런 까닭에, 국왕에게 올린 상소문에도

> 일본은 요즘 무슨 생각인지, 한동안 열심히 아방我邦의 국사에 간섭하다가, 일변(갑신정변) 후 홀연 포기하고 돌보지 않는 상황이니, 어찌 그들을 믿을 수 있겠는가?

하는 글귀를 적어넣었다.

일·청 양국을 믿을 수 없다면 자력갱생自力更生할밖에 없다. 김옥균과 박영효는 이를 '취신자립就新自立'이라고 표현했다.

자력갱생은 좋지만, 해외에 있어선 아무 일도 못 한다. 김옥균은 '자력'을 원하면서도 타력에 의지할 마음으로 기울고 있었다. 앞서 들먹인 상소문의 취지는, 국왕에게 망명한 인사를 등용하라는 것이었다. 한데, 조선의 현 정권에 그런 걸 바라는 것은 무망한 노릇이 아닐 수 없다.

민씨 일파를 그렇게 많이 죽이지 않았더라면, 김옥균 등이 재등용될 기회가 있었을지 모른다. 그러나 이미 엎질러진 물이다. 김옥균의 경륜도 그가 나라를 떠나 있는 한 아무 소용 없었다.

김옥균은 조선의 정권이 무너지길 기다렸다. 그 무너진 폐허 위에 새로운 국가를 세우겠다는 것이 그의 소원이었다. 그런데 정권은 무너지지 않았다. 김옥균의 눈으로 보면, 조선의 정권은 무위무능한 자들의 집단이었다. 내버려두어도 무너지는 것은 필지의 사실이었다. 그 받침대란 청국의 지원이었다. 청국이 포기하면, 조선은

일시에 붕괴될 것이다.

— 청국을 상대로 하지 않겠다.

는 김옥균의 사고방식이 미묘하게 변화하고 있었다.

— 청국에 대해 조선의 정권을 돕는 짓을 하지 말라고 권고해야
겠다.

그의 흉중에 이런 계략이 움트고 있었다.

청국이 손해를 각오하고 조선을 지원하는 것은, 그렇게라도 안
하면 조선이 일본이나 러시아에 먹혀버릴 우려가 있기 때문이었다.

김옥균은 청국의 수뇌에 대해

— 안심하고 조선을 포기하라. 결단코 일본이나 러시아에 먹히지
않도록 내가 힘쓰겠다. 나는 이런 구체적인 방책을 가지고 있다….
고 설득하고 싶었다.

담론풍발형談論風發型인 김옥균은 측근 사람들에게 이런 계획
의 일단을 피력한 적이 있었다. 물론 일본인이 없는 자리에서.

이일식은 김옥균의 사고방식이 변한 것을 눈치챘다.

'청국의 수뇌들과 만나고 싶다. …이홍장을 만나, 이 세 치의 혀
로써 설복하고 싶다. 그밖엔 방법이 없다.'

이런 심경이 되어 있는 김옥균에게, 이홍장과 만날 가능성이 있
다는 것은 절호의 미끼였다.

김옥균과 이홍장을 이을 수 있는 사람은 이경방이다. 김옥균을
덫에 건다고 하더라도, 이홍장의 초대라고 하면 경계할지 모른다.
역시 이경방을 이용하는 게 낫다.

이경방은 그때, 풍광이 명미明媚한 무호蕪湖 근처에서 정양하고

있었다. 실무에서 멀어져 있는 것이 편리하기도 했다.

— 귀하완 풍아風雅한 화제로써 담론한 적이 있는데, 무호의 명승을 즐기며 구교舊敎를 새롭게 하고 싶소. 풍아 이외의 일에 관해서도 의견을 나누고 싶소.

이경방으로부터 이런 편지가 온다면 김옥균은 당장 응할 것이다.

이일식은 청국공사관과 연락을 취했다. 김옥균처럼 강경하게 독립 조선을 고집하는 자는 청국인도 좋아하지 않았다. 가능하다면 말살하고 싶어 했다. 나이가 들자 신경질이 심해진 이홍장도, 김옥균 암살을 시인하는 쪽으로 기울어 있었다. 최고 수뇌의 의견이 몇개의 루트를 통해 주일공사관으로 들어왔다. 이윽고, 청국공사관과 이일식 사이에 김옥균 암살에 관한 공동 작전이 결정되었다.

제1단계는, 이경방이 주일공사 왕봉조汪鳳藻로 하여금 김옥균에게 초청 편지를 쓰게 하는 일이었다.

그 무렵, 홍종우는 김옥균의 신임을 얻는 데 성공했다. 성공의 비결은 돈이었다. 오미와로부터 받은 5만 원 가운데서 이일식은 만원을 홍종우에게 주었다. 낭비벽이 심한 김옥균은 이곳저곳 빚이 많았다. 홍종우는 조금씩 조금씩 그 빚을 갚아주었다. 한꺼번에 다 갚아주면 이상하게 생각할 것이다. 홍종우는, 애를 써서 돈을 만든양 연기를 했다.

"종우, 미안하다."

김옥균이 감사의 뜻을 표했다.

홍종우는 표정이 활짝 피었다. 김옥균의 그런 말을 얼마나 기다렸는지 모른다. 홍종우의 눈에 눈물이 넘쳤다.

김옥균은 그 눈물을 오해한 것이다.

그런데 김옥균은 그 눈물 때문에 홍종우를 전면적으로 신임한 건 아니었다. 돈의 출처를 묻진 않았지만, 그럭저럭 홍종우가 제공한 돈은 상당한 액수가 되어 있었다. 주위 사람들은

"주의하시오, 저 사람."

하고 충고했다.

김옥균은 홍종우에 대한 신임을 확인하는 동시에, 일본인들의 충고도 액면 그대로 받아들이지 않았다. 김옥균을 지지하는 일본의 지식인들은 대개 김옥균을 독점하려는 경향이 있었다. 다른 누군가를 김옥균이 신임하는 듯 말하면,

— 그 사람은 위험해. 조심하시오.

하고 그 사람을 멀리하게 만들려고 했다. 김옥균은 그것을 일종의 질투일 것이라고 풀이했다. 어느 정도 그의 그런 관찰은 적중하기도 했다.

— 우리들의 힘으로 김옥균의 세상을 만들어줘야겠다.

일본의 지사들은 이런 기분이었다. '우리들'이란 관념은 대강 배타적이다. 다른 사람의 힘이 보태지면 김옥균은, 역량이 불어날 것이지만, 그것을 완고하게 거부하는 것이다.

일본 정부는 김옥균에게 냉담했는데, 그를 둘러싼 사람 가운데 한 사람도 일본 정부와 그의 사이를 조절하려고 하지 않았다. 정부가 개재되면 그들의 순수도가 줄어들 것이라고 생각한 모양이다. 그런 주제에 그들은 김옥균의 생활비조차 만족하게 조달하지 못했다.

'묘한 인간들만 모여들었군.'

하고 김옥균은 가끔 주변을 둘러보며 쓴웃음을 웃었다.

'진짜 거사를 할 땐, 이런 인간들은 털어버려야 할 거다.'

하는 생각도 했다.

이경방으로부터 편지가 왔다. 극히 의례적인 것이어서, 김옥균의 답서도 의례적인 것이었다. 그런데 두 번째로 온 편지는 구체적인 내용을 갖추고 있었다,

— 아버지도 조선에 대해서 걱정하고 있소. 한번 귀하의 의견을 신중하게 듣고 싶다는 말씀이 있었소….

김옥균은 눈이 번쩍했다.

이경방의 아버지는 이홍장이 아닌가. 그야말로 중국의 정상이다. 개혁은 상층의 지도만으로도 이루어질 수 있다는 김옥균의 신조에 따르면 이건 절호의 기회였다.

"청국으로 건너가 요로의 인사들과 의논해보고 싶다."

고 김옥균이 희망을 말했을 때, 일본인 후원자들은 하나의 예외도 없이 반대했다.

"뭐라구? 이홍장과 만나겠다고? 김군, 냉정히 생각해봐. 당신은 이홍장의 부하인 원세개에게 쫓겨 온 사람 아닌가."

도야마 미쓰루(頭山滿)는 이렇게 말하며 반대했다.

"아무래도 얘기가 너무 쉬운 것 같다. 무슨 함정이 있을지 모른다. 이번 기회는 그냥 넘겨버리는 게 좋을 것 같다."

고, 이누가이(犬養毅)도 청국에 가는 것을 찬성하지 않았다.

"함정일까?"

김옥균은 도야마, 이누가이 등의 말이 질투에서 나온 것은 아니
란 생각을 가졌다.

"반신반의 정도면 그만두는 게 좋아."

행동파인 미야사키(宮崎滔天)까지 이렇게 말했다.

"그럴까? …그럼 이번엔 그만두기로 하지."

김옥균은 청국에 가는 것을 일단 중지하기로 했다. 결심과 중지.
행동의 궤적이 명쾌한 그로선 있을 수 없는 동요였다. 이런 마음의
동요를 알아차리기나 한 것처럼, 청국 무호로부터 이경방의 세 번
째 편지가 왔다. 내용이 더욱 구체적이었다.

― 아무래도 귀하를 대각臺閣의 주요한 지위에 앉히지 않으면
조선의 장래는 어찌할 수 없는 것이 아닌가, 천진에서도 이런 의견
이 있는 것 같소….

천진이란 말은 곧바로 이홍장을 뜻한다. 신중하게 이홍장의 이름
을 피한 것이라고 김옥균은 생각했다. 김옥균은 마음이 다시 동요
하기 시작했다.

'이누가이는 함정일지 모른다고 했다. 그러나 함정이 아닐지도 모
른다. 그냥 일본에 눌러앉아 있어보았자, 아무 일도 못 하지 않는
가. 9년 동안 무엇을 했단 말인가.'

'이대로 있으면 죽은 거나 마찬가지다. 그렇다면 죽은 셈치고 가
보면 될 게 아닌가. 죽을 요량하고 가보면 될 게 아닌가.'

"아무튼 가볼 작정이오."

김옥균이 선언하듯 말했다.

이누가이도, 도야마도, 오가사하라에서 같이 고생한 동지들도 일

제히 그의 청국행을 말렸다.

그러나 김옥균은 고개를 저으며,

"일본에 있어선, 나는 거지나 다를 바 없다. 거지 노릇에 싫증이
났다."

고 했다.

그 말에 아무도 대꾸하지 못했다.

후원자들은 가능한 한 성의를 다했지만, 충분했다고 할 수는 없
었다. 특히 최근엔, 김옥균의 요구가 없었던 탓으로 거의 경제적 원
조를 하지 않고 있었던 것이다.

김옥균의 생활비는 대부분 홍종우로부터 나오고 있었다. 그 돈은
오미와에게서 나온 것인데, 일본의 후원자들은 그 사실을 몰랐다.

"아무래도 위태로워."

이누가이가 말하자, 김옥균은

"호혈虎穴에 들지 않으면 호아虎兒를 얻지 못한다."

고 했다.

김옥균의 결심은 굳었다. 누구도 번복시킬 수가 없었다. 도야마
조차도 설득을 단념해버렸다.

김옥균의 결심의 동기가 된 것은, 홍종우가 5천 원의 자금을 조
달한 일이었다. 김옥균은 그 돈의 내력을 몰랐다. 홍종우는

— 상해와 거래를 해서 약간 돈을 벌었다.

고만 설명했다. 그 돈 5천 원은 상해의 상사 천풍호天豐號를 상대
로 발행한 어음이었다. 그런 까닭에 상해의 천풍호로 가야만 현금
화할 수 있었다.

'5천 원이 있으면, 조선 개혁을 위해 갖가지 일을 할 수 있다. 청국에 체류하는 조선인은 적지 않다. 특히 동북 방면에 많다. 잡지나 신문을 발행하여 동포에게 호소할 수도 있을 것이다. 그럴 경우, 세계 각국의 이목이 모여 있는 상해는 지리적으로 유리하다…'

김옥균은, 다년간 머릿속에만 있던 계획들이 청국에서 일제히 개화開花될 것 같은 공상에 사로잡혔다.

김옥균은 청국에 가는 데 있어서, 충실한 일본인 서생書生 와다〔和田廷次郎〕를 데리고 가기로 했다. 그리고 어음의 현금화를 위해 홍종우도 데리고 가기로 했다. 그런데 이 홍종우가 자객이었던 것이다. 이 밖에, 이경방을 만났을 때 통역을 시키기 위해 청국공사관의 오보인吳葆仁도 데리고 갈 작정이었다.

김옥균은 와다와 단둘이 되었을 때 이런 말을 했다.

"홍종우란 인물을 나는 전면적으로 믿고 있진 않다. 도야마 씨가 말했듯, 그는 자객일지도 모른다. 그러나 나는 서툴게 살해당할 마음은 없다. …이 사실은 너만 알아두고 매사 조심해달라."

와다는 긴장한 태도로 고개를 끄덕였다. 김옥균은 와다의 긴장을 풀어주기라도 하듯 미소를 띠고 덧붙였다.

"넌 도야마 씨에게 가서 이렇게 전하고 오너라. 배가 고베〔神戸〕에서 떠나는데, 도야마 씨만은 그곳까지 와달라고…"

김옥균의 도정은 극비리에 진행되었다. 그런데 출범 후, 동지들이 이 사실을 알린 모양이다. 그가 떠난 4일 후인 3월 27일자 시사신보時事新報는 다음과 같은 기사를 실었다.

김옥균 씨는 지난 23일 고베발 선편으로 상해로 갔다. 전년 본방에 주차한 청국공사 이경방 씨와 친한 연유로, 동씨로부터 초청이 있어 만유漫遊를 위해 떠난 것이다. 이경방 씨의 댁은 무호에 있다고 하니, 그곳까지 갈 의향일지도 모른다. 아무튼, 금번 여행은 약 1개월 예정이라고 들었다.

김옥균이 상해로 떠날 때 미야사키(宮崎滔天)가 동행하려고 했는데, 김옥균이 거절했다. 그 경위를 미야사키는 이렇게 술회했다.

내가 동행을 제안하자, 김옥균은 이런 말을 했다. "호의는 고맙지만, 자넨 안 돼. 이번의 행차는 비밀이다. 자네의 용모와 풍채는 사람들의 눈을 끈다. 이번엔 자네도 잘 알고 있는 엔지(와다)를 데리고 갈 참이다. 나이는 젊지만 충직한 녀석이니까 걱정하지 말게. 그러나 요컨대 형식이다. 백천百千의 호위가 있어도 죽을 땐 죽는다. 인간 만사 운명이 아닌가. 불입호혈不入虎穴이면 부득호아不得虎兒라. 이홍장이 나를 속이려고 초청한다. 나는 그를 속이려고 배를 탄다. 그쪽에 가서 당장 살해되든가 유폐되는가 하면 그로써 끝장이다. 5분간이라도 얘기할 시간이 있으면 성공할 자신이 있다. 아무튼, 문제는 1개월로써 결정된다. 그때까지 자네는 구마모토의 집으로 돌아가서, 내가 전보를 치면 어디라도 올 수 있도록 자네 형님과 준비해두게. 얘기는 이것으로 끝난 것으로 하고, 자아, 오늘 밤엔 술이나 마시자…."

미야사키의 술회에 의하면, 김옥균은 청국행에 함정이 있을지도 모른다는 생각을 이미 하고 있었던 것 같다. 함정이란 생각이 3부(步)나 5부쯤은 있었겠지만, 백 퍼센트 그렇다고 의심하진 않았을 것이다. 어쨌든, 5분 동안 담화할 기회만 있으면 성공할 수 있다고 공언했다는 점이 김옥균답다.

출발에 있어서 김옥균은 도야마에게, 비장하고 있는 일본도日本刀를 달라고 했다. 이경방을 만나러 가는데 빈손으로 갈 수야 없지 않은가. 이경방이 일본에 있을 때 일본도에 관심을 가졌으니, 그에 대한 선물로 하고 싶다는 것이다.

도야마는 일본도를 줄 생각이 없다고 했다. 김옥균이 재차 소망하자, 도야마는

"나도 한번 말한 것은 절대로 변경하지 않는 사람이다. 꼭 그게 갖고 싶거든 훔쳐가거라."

라고 했다.

김옥균은 훔친 형식으로 그 일본도를 얻어, 이경방에 대한 선물을 마련했다.

김옥균 일행은 세이쿄마루[西京丸]란 배를 타고, 1894년 3월 23일 고베를 출발했다. 그리고 3월 27일에 상해에 도착한 일행은 요시지마[吉島德三郎]란 일본인이 경영하는 여관 동화양행東和洋行에 들었다. 공동 조계의 철마로鐵馬路에 있었다.

일행은 2층의 방에서 쉬었다. 세 개의 방을 빌렸다. 1호실엔 김옥균과 와다가 들고, 2호실엔 통역인 오보인이 들고, 3호실엔 홍종우가 들었다. 골마루를 사이에 두고 1호실과 2호실이 마주 대하고 있

174

고, 3호실은 1호실의 바로 옆방이었다.

상해의 영미英美 양국의 조계가 합병하여 공동 조계로 된 것은 1863년의 일이다. 구舊 미국조계는 구 영국조계보다 면적이 훨씬 좁았지만, 상해에 거류하고 있는 일본인은 대개 미국조계에서 살고 있었다. 그런 까닭에 구 미국조계의 일부는 일본인 거리의 양상이 었다.

김옥균 일행이 숙박하게 된 동화양행은 그러한 지역 내에 있었 다. 말하자면 일본의 연장延長과 같은 곳이었다.

당시의 사정으로는 세이쿄마루의 상해 도착 예정 시간이 분명하 지 않았다. 23일에 고베를 출발하여 27일에나 28일에 상해에 도착 한다는 막연한 스케줄이었다.

'야간에 도착하면, 부두에서 여관으로 가는 사이에 사살한다. 낮 이면, 여관에 도착하고 나서 결행한다.'

홍종우는 이렇게 예정을 세웠다.

흉기로 예리한 단도短刀와 피스톨을 준비하고 있었다. 흉기를 숨 기기엔 양복보다 조선복이 편리하다. 홍종우는 짐 속에 조선복을 넣어 왔다. 야간에 도착하면 상륙 전에 조선복으로 갈아입을 참이 었다.

그런데 세이쿄마루는 27일 오후, 해가 중천에 있을 때 도착했다. 일행은 바로 여관으로 갔다.

김옥균은 재일 중 이와다 슈사쿠(岩田周作)라는 일본 이름을 사 용하고 있었는데, 이번엔 이와다 미쓰와(岩田三和)란 이름으로 바 꾸었다.

상해 도착을 앞두고 세이쿄마루의 선실에서 김옥균은 이와다 슈사쿠란 이름의 연유를 설명했다.

"나는 무일푼으로 일본에 왔다. 나가사키에서 다음의 곳으로 가자니 돈이 없어 선표船票를 살 수가 없었다. 어느 친절한 일본인이 나를 위해 선표를 사주었다. 선표엔 이름을 쓰는 난이 있었다. 그 일본인은 나의 망명 경위를 알고 있었기 때문에, 본명이면 곤란할 것이라고 짐작하고, 잠깐 생각하더니 이와다 슈사쿠라고 썼다. 그 사람에 대한 감사의 뜻으로 나는 그 이름을 그대로 쓰고 있는 것이다."

김옥균은 그 일본인을 와카야마(和歌山) 사람이라고만 했지만, 지도세마루의 쓰지(辻) 선장일 것이다.

"이번에 심기일전하는 뜻으로 이름을 미쓰와(三和)라고 고쳤다. 그러나 이와다(岩田)를 바꿀 생각은 없다."

일본, 청국, 조선의 3국이 연합해서 열강의 동아시아 제패에 저항하자는 것이 삼화주의三和主義이다. 이것은 원래 후쿠자와(福澤諭吉)의 창안創案이었다. 이 무렵 후쿠자와는 이미 탈아론자脫亞論者가 되어 있었지만, 삼화주의를 철회하진 않았다. 그런데 후쿠자와의 삼화주의는 3국의 평등한 연합이 아니요, 일본이 열강의 일원이 되어 청국과 조선을 지배하려는 구상을 은폐하기 위한 것이었다.

그런데 김옥균의 삼화주의는 조국을 청국의 속박에서 해방시켜, 청국과 일본과 평등한 처지에서 우호 동맹의 관계를 맺자는 것이었다. 만일 이홍장을 만날 수만 있다면, 김옥균은 이 삼화주의를 설명할 참이었다.

'청국은 조선에 대한 종주권을 포기하는 것이 부담을 더는 수단이다. 그렇지 않아도 청국은 다사다난하지 않는가. 조선도 완전 독립을 달성하면 자랑스런 민족정신의 저력을 개발하여 정치 개혁을 이룩하여 부강한 나라가 될 수 있을 것이다. 청국도 부강한 나라와 결합하면 갖가지 이익이 있을 것이다. 그리고 일본과 더불어 손잡고 나아가면 서구 열강의 패권에 저항할 수 있을 것이 아닌가…'

구체적인 예를 들어 설명하면 이홍장도 이해할 게 분명하다.

44세의 낙천적인 망명 정객 김옥균은 이렇게 믿고 있었다. 그래서 미야사키를 향해 '이홍장과 5분 동안만 만날 기회가 있다면 성공한다'고 호언장담한 것이다.

상해에 도착한 날 밤, 김옥균은 일본에서 동거하고 있던 마쓰노 니카에게 편지를 쓰려고 편지지를 펴놓고 있었다. 그녀는 김옥균이 고베를 출발하기 3일 전에 계집아이를 출산했다. 우선 이름을 일본명으로 '사라'라고 지었지만, 김옥균은 그 딸을 위해 조선 이름을 지어주려고 생각하고 있었다.

좋은 이름이 떠오르지 않았다. 보다도, 신경이 집중되지 않았다. 와다가 방에 있기 때문이 아닌가 했다.

"엔지(와다), 바깥에 조금 나가 있어주게. …편지를 쓰려는데 아무래도 혼자 있어야겠다."

"싫습니다."

충직한 와다가 고개를 저었다. 충직하니까 거부한 것이다. 그의 임무는 김옥균을 지키는 것이었으니까.

"왜 그러는가?"

"선생님 곁에 있는 것이 저의 임무입니다."

"그런가? 그렇다고 해서 항상 곁에 있어서야…."

"밤엔 특별입니다. 편지는 내일 쓰시지요."

"알았다, 알았다."

김옥균은 편지지를 덮어버렸다.

같은 시각, 도쿄 시바구 사쿠라다 혼고조〔東京芝區櫻田本鄕町〕 4 번지에 있는 이일식에게 한 통의 편지가 날아들었다. 보낸 사람은 김태원이었다. 그의 필적이 틀림없었다.

이일식은 초조했다.

김옥균 암살은 홍종우에게 맡겼으니, 도쿄에 있는 박영효를 암살하는 것은 기어이 자기가 해야만 했다.

비밀로 하려고 했지만, 이일식은 자기와 홍종우 사이가 밀접하다는 사실이 많은 사람들에게 알려졌음을 눈치채고 있었다. 그러니 상해에서 홍종우가 김옥균을 암살했다고 하면, 도쿄에 있는 이일식이 경계의 대상이 될 것은 틀림없었다. 어떻게 하건 박영효를 먼저 처리해야만 했다.

전번엔 오사카로 유인하려다가 실패했다. 그러나 도구는 그때 준비해놓았다. 흉기뿐만이 아니라, 대형大型 트렁크까지…. 트렁크는 물론 시체를 담기 위한 용기이다.

이일식은 청부 살인자였다. 상금을 받으려면 죽인 증거를 보여야 한다. 가령, 박영효를 도쿄 한복판에서 죽이고 도망쳤다면,

— 네가 죽였다는 증거가 뭐냐?

고 따지고 들 것이다.

이일식은 권동수, 권재수 등 자객과 함께 운라이관〔雲來館〕에 숙박하고 있었다. 운라이관의 친척인 가와쿠보〔河久保常吉〕라는 놈도 심복으로 만들어놓고 있었다. 살해의 현장이 운라이관으로 될지 모르니, 여관과 인연이 짙은 놈을 자기편으로 만들어둘 필요가 있었던 것이다.

운라이관의 1실엔, 희생자의 출혈을 처리하기 위해 빨간 모포를 대량 준비하여, 먼젓번 사용하지 못했던 트렁크 속에 넣어두고 있었다. 그 밖에 솜, 유지油紙 등도 대량으로 구입하여, 언제든지 살해할 수 있는 태세를 갖추고 있었다.

— 서화회書畫會

이것이 박영효를 운라이관으로 유인하는 구실이었다.

김옥균도 그랬지만, 조선의 망명 정객은 각지에서 서화회를 열어, 자기의 서화를 팔아 생활비와 운동비로 충당했다. 박영효도 김옥균이 고베에서 출발하기 직전까지 야마나키현〔山利木縣〕에서 서화회를 열고 있었다. 박영효의 경우는

— 신린의숙親隣義塾 기부금 모집

을 그 취지로 하고 있었다.

신린의숙은, 조선의 망명 정객과 인연이 깊은 후쿠자와의 게이오의숙〔慶應義塾〕을 본받아, 조선의 장래는 교육의 진흥으로부터 시작해야 한다는 취지에서 창립되었다. 이 조촐한 의숙은 고지마치구〔麴町區〕 이번정 29번지에 있었다. 박영효 계열의 재일 조선 청년이 모인 곳으로 숙박 시설도 있었다.

이일식은 자신의 기밀비에서 얼마간의 돈을 기부하여 박영효의 신임을 얻으려고 했다. 그리고 가끔 신린의숙에 놀러 가기도 했다. 자객으로선 그 대상 인물에 밀착해 있는 것이 여러모로 유리하다. 게다가 이일식은 자기의 심복인 김태원을 신린의숙에 숙박시키고 있었다.

김태원은 21세의 청년이었다. 체격은 어른이었지만, 성격은 소년의 그것으로서 순진하기 짝이 없었다. 이일식은 그 순진함을 이용하려 했다.

그런데 이일식의 인선人選은 잘못되었다. 순진한 청년은 조종하기도 쉽지만, 타인으로부터 영향을 받기도 쉽다. 특히, 훌륭한 인물 옆에 있으면 그 인물에게 빠져버릴 염려가 있다. 김태원은, 자기가 죽여야 할 대상인 박영효에게 심취해버렸다. 그리하여 이일식으로부터 주어진 박영효 암살이란 임무를 견딜 수 없는 부담으로 느끼게 되었다. 금전적으론 이일식의 도움을 받고 있었지만, 정신적으로 박영효와 공명하게 되었던 것이다.

21세의 청년은 심중의 갈등을 이겨내지 못하여 노이로제 상태가 되었다. 공동생활을 하고 있으니 증세가 곧 눈에 띄었다.

신린의숙의 간부는 정난교, 이규완 등 박영효의 친위대들이다. 그들은 기왕의 국군 간부 요원으로서, 조선 정부에 의해 도야마학교(戸山學校)에 파견된 유학생들이다. 도야마학교는, 일본의 육군학교 가운데서도 특히 체육에 중점을 둔 학교이다.

친위대 가운데서도 정난교는 강력 무쌍의 사나이였다.

"넌 무슨 까닭으로 고민하고 있는가? 고백해라. 그럼 우리가 도와줄 테니. 우리 모두 동지가 아닌가."

정난교의 말에 김태원은 감격했다.

"당신들은 나를 동지라고 생각하고 친절하게 대해주는데, …나는 당신들을 배반하려는 비인간이다."

김태원의 입에서 이런 말이 나왔다.

"뭐? 비인간이라구? 상세하게 얘기해봐라. 배반하다니, 무슨 소린가?"

이규완이 무섭게 따지고 들었다.

"실은, 나는 이일식에게 경제적 도움을 받고 있습니다…."

김태원이 기어드는 소리로 말했다.

"그 사람, 돈 씀씀이가 좋더군. 대찬에서 장사를 해서 벌었다고도 하고, 상해에서 복권이 당첨되었다고도 하구…. 이상한 녀석이야."

정난교의 말이었다.

"그 사람의 돈이 어디서 나왔는지 그건 모릅니다. 다만, 그 사람이 민씨 일족의 부탁을 받고 갑신정변의 망명자들을 암살하려고 와 있는 것은 확실합니다."

김태원은 진상을 고백하여 마음이 가벼워진 모양이었지만, 듣는 사람들은 그렇질 못했다.

"사실인가, 그게?"

동시에 소리를 높였다.

망명 정객들은 대개, 본국에서 온 자객 때문에 신경이 예민해져 있었다. 장은규, 지운영 사건도 최근의 일이다.

박영효도 이일식을 전면적으로 믿고 있었던 것은 아니다. 그러나

181

금전 원조란 실적이 있고 보면 '설마' 하는 마음이 생겨날 법도 했다.

"사실입니다."

김태원이 떨리는 목소리로 말했다.

"음!"

정난교와 이규완은 서로 얼굴을 보았다. 같은 생각을 하고 있었던 것이다.

"김태원의 말이 사실일지도 모른다. 그런데 김태원의 요즘의 언동으로 보아, 터무니없는 말을 지껄였는지도 모른다."

사실, 김태원은 제정신이 아니었다. 병적인 징조도 있었다.

"아무튼 확인을 해봐야지."

이규완이 말하자, 정난교가 동의했다.

그 후 얼마 지나지 않아, 이일식으로부터 박영효에게 운라이관으로 와달라는 초청이 있었다.

'역시 이상하다.'

박영효는 '야마나시에서 돌아온 지 얼마 되지 않고, 시간 사정도 어렵다' 하고, 초대에 응하지 않았다.

어쨌든 진위는 확인해야만 했다. 이일식이 민씨 일족이 파견한 자객이라면, 적이 펼쳐놓은 암살망의 전모를 알아내야만 했다.

운라이관 초청이 왔을 시점에, 박영효 진영은 김태원의 고백이 거의 사실일 것이라고 판단했다. 어떤 수단을 써서라도 이일식을 유인하여 민씨 일족의 포석布石을 알아내기로 결정했다.

정난교는 김태원에게 편지를 쓰게 했다.

— 지금 의논할 일이 있습니다. 박영효는 지바(千葉) 여행 중이

니, 신린의숙으로 왕림하시기 바랍니다….

하는 내용이었다.

상해 철마로 동화양행의 일실에서 김옥균이 편지지를 덮었을 무렵, 도쿄 운라이관에선 이일식이 김태원의 편지를 읽고 있었다.

"28일 오전 아홉시라?"

이일식이 편지에 쓰인 시각을 중얼거렸다.

그 3월 28일 오전 아홉시 넘어, 이일식은 신린의숙의 2층 방 기둥에 결박되었다. 그 앞에 거한巨漢 정난교가 앉았다. 가끔 그 큰 주먹으로 이일식의 뺨을 쥐어박았다. 이일식은 코피를 쏟고, 혀끝을 물었는지 입에서도 피가 흘러내리고 있었다. 이규완은 벌겋게 달군 부젓가락으로 이일식의 머리를 쑤시고 때렸다.

"자아, 자백해라."

이상의 두 사람 외에 서양순, 박평길, 유승만 등도 교대로 이일식을 공격했다.

"그런 일 없다."

고, 피투성이가 되면서도 이일식은 부인했다.

"김태원이 모든 것을 불었다. 넌 그에게 국왕의 암살 칙서를 보이지 않았느냐?"

하는 심문에 대해선,

"돈벌이다, 돈벌이. 전번의 지운영 사건에서 암시를 받았다. 그런 게 있으면 신용하거던. 그건 위조다. 나는 박영효나 김옥균을 죽이라는 지령을 받은 적이 없다."

며 침을 뱉었다. 빨간 피가 섞인 침이었다.

"그, 이곳저곳에 보이고 돌아다닌 칙서는 어디에 있느냐?"

이규완이 물었다.

"그까짓 가짜, 대단치 않은 거니까 소중하게 간직하지도 않았다. 운라이관 내 방의 다락에 있다."

언제부터인가, 박영효가 나타나서 방 한구석에 앉아 있었다. 자기의 생명을 노리는 자에 대한 심문에 관심이 없을 수가 없었던 것이다.

"그럼, 그걸 찾아와보자."

며 정난교가 결박을 풀고 이일식의 손에 붓을 쥐어주었다.

— 이 서찰을 가지고 간 자에게 소행리小行李를 인도하라.

고 이일식이 썼다.

짐짝이 신린의숙으로 왔다. 열어보니, 과연 칙서라는 것이 있었다.

칙탁우勅託于 이일식李逸植 민영익閔泳翊

탈심지경등지충심지력야脫深知卿等之忠心智力也 경등숙지탈지대우야卿等熟知脫之大憂也 군부중탁지하신君父重託之下臣 신하진충어상臣下盡忠於上 천지지상경야天地之常經也 동모량책멸역고부왕실언同謀良策滅逆高扶王室焉 임진사월초육야壬辰四月初六夜 어장안당중친제친인於長安堂中親製親印

군부인君父印

중비重批

혹유애구선참후계의당향사或有礙拘先斬後啓宜當向事

184

조론詔論

칙명이일식토멸갑신루강역적등식탈지대우야勅命李逸植討滅甲申
漏綱逆賊等息脫之大憂也 용인급용전전관중산감리서用人及用錢全
關重山監理署 이생금륙참림시수기자주언而生擒戮斬臨時隨機自主
焉 임진사월초육야壬辰四月初六夜 어경복궁지건청장안당於慶福宮
之乾淸長安堂 친제명우관영소안보새親製命于關泳韶安寶璽

　　대군주大君主 인印

　　이것이 가짜라는 것은 확실했다. '조선국왕지옥새朝鮮國王之玉
璽'라는 것이 그 짐짝 속에서 나왔기 때문이다. 뒤에 일본 경찰이
추궁한 결과, 오사카의 인장업자印章業者가 위조한 것이란 사실이
밝혀졌다.

　　"칙서로써 돈을 벌려고 하다니…"

　　박영효는 뱉듯이 말하고, 이일식을 풀어주라고 했다. 그러나 만
일의 경우를 위해 의숙에 연금해두었다.

　　이일식이 신린의숙의 2층에 감금되어 있을 때, 김옥균은 상해에
서 살해되었다. 그 사실이 일반에 알려진 것은 30일이 지나서였다.

　　권동수, 권재수 등이, 이일식이 28일 밤까지 돌아오지 않자, 이변
이 있다고 느끼고 경찰에 알렸다.

　　일본 경찰은 신린의숙으로 달려갔다. 이일식은 구조되었다.

　　민씨 일족의 암살 계획은, 김옥균의 경우는 성공했지만 박영효의
경우는 실패했다.

　　얘기는 상해로 돌아간다.

상해에 있어서의 하루를 지내고 3월 28일이 되었다.

"자아, 오늘은 상해 구경을 하자."

아침 식사 때 김옥균이 제안했다. 아무도 반대하지 않았는데, 오보인이

"상해 구경은 좋은데, 상해 사람들의 구경거리가 되지 않을까요?" 했다.

당시는 동양인이 양복을 입는 것은 드문 현상이었다.

김옥균은 중국복을 입기로 하고, 오보인이 중국복 구입을 맡았다.

김옥균과 오보인이 그런 말을 하고 있을 때, 홍종우가 말을 끼웠다.

"구경도 좋지만, 미리 할 일이 있습니다. 은행에 가서 돈을 찾아야지요."

"흠, 중국복을 입고, 대금을 가지고…. 괜찮겠군. 그런데 세이쿄마루의 마쓰모토 사무장이 안내해준다고 했는데…."

김옥균의 말이었다.

"그것, 좋은 일입니다. 연락을 해야지요. 뒤에 와다 군이 마쓰모토 씨에게 가보시오."

홍종우의 말이었다.

홍종우는 잘 될 것 같다고 생각했다.

'김옥균을 죽이려면 주변에 사람이 없는 것이 좋다. 오보인은 김옥균의 중국복을 마련하기 위해 나간다. 와다는 마쓰모토에게 연락하러 간다. 나는 은행에 가는 척한다. 그러면 여관의 2층엔 김옥균 혼자만 남는다….'

그런데 아침 식사를 끝내자, 김옥균은 와다를 데리고 외출했다.

오보인은 오랜만에 온 상해인지라, 중국복을 마련한다는 구실로 이곳저곳 돌아다닐 모양이었다.

홍종우는 은행에 가는 척하고 김옥균과 와다의 뒤를 밟았다. 와다를 데리고 나간 김옥균은 곧 여관으로 돌아왔다.

"아아, 피곤하다."

며 그는 방으로 들어갔다. 문을 열어 놓은 채 침대에 앉아 책을 들고 와다에게

"세이쿄마루의 마쓰모토에게 연락을 해야지. 그러나 거기까지 갈 필요는 없다. 아래 사무실에 가서 전화를 하지."

"예, 갔다 오겠습니다."

충직한 호위인 와다는, 여관의 사무실까지 갔다 오는 데에는 마음을 놓은 모양이다. 그는 아래로 내려갔다.

홍종우는 와다가 없어진 그 수분 동안에 자객으로서의 임무를 수행해야 했다.

이때, 근처에서 폭죽爆竹이 계속 터졌다. 청국에선 으레 있는 일이었다.

'아아, 이건 천우天佑다.'

홍종우는 폭죽 소리가 피스톨 소리를 은폐해줄 것이라고 생각했다. 그는 김옥균의 방으로 천천히 들어섰다.

"그 꼴이 뭔가?"

김옥균이 웃으면서 물었다. 홍종우가 어느덧 조선옷으로 갈아입고, 피스톨과 단도를 가슴에 품고 나타난 것이다.

"뭐니 뭐니 해도, 우리에겐 이 옷이 제일입니다."

홍종우가 말했다.

"그건 그렇겠지. …그러나 현대 생활엔 적당하지 않아. …집 안에서 지내기엔 좋지만…"

김옥균은 이런 말을 하며, 들고 있는 책으로 시선을 옮겼다.

홍종우는 품속에서 피스톨을 꼭 쥐었다.

시간의 여유가 없다는 것이 홍종우의 결단을 재촉했는지 모른다. 와다가 곧 올라올지 몰랐다. 홍종우는 폭죽 소리가 터지길 기다렸다.

"상해 구경을 하기까지 조금 누워 있어야겠다. 피곤해."

김옥균은, 곁에 있는 홍종우는 아랑곳없이 침대 위에 누웠다. 윗도리를 벗은 채 담요를 끌어올렸다.

홍종우는 연발식 피스톨을 꺼냈다. 김옥균은 눈을 감고 있었다. 이렇게 간단한 표적이 있겠는가. 홍종우는 김옥균의 왼편 관자놀이를 겨누고 방아쇠를 당겼다.

"우앗!"

신음 소리와 함께 김옥균이 몸을 일으키려고 했다. 홍종우가 두 발째 쏘았다. 동시에 홍종우는 주문을 외듯,

"역적, 역적, 역적."

이라고 뇌었다.

두 발의 총탄을 맞고도 김옥균은 침대에서 뛰어내려 눈을 부릅뜨고 홍종우를 노려보며 문 쪽으로 걸어갔다. 홍종우는 그 등을 향해 세 발째를 쏘았다. 김옥균은 꺾어지듯 넘어졌다.

홍종우는 골마루로 뛰어나와 계단을 뛰어내렸다. 현관의 문은

열려 있었다. 거리로 나가 뛰기 시작했다. 뛰면서도 그는

"역적, 역적, 역적."

이라고 되뇌었다.

와다는 여관의 카운터에 있었다. 2층의 총성은 그도 들었다. 그런데 무슨 제사나 혼례식이 있는지, 아까부터 폭죽 소리가 계속 나고 있었다. 와다는 총성도 폭죽 소리도 처음 들었기 때문에 구별하지 못했다. 다만, 홍종우가 자기 곁을 지나 말없이 달려 나간 동작에 이상을 느꼈다. 그래서 그도 바깥으로 뛰어나가,

"무슨 일이오, 홍 선생?"

하고 소리를 질렀다. 그러나 홍종우의 모습은 보이질 않았다. 홍종우는 은행에 가는 척하고 여관 인근의 골목을 조사해두었다가 숨어들어간 것이다.

와다는 고개를 갸웃하며 여관 2층으로 올라갔다. 그때, 계단 위에서 어느 일본인이

"큰일났다! 김옥균이 습격당했다!"

고 고함을 질렀다.

그 여관에 투숙하고 있는 일본 해군의 군인이었다.

와다는 놀라 2층으로 뛰어 올라갔다. 골마루가 피바다가 되어 있었다. 김옥균이 그 피바다 속에 쓰러져 있었다.

일본의 총영사가 외무대신 무쓰(陸奧宗光)에게 보낸 보고에는,

— 김옥균의 시체엔 총상이 셋 있었다. 하나는 총탄이 좌편 관골 하부를 관통하여 뇌에 이르렀고, 하나는 모포와 의복을 관통하여 복부를 스쳤으며, 하나는 배면 좌견골 하부를 뚫었다….

고 되어 있다.

홍종우는 체포되어 공동 조계의 포방(捕房. 감옥監獄)에 수용되었다.

이 소식을 들은 조선 정부는 외서참의外署參議 고영희高永喜를 일본공사관에 파견하여 김옥균에 관한 정보를 통고해준 데 대해 감사의 뜻을 표하고, 외서독판外署督辦 조병직趙秉稷을 원세개에 게 보내어, 청국 정부가 홍종우를 구원해주도록 간원했다.

그 후 복잡한 경위가 있었지만, 결국 김옥균의 시체는 조선에 돌 아오게 되었고, 김옥균의 시체를 실은 그 배를 타고 홍종우도 조선 으로 돌아왔다.

김옥균의 유해에 잔인한 살육이 가해졌다. 목이 잘리고 사지四肢 가 절단되었다. 그리고 양화진楊花鎭에 효시梟示되었다.

양화진은 서울 남대문에서 20리쯤 상거해 있는 한강변의 항구였 다. 지금은 변비邊鄙*한 곳이 되어버렸지만, 당시엔 회조업(回漕業. 배 로 물건을 실어 나르는 사업)의 중심지로서 꽤나 번성했었다.

그 양화진 옥문장獄門場에

— 대역부도죄인옥균大逆不道罪人玉均.

이라고 대서大書한 기치가 세워지고, 그 옆에 몽둥이를 삼각형으로 짜서 김옥균의 머리를 새끼로써 매달았다. 머리와 사지를 절단한 덩치가 그 옆에 엎드려 있었다. 등엔 몇 줄의 칼자국이 나 있었다. 칼자국은 대퇴부에까지 이르러 있었다.

---

* 하찮고 궁벽함.

190

능지처참凌遲處斬이란 형이다.

원래 살아 있는 사람을 그렇게 처단하는 혹형인데, 김옥균은 이미 죽어 있었기 때문에 사후에 그 형식을 밟은 것이다. 능지란, '서서히 쇠衰한다'는 뜻인데, 이렇게 죽이는 형명刑名으로 되었다. 예로부터의 누습으로서, 너무나 잔인하다고 하여 수당隋唐 시대엔 폐지되었다가 원元나라 때 부활되었다.

새끼로 매단 김옥균의 목엔,

— 모반대역부도죄인옥균謀反大逆不道罪人玉均 당일양화진두부대시능지처참當日楊花鎭頭不待時凌遲處斬

이란 목찰木札이 달려 있었다.

이건 능지라고 하기보다는 '늑시戮屍'이다. 늑시는 진시황秦始皇이 반역한 군사에게 가한 형이라고 사기史記에 나타나 있다. 그 후론 역대의 형법에 나타나지 않다가, 명明의 만력 십육 년(萬曆十六年. 1588), 조부모 또는 부모를 모살한 자에 한해서 이 형이 가해지게 되었다. 청淸은 이 형을 강도強盜에게까지 확대 적용했다.

능지, 효수梟首, 늑시 등 잔인한 형이 중국에서 폐지된 것이 광서 삼십일 년(光緒三十一年. 1905)이었으니, 조선에서 이런 형이 시행되고 있을 무렵엔 청나라에도 이 형이 있었던 것이다.

모반인은 최고의 형으로써 처벌당하게 되어 있으니, 김옥균도 능지, 효수, 늑시에 상당한다.

일본공사 오토리[大鳥圭介]는 조선 정부에, 김옥균의 시체에 그런 형을 가하는 일이 없도록 요망했다. 일본공사뿐만 아니라, 암살 현장에 있었던 상해의 각국 영사도 청국의 총리아문을 통해 조선에 이와 같은 요구를 했다.

조선 정부는 이와 같은 요구를 무시했다.

— 엄연히 국법이 있는 이상, 국법대로 시행한다.

는 것이 조선 정부의 태도였다.

그러나 그 형이 너무나 잔인하여 외국인의 빈축을 샀기 때문에, 효시 닷새째에 김옥균의 시체를 철거해버렸다. 효시하는 동안 감시자가 있었지만, 사람들이 시체에 접근하고 접촉하는 것을 금하진 않았다.

감시가 엄하지 않은 탓으로, 효시하는 동안 목이 도난당한 사건이 발생했다는 풍문이 돌았다. 일본인 가히 모(甲斐某)가 훔쳤다고 했는데, 뒤에 일본인이 훔친 것은 목이 아니고 유발(遺髮)이었다고 밝혀졌다.

김옥균의 죽음과 그 늑시로 인해 일본의 여론이 비등했다.

그해 4월 21일, 간다(神田)의 긴기관(錦輝館)에서 열린 '김옥균 사건 연설회'에 이어 4월 23일, 시바(芝)의 고요관(紅葉館)에서 정계의 유력자 백여 명이 '대외 경파 대간친회(對外硬派大懇親會)'를 열었다. 고노에, 이누가이, 하토야마 등 쟁쟁한 인사들이 모였다.

김옥균 추도회가 아사쿠사(淺草)의 혼간사(本願寺)에서 있었다. 미증유의 성황이었다.

김옥균의 무덤은 일본에 두 군데 있다. 하나는 아오야마(靑山)의 외인묘지 내에 있고, 하나는 혼고(本鄕)의 진조사(眞淨寺)에 있다. 예의 유발은 진조사에 묻혔다.

암살자인 홍종우는 개선장군처럼 일부 사람들의 환영을 받았다.

후에 그는 '황국협회皇國協會'의 간부가 된다. 황국협회는 보수적인 우익 폭력단이다. 그는 진보적인 '독립협회'를 분쇄하기 위해 맹활약을 했다. 그가 그런 단체의 대 간부가 될 수 있었던 것은, 물론 김옥균 암살의 경력 탓이다. 정치적 암살이란 실적을 정치적 재산으로 한 것이다.

원래 자객이란, 성공하건 실패하건 살아 있을 형편이 못 된다. 살아남은 자객처럼 희극적인 존재란 없다. 더구나 자기의 암살 실적을 재산으로 하여 먹고사는 존재처럼 가련하고 쑥스러운 것은 없을 것이다. 극우의 간부로서 피비린내 나는 수라장을 헤맨 홍종우는 죽지 못한 희극적 자객의 전형이라고 할 수 있다.

갑신정변 때 김옥균에게 살해된 육대신六大臣, 즉 민태호, 민영목, 한규직, 이조연, 윤태준, 조영하 등의 유족은, 자기들을 대신하여 원수를 갚아주었다고 해서 홍종우에게 감사했다. 그리고 다투어 연회에 초대했다. 홍종우는

"호의는 고맙지만 응할 순 없다. 나는 당신들의 원수를 갚은 것처럼 되었지만, 결과로서 그렇게 된 것이지 나의 본의는 아니다. 나는 당신들을 위해 복수한 것이 아니고, 갑신의 역적, 국가의 공적公敵을 무너뜨린 것이다. 물론 그것만도 아니다. 김옥균이 살아 있는 한, 3국의 평화는 유지될 수가 없다. 나는 만부득이해서 결행했다. 당신들의 환대를 받을 수 없다."

고 했다.

그러나 유원육가有怨六家*들의 초청은 끈덕지기만 했다. 결국, 홍종우는 그 여섯 집을 두루 돌아다니며 환대를 받았다.

최천중이 이런 사정까지 어찌 샅샅이 알았을까만, 대강 들리는 소문만으로도 그는 흥분했다.

한마디로 나라꼴이 말이 아닌 것이다. 최천중은 깊은 허무감에 사로잡혔다. 동학란이 점점 확대되어간다고 해도, 깊은 허무감 탓에 별반 동요를 느끼지 않았다.

황봉련의 말대로 홍산계고 뭐고 일체를 팽개쳐버리고 깊은 산속으로 들어가버릴까 하는 충동이 무럭무럭 일었다.

홍종우가 대가들의 환대를 받고 대로를 활보하고 있다고 듣자,

"그놈을 잡아 뼈다귀를 추릴 놈이 없으니, 이 나라 청년들은 쓸개도 없단 말인가!"

하고 흥분했으나, 그저 부질없는 노릇일 뿐이었다.

최천중은 어느 날, 김옥균의 부인 유씨兪氏가 옥천의 어느 두메에서 살고 있다는 소식을 들었다. 그는 구철룡을 시켜, 유씨 부인의 거처를 찾아 돈 천 냥을 갖다주게 했다.

"이 일이라도 하고 나니, 속이 후련하다."

며 최천중은 눈물을 삼켰다.

* 원한을 가진 여섯 집안.

난중난후

亂中亂後

임강학원의 뜰에서 복사꽃이 봉오리를 맺기 시작했다.

4월 하순의 해가 서산으로 기울어 있었다.

학원의 문은 굳게 닫혔고, 원장 김웅서가 거처하는 방에 8, 9명의 사람이 모여 있었다. 그 가운덴 왕문, 민하, 강원수의 얼굴도 보였다.

"우선, 그 창의문倡義文을 한번 읽어보게!"

김웅서가 좌중의 어느 청년에게 지시했다. 그 청년은 아까 전라도 논산에서 온 김태홍이라고 소개된 바 있었다.

청년이 창의문을 읽기 시작했다.

세상에서 사람을 귀하다 함은 인륜人倫이 있기 때문이니, 군신君臣, 부자父子의 윤리는 인륜 중에서도 으뜸이다. 임금이 어질고 신하가 곧으며, 아비가 자식을 사랑하고 아들이 효도한 연후에야 나라를 보전할 수 있을 것이다.

금상今上은 어질고 자애하고 총명하시니, 현량방정賢良方正한 신하가 있어서 그 밝음을 도우면 요순堯舜의 덕화德化와 문경文景의 선치善治를 가히 바랄지니라. 그러나 오늘의 신하된 자, 보국保國을 생각지 않고 한갓 녹위祿位만 도둑질하여, 성상의 총명을 가리고 아부와 아첨만을 일삼아, 충간하는 말을 요언妖言이라고 하고, 정직한 사람을 비도匪徒라 일러, 안으론 보국의 재사才士가 없고, 밖으로는 백성을 학대하는 관리가 많도다. 백성의 마음은 날로 흐트러져 생업에 애착할 만한 날이 없고, 몸을 보전할 계책이 없으며, 학정은 날로 더해가고, 원성은 그치지 않으니 군신, 부자, 상하의 의가 무너지고 말았도다.

관자管子에 가로되, 예禮, 의義, 염廉, 치恥가 반듯하지 못하면 나라가 멸망한다 하였으니, 오늘의 형세가 옛날의 그것보다 더 심하구나. 조정의 공경公卿에서 방백 수령에 이르기까지 국가의 위태함은 생각지 않고, 함부로 자기 일신의 비대와 가문의 윤택만을 꾀하여, 관리는 전횡專橫하고, 과거를 보이는 장소가 돈벌이와 벼슬을 팔고 사는 곳이 되었고, 허다한 재물은 국고로 들어가지 않고 개인의 사복을 채우고 말았으며, 국가에 누적한 빚이 있으되 상환할 것을 생각지 않고, 교만과 사치와 음란한 일만을 거리낌없이 행하여 팔로八路*가 어육魚肉이 되고, 만민이 도탄에서 허덕인다.

수령의 탐학에 백성이 어찌 곤궁치 않을 수 있겠는가. 백성은 국가의 근본이라, 근본이 쇠하면 나라가 설 수 없다. 즉, 보국안민의 방

---

* 팔도.

책을 생각지 않고 유독 제 몸만을 위하여 국록만을 도둑질함이 어찌 옳은 일이라 하겠는가.

우리들은 비록 초야의 유민遺民이나, 이 국토에 몸 붙여 사는 자로서 차마 국가의 위망을 앉아서 바라볼 수 없으므로, 팔도가 동심同心하고 수많은 인민이 뜻을 합하여, 이대로 의기義旗를 들고 보국안민으로써 사생을 맹세하노니, 금일의 광경에 경동輕動치 말고 각자 안업安業하여, 다 함께 태평한 성상의 덕화에 힘입음이 있기를 간절히 바라노라.

갑오 3월 21일

호남 창의소

전봉준 全琫準

손화중 孫和中

김개남 金開南

김태홍이 읽기를 끝내자, 김웅서가

"썩 잘된 문장이로군!"

했다.

"일일이 왕을 빙자하는 대목이 마음에 들지 않는데요."

연치성이 한 말이다.

연치성의 평소 주장은, 실정失政의 모든 책임은 임금에게 있으니, 나라를 바로 되게 하려면 왕실을 두들겨 엎어야 된다는 것이었다.

"문장상文章上으로 임금을 적시敵視할 필요가 있는가? 사단事端을 크게 하지 않기 위해 적당하게 수사修辭한 것이 아닌가?"

김웅서가 웃으며 말했다.

"문장을 그렇게 수사한다고 조정이 그들을 좋게 대할 줄 아십니까? 일은 이미 벌어진걸요. 왕실을 타도하고 새 나라를 세울 기백이 있어야 하지 않겠습니까?"

연치성의 말이 날카로웠다.

이렇게 연치성과 김웅서 사이에 토론이 벌어질 낌새를 알고, 왕문이

"전봉준이란 어떤 어른이신가요?"

하고 김태홍에게 물었다.

"예!"

하고, 김태홍이 다음과 같이 말했다.

"전봉준 어른으로 말하면 동학의 고부군古阜郡 접주接主이십니다. 도인들의 신망을 한몸에 받고 계시옵니다."

"접주가 되기 전엔 무엇을 하신 어른이오?"

"마을의 아이들에게 글을 가르치시고 농사를 지으신 어른입니다. 그런데 그분의 아버님께선 얼마 전 옥사를 하셨습니다."

"그 분풀이로 일어선 것이로군요."

"그런 것만은 아닙니다."

하고, 김태홍이 현지의 상황을 소상하게 설명했다.

고부군수 조병갑은 백성들이 한창 어려운 궁춘窮春에 농부들을 동원해서 제방을 쌓게 하고, 가을에 가선 수세水稅를 강제로 징수했다. 이해는 가물지 않아 봇물을 그다지 이용하지도 않았는데, 덮어놓고 상답上畓 한 마지기엔 벼 두 말, 하답 한 마지기엔 벼 한 말

씩을 매겨, 도합 7백여 석을 착복했다. 그는 또, 황무지를 개간하여 농사를 지으면 면세免稅해준다고 하고선, 추수철이 되자 비싼 세금을 징수해 사복을 채웠다. 뿐만 아니라, 군민들 가운데 유복한 자들에겐 부모에게 불효했다, 음란한 짓이 있었다, 노름을 했다는 등 트집을 잡아, 2만 냥이 넘는 뇌물을 우려냈다. 민간에서 바친 대동미大同米를 나라에 바칠 땐 나쁜 쌀과 바꿔서 이득을 챙겼다. 그의 아버지는 한때 태인군수였는데, 그 비각을 세운다고 하여 비용을 민간에 풀어 천수백 냥을 거둬 먹었다. 이 밖에도 가렴주구는 열거할 수가 없을 지경이었다.

그런데다 전운사轉運使 조필영趙弼永이란 자가 세미稅米를 부당하게 거둬 먹었다. 세미를 받을 적에 색모色耗니 뭐니 하여 정량 외로 받은 뒤에, 서울에 가면 줄어든다고 하여 두 냥씩을 더 받은 것이다.

이런 이유, 저런 이유로 해서 작년 12월, 고부에서 민란이 일어났다.

고부군수 조병갑은 백성들의 호소를 들어 주기는커녕 소장訴狀의 대표가 된 세 사람을 폭도라는 죄명으로 옥에 가두고 곤장으로 쳐서, 이윽고 그 대표의 한 사람인 전창혁全彰赫이 죽었다. 이 사람이 곧 전봉준의 아버지다.

죄 없는 사람이 죽어 나오자, 고부의 민심은 극도로 흥분했다. 지난 정월 11일, 읍민 수백 명이 관아에 몰려가서 군수의 탐학을 규탄했다. 일부는 만석보萬石洑를 파괴하고, 일부는 관아의 창고를 부숴, 천 석가량의 곡식을 읍민들에게 도로 돌려주었다.

사태가 험악해지자, 군수 조병갑은 도망을 치고, 장흥부사 이용태가 조정으로부터 안핵사按覈使의 임무를 받아 고부로 출동했다. 그런데 안핵사 이용태의 행동 또한 돼먹지 않았다. 민심을 수습할 생각은 않고, 역졸 8백 명을 데리고 와서 닥치는 대로 읍민들을 구타하고 체포하고 고문했다. 남자가 도망간 집에 난입하여 처자와 권속들을 끌어내어 함부로 폭행했다. 약탈과 강간도 서슴지 않았다.

"관의 행패가 이렇게 혹심해지자, 동학의 고부 접주 전봉준 선생께서, 태인 주산리의 최경선 씨 집에서 같은 동학교도인 김개남, 손화중, 김덕명, 차치구, 정익서, 김도삼 등 어르신네와 의논하여 의거를 결행하게 된 것입니다."

김태홍의 얘기가 끝나자, 김웅서가 입을 열었다.

"김공은 무슨 이유로 우리를 찾아왔는가? 나는 아까 들어서 알고 있지만, 김공이 직접 이 자리에서 그 이유를 말해주기 바란다."

김태홍이 자세를 고쳐 앉았다. 그리고 이야기를 시작했다.

"보름 전의 일입니다. 한양에서 박종태란 분이 동학의 창의소에 오셨습니다. 전全 접주接主를 비롯하여 여러 접주님들과 의논이 있었던 것 같습니다. 그 결과, 제가 한양에 오게 된 것입니다. 자세한 내용을 서면으로 만들어 가지고 오려 했으나, 도중에 불려지사不慮之事가 있을 것을 감안하여, 제가 그 뜻을 명념하고 상경했습니다. 박종태 선생의 문안 편지로 저의 신분이 밝혀졌을 줄 알고, 박종태 선생과 전 접주의 뜻을 말씀드리겠습니다. 동학 의거의 목적은, 중앙을 제압하여 쇄신된 정권을 세우는 데 있습니다. 계획대로라면 1개월 후에 우리의 선봉이 한양에 입성할 작정으로 있습니다. 그때를 겨냥하여 대응할 태세를 갖추어주실 수 있는지 없는지, 있다면 어떤 방책으로 하실 건지, 그것을 알았으면 하는 것이 저의 용무입니다. 박종태 선생의 말씀은, 인강학원에 백수십 명의 기골 있는 선비들이 있다고 하셨는데, 만일 그 백수십 명이 대응해 주신다면 이런 다행이 없을 것이란 것이었고, 될 수만 있다면 청국진淸國陣에 영향을 미쳐 청국과 우리 사이에 충돌이 없게 해주신다면 좋겠다고 하셨습니다. 지금 우리의 사기는 높고, 불원 관병官兵은 맥을 추지 못하게 될 것이 필지의 사실입니다. 우리들의 목적은 보국안민에 있은즉, 여러분들의 협조가 있으시리라 믿습니다."

김태흥의 말은 정중하고 정연했다.

엄숙한 침묵이 한동안 방안을 눌렀다. 이만저만하게 중요한 일이 아닌 것이다. 갑자기 역모逆謀의 모임이 되었기 때문이다.

침묵이 있은 후, 김웅서의 김태흥에 대한 질문이 있었다.

동학의 개조開祖 최제우崔濟愚는 교도들로부터 수운 선생水雲先生이라고 불리었다. 1824년 경주에서 출생했는데, 출생 3일 전, 출생지의 배후에 있는 구만리九萬里 장천산長天山이라고 불리는 구미산龜尾山이 경동驚動했다고 전한다.

그가 동학을 창설하기 시작한 것은 1860년이다. 유교, 불교, 도교, 즉 유불선儒佛仙 구도에 기독교 교리까지 조화시켜, 독특한 민간신앙을 바탕으로 하여 만든 것이 그 교의敎義이다.

— 인내천人乃天(사람이 곧 하늘이다.)

이것이 근본 사상이다.

천도天道를 행한다는 것이다.

천도라고 하면, 사람 위에 절대적인 유일신唯一神을 상정하겠지만, 그것이 아니다. 동학이 말하는 천天은 인간 위, 또는 인간 바깥에 있는 것이 아니다. 사람이 곧 천이다. 형태가 있는 것을 인人이라고 하고, 형태가 없는 것을 천天이라고 한다. 천주란 달리 있는 것이 아니고, 자기 자신 속에 있다. 이걸 시천주侍天主라고 한다. 자기 속에 천주를 모신 사람이란 뜻이다.

최제우의 교설은 동경대전東經大全에 집약되어 있다. 그 속에

— 시천주조화정侍天主造化定

이란 문구가 있다.

천주를 자기 속에 모신 인간이 천지 만물의 조화를 결정한다는 것이다.

동학은 금압되고, 교조敎祖 최제우는 처형되었다. 조정은 유교 이외의 어떤 교리도 용납하지 않으려 했다. 천주교 탄압에 중점을 두고 있던 조정은 동학도 천주교의 일종으로 보고 사학邪學이라고 단정했다. 서학西學에 대항하는 뜻으로서의 동학東學인데, 그런 사실엔 아랑곳하지 않았던 것이다.

교조 최제우가 처형된 후, 2대 교주 최시형은 교조의 유문遺文을 간행하여 교의를 체계화시켰다. 탄압에도 불구하고 교세는 날로 늘어만 갔다. 최시형이 가장 중점을 둔 것은 교조의 신원伸寃이었다. 교조의 무죄를 창도唱導하는 항의 집회가 곳곳에서 열렸다.

1892년 12월, 전라도 삼례역에서 '신원 집회'를 열고, 이서吏胥와 군교軍校들의 교도敎徒 참학 행위를 도 감사에게 호소했다.

1893년 3월, 동학교도 박광호, 손병희 등 40여 인이 교조의 신원

을 위해 복각상소伏閣上疏*했다.

같은 해 3월, 동학교도들은 충청도 보은報恩에서 신원 집회를 열고, 동시에 '척왜양창의斥倭洋倡義'의 기치를 올렸다.

동학의 교설엔 '보국안민'이 있다. 나라를 돕고 백성을 안전케 하자는 뜻이다. 그러니 동학은 둔세적遁世的인 것이 아니고, 적극적인 정치성을 띠고 있는 것이다. 그런 만큼 현실 사회에 깊은 관심을 갖고, 부정을 용서하지 않는 체질을 내포하고 있었다. 그런데 현실엔 너무나 많은 부정이 있었다. 서민의 감각으로써 말하면 부정투성이였다. 현실적이고 정치적인 동학이 이런 사실을 외면할 수는 없었다. 게다가 관의 부정이 동학교도들에게만 집중되어 있는 것 같은 느낌조차 들었다.

그도 그럴 것이 금지된 동학을 믿고 있는 교도에게 이서들의 행패가 특히 심했다. 이서들은 동학교도라는 약점을 잡고 금전과 곡물을 거두어 갔다.

교조의 신원을 목적으로 한 항의 집회가 이서들의 부정에 대한 규탄 대회가 되고, 그 배타적인 기질로 하여 외국의 침략에 대한 반대 대회가 되기도 했다. '척왜양창의'의 기치가 걸리게 된 보은 집회는 그런 사례의 하나였다.

원래 창의倡義라는 말은 '기의起義'라는 말과 같이 '행동'을 포함하고 있다. '의'를 주장할 뿐만 아니라, '의'를 위해 '행동'을 일으킨다는 뜻이 함축되어 있다.

---

* 궁전을 향하여 절하고, 황제에게 직소하는 것.

일본의 어느 학자는 다음과 같은 의견을 말했다.

"조선을 개혁하려는 핵核과 같은 것이 동학에 있었다. 그런데 혁신파인 김옥균은 동학에 관심을 표명한 흔적이 없다. 결국 그는 사대부士大夫여서, 동학이 가진 서민적인 것은 생리에 맞지 않았던 것이다. 조선을 기사회생시키기 위해서라면, 김옥균은 이홍장을 만나러 갈 것이 아니라, 동학의 지도자를 만나러 갔어야 했다."

가끔 민란이 있었다. 그러나 이번의 거사는 그런 민란의 범위를 넘은 대규모의 반란이었다.

전라도관찰사는 이경식李耕植이었다. 그런데 직접 인민을 착취하는 사람은 하급 관리였다. 예컨대 군수郡守 따위인데, 그들은 대부분 문벌 출신자로 중앙에 빽이 든든했다. 그 빽을 믿고 거침없이 착취를 했다. 민란이 일어나도 빽이 든든하면 실각하는 일이 없었다. 그래서 더욱더 착취가 심해질 뿐이었다. 서민들은 배겨낼 수가 없었다. 전라도에선 민란이 빈번했지만 국부적인 것이고, 횡橫의 연락이 없었다. 전라도의 민란은 고부古阜, 전주全州, 익산益山 등 세 곳에서 발생했다.

고부군에서 민란이 발생한 것은 여러 가지 이유가 합쳐졌기 때문이다. 이미 김태홍이 대략 설명했지만, 좀 더 상세하게 설명하면—

첫째, 양여부족미量餘不足米의 재징수가 농민의 분노를 자극했다. 농민들이 조세를 바칠 때, 이서들이 늘어서서 '서축鼠縮', '건축乾縮'이란 명목을 붙여 규정량 이상을 징수했다. '서축'이란 징수 후 쥐가 먹어 근수가 줄어드는 것을 뜻하고, '건축'은 말릴 때 근수가 줄어든다는 것인데, 이것을 미리 받아둔다는 이야기다. 그런 명목으로 한 섬에 4, 5말을 더 붙여 받았다. 아무리 쥐가 많고 건조 부족이라고 해도 반감半減될 까닭은 없다. 똑바로 말한다면, 쥐가 먹어 치우는 부분은 창고를 관리하는 자가 책임질 문제이지, 농민이 책임질 문제가 아니다. 그뿐이 아니다. 반출할 때 거둬 먹는 놈이 생긴다. 운송 도중 빼먹는 놈이 있다. 창고에 넣을 때 빼먹는 놈이 있다. 그러니 관고官庫에 넣을 때 부족분이 생긴다. 4, 5할을 더 징수해도, 창고에 넣을 땐 규정량 이하로 줄어든다. 이것을 '양여부족미'라고 했다.

고부군수 조병갑은 이 부족분을 다시 농민으로부터 징수했다. 누가 들어도 이건 사리에 맞지 않는 이야기다. 농민들은 이서들이 착복한 부분까지 부담해야 하는 것이다. 온순한 농민들도 이 처사엔 분노했다.

다음은 수리세水利稅이다. 고부군 북부에 관개용의 보洑를 막았다. 농민들의 부역으로써 된 것이다. 그러나 보가 완성되자, 조병갑은 그 이용세를 농민에게 부과했다. 자기들이 만들어놓고 자기들이 세금을 내야 하니, 농민이 이해할 수 없었던 것은 당연한 일이다.

시초세柴草稅란 것도 농민의 격분을 샀다. 수확물이 아무것도 없는 황무지에도 땔감쯤은 날 것이라고 억지를 대어 세금을 과한 것이다. 이런 몰상식한 짓을 어찌 할 수 있었느냐 하면, 조병갑이 문벌이 좋았기 때문이다. 문벌 출신인 그는, 무슨 짓을 해도 실각되지 않으리란 자신이 있었다. 농민의 민란 등엔 아랑곳없었다.

이윽고 농민들은 일어섰다. 전창혁, 김도삼, 정일서 세 사람을 장두狀頭로 하여 관아에 소장訴狀을 제출했다. 군수는 이 세 사람을 체포하여 투옥하고, 감사에겐 불량배가 농민을 선동했다고 보고했다. 그땐 전라감사가 이경식에서 김문현金文絃으로 바뀌어 있었는데, 군수의 보고를 그대로 인정했다. 장두들은 곤장을 맞았다. 장두의 필두인 전창혁이 곤장 밑에서 죽었다.

전주민란全州民亂의 원인은 '균세均稅'였다. 한발에 세금을 내지 못하고 도망친 지주의 토지를 '균전均田'이라고 했는데, 이 토지를 세금의 원부에서 삭제하고 새로 개간하여 소작료를 징수하겠다고 했다. 균전이란 국유지로서, 균전의 소작인은 나라에 소작료를 바친다.

균전의 일을 맡은 균전사均田使 김창석金昌錫은 지주들에게, '너희들의 녹을 균전으로 해줄까? 그렇게 하는 것이 유리하다'고 꾀었다.

이에 걸려든 것이 소지주들이었다. 지주는 토지의 면적에 따라 지조地租를 내야 한다. 균전으로 해버리면, 나라에 소작료를 내는 것으로 끝난다. 새로 개간했다는 사유가 붙을 테니, 소작료는 얼마 되지 않는다. 그러니 같은 땅을 경작할 바에야, 그렇게 하는 것이 유리했다.

그런데 이에 걸려든 자작농들은 실망했다. 사유지를 균전으로 했기 때문에 지조를 면한 것은 틀림없지만, 그 소작료란 것이 전에 물었던 지조보다 훨씬 비쌌다. 불만이 폭발했다.

수천 명의 주민이 집단으로 직소했지만, 민란으로 취급되어 아무런 보람도 없었다. 전주 군민들은 절치부심했다.

익산민란益山民亂의 원인은 '이보吏逋'였다. '이보'란 관리가 횡령한 세금을 말했다. 실제론 징수해놓고 역대의 이서들이 그것을 횡령하고 장부상으로는 미수未收로 해놓았다. 그것이 쌓이고 쌓여 익산군의 경우 3천7백72석이 되어 있었다.

— 장부에 있는 미수를 빨리 징수하라.

익산군수 김택수金澤洙가 명령을 내렸다.

어이가 없는 일이었다. 미수라는 것은 장부에만 있었다. 이건 어느 곳에서나 있는 일이었다. 군수가 그런 사실을 모를 까닭이 없었다. 그런데 이게 웬 말인가.

익산 군민은 오지영吳知泳을 필두 장두로 관아에 출두하여, '이보 재징수'를 취소하라고 했다. 군수 김택수는 거절했다. 격분한 군민들은 관아를 습격하자고 했다. 오지영이

"감사에게 호소하자. 이곳에서 군수의 명령을 철퇴하라고 해보았자 될 일이 아니다. 감사에게 호소하자. 그래도 안 되면 일어서자."

하고, 젊은 사람 수백 명을 데리고 전라도감사를 찾아갔다.

관찰사 김문현은 고압적으로 나오다가 오지영의 말을 듣곤 '이보 재징수'가 너무나 도리에 어긋난 부정이란 것을 알았다. 김문현은 익산군수 김택수를 해직시키고, '이보 재징수'를 철회하도록 명령했다.

그런데 결과는 뜻밖이었다. 장두들이 체포되어 가혹한 형벌을 받은 것이다. 이래선 안 되겠다는 사상이 대중의 심중에 싹텄다.

— 항쟁! 그밖에 도리가 없다.

결코 과격파의 선동이 아니었다. 자기의 체험을 통해 뼈저리게 느낀 일에 대한 반발이었다. 관官이 하는 짓은 날을 좇아 심해만 갔다. '이래 죽으나 저래 죽으나 마찬가지다. 죽어도 그만이다'라는

생각을 갖게 된 사람이 많아지게 되었다.

이미 들먹인 민란은 결코 동학교도들이 직접 일으킨 게 아니었다. 다만, 직소장을 낼 때 장두로 뽑힌 사람이 동학교도였을 뿐이다. 그러니 그들은 동학교도로서 직소한 것이 아니다. 주민의 대표로 뽑혔을 뿐이다.

허다한 예로서, 장두가 되기만 하면 체포되어 곤장을 맞게 되었다. 누구나 그 역할을 싫어했다. 싫어하는 역할을 맡은 사람이 동학교도였다는 것은 결코 우연이 아니다. 동학교도는 일반 사람보다 많은 탄압을 받았다. 그래도 그 신념을 버리지 않았으니 강한 성격이다. 동학에 마음을 둔다는 것은, 그만큼 인생을 진지하게 생각한다는 것이 된다. 동학교도는 신앙심만이 아니라 높은 정치의식을 가지고 있었다. 그들은 백성들에 의해 뽑힌 이상 책임을 다하려고 했다. 자연히 민란의 지도자가 된 것이다.

민란이 군 단위였던 것은 불평의 원인이 각각 달랐기 때문이다. 그러나 그 뿌리는 하나이다. 이것을 발견한 것도 동학교도이다. 동학교도로서의 자각이 익어갔다. 그렇게 하여 동학란이 터지고 말았다.

이런 사실과는 관계없이, 김응서와 김태홍의 대화는 계속되고 있었다.

대화 중간에 김응서가 날카롭게 물었다.

"그 취지는 충분히 알았소. 그러나 질문이 있소. 전 접주, 아니, 전 장군께선 필승의 자신이 있다고 하셨소?"

"필승의 자신 없이, 어찌 거사를 하셨겠습니까? 지금 승승장구하고 계십니다."

"청나라에 대항할 수 있을까?"

"그러니까 말씀드렸지 않습니까."

"일본군이 덤벼들면 어떻게 하지?"

"사력을 다해 싸울 뿐입니다. '척왜양창의'라고 하잖았습니까."

"알았소. 장하오. 이곳 걱정은 마시고 빨리 내려가시오."

"그럼, 전 접주의 요청을 수락한 것으로 알겠습니다."

"요컨대, 한양과의 상거 백 리쯤에 쳐들어왔을 때 다시 한 번 연락해주시구려. 그때 대응 태세와 연락 방법을 상세하게 알려드리리다."

하고, 김웅서는 연치성에게,

"김공을 여관으로 모시고, 여비 백 냥을 마련해서 돌아가시도록 하라."

고 일렀다.

좌중은 아연했다. 아무리 김웅서이기로서니, 중대한 문제를 그렇게 경솔하게 결정할 수는 없었다.

연치성이 김태흥을 동반하고 나간 후, 강원수가 입을 열었다.

"동학의 취지엔 우리가 찬동하지 않을 바 아니나, 그런 결정은 너무 경솔하지 않습니까?"

김웅서는

"내가 말했지? 동학군이 백 리쯤 왔을 때 연락하라구. 백 리라는 데 의미가 있어. 동학군이 한양과의 상거 백 리쯤에 오게 되면, 어차피 우리도 무슨 각오를 해야 하지 않겠소? 그런 일을 미리 의논해서 어떻게 하겠다는 거요?"

하고 싱긋 웃었다.

김옹서가 뜻하는 바를 짐작할 수 있었다. 지금 이 자리에서 대응할 것인가 어쩔 것인가를 의논해보았자 시끄럽기만 하고, 결론이 나지 않을 것이다.

그러나 왕문은 석연할 수 없었다.

"그들이 하는 일이 진정 '의'에 의거한 것이라면, 도와야 되지 않겠습니까?"

하고 진지한 표정으로 물었다.

"승자충신勝者忠臣 패자역적敗者逆賊이란 말이 있지 않은가? 내가 보건대, 동학은 일시적인 분풀이로 끝날 것 같다. 동정할 마음이 없지 않으나, 우리가 개입할 문제가 아니다."

그리고 김옹서는 동학이 성공하지 못할 까닭을 설명했다. 동학이 성공하려면, 그 세勢가 요원의 불길처럼 영남, 호서, 관동 등 각처로 퍼져야 하는데, 그렇지 않다는 점이 첫째 이유였고, 조정이 청국에 출병을 요청하게 되고, 그렇게 되면 일본도 가만있지 않을 것이란 점이 둘째 이유였다.

"무엇보다도 중요한 것은, 유림儒林이 동학을 이단시異端視하고 있다는 사실이다. 동학의 씨가 뿌려진 것이 수십 년 되는데, 아직도 광범하게 뿌리를 내리지 못한 것은, 그것이 이단시되었기 때문이다. 고균(김옥균)은 위로부터 혁명하여 아래 민심의 지지를 얻지못해 실패했고, 동학은 아래로부터 혁명하여 상층부의 지지를 얻지 못해 실패한다. 슬픈 일이다."

어느덧 김웅서는 암울한 표정으로 변해 있었다.

"개혁 없인 이 나라는 망할 것 아닙니까?"

왕문의 말이었다.

"망한다. 이 나라는 망해. 무서운 시련이 닥치고 나서야 모두들 정신을 차릴 것이니까. 정신을 차렸을 땐 이미 시기를 놓친 뒤이구."

"정 그렇다면, 어떻게든 동학을 도와야 할 것 아닙니까?"

왕문의 말에 열기가 있었다.

"어떻게 도울 건가? 임강학원 백수십 명이 봉기를 할 건가? 결사 대를 만들 건가? 확실한 패배를 예상하고 덤빈다는 것은 의義도 아니고 용기도 아니다. 어리석은 노릇일 뿐이다."

"그럼, 임강학원은 어쩌자는 것이옵니까?"

"나라가 망해도 사람은 살아야지. 임강학원은, 난세에 혼자 살아 갈 수 있는 기량을 가르치는 곳이다. 그 이상도 그 이하도 아니다. 유맹流氓*엔 유맹의 지혜가 있어야 하니까."

"너무나 서글픈 얘깁니다."

하고 민하가 말을 끼웠다.

"시인에겐 슬픈 나라도 좋지. 국가불행시인행國家不幸詩人幸**이 라고 한 자도 있으니까."

하는 김웅서.

---

* 유랑민.
** '나라의 불행은 시인의 행(幸). 1권 '서곡' 참조.

"전, 불행한 나라의 시인은 싫습니다."

하는 민하.

"서양엔 허무주의란 사상이 있다고 들었다."

"동양에도 있지 않습니까? 불교와 도교도 일종의 허무 사상이 아닙니까?"

이렇게 민하와 김웅서 사이에 말이 오갔다. 김웅서는 비관적, 허무적이다. 민하도 약간 그 경향을 닮았다.

"유맹의 지혜로서도 허무 사상은 옳지 못한 것 아닙니까?"

하고 강원수는, '건전한 윤리 사상을 깨우쳐, 나라가 위태로우면 진충갈력盡忠竭力해야 한다'는 유교 사상을 정면으로 폈다. 그는 어디까지나 공자와 맹자의 제자였던 것이다.

토론은 다시 동학란으로 돌아갔다.

동학을 도와야 한다는 의견, 도울 필요가 없다는 의견, 좀 더 정세를 보고 행동하자는 의견, 대강 세 가지의 의견이 나왔다. 그러나 하나같이 이 사건이 나라의 운명을 크게 좌우할 것이란 위기의식을 갖고 있었다.

이들의 의견이야 어떻건, 동학의 싸움은 번져나갔다.

백산白山을 근거지로 한 동학교도는 수만 명으로 부풀어올랐다.

'전봉준은 하늘을 날 줄 아는 도인道人이다. 전봉준은 바람을 부르고 구름을 일으킨다. 총탄에 맞아도 죽지 않는 신통력을 가진 사람이다.'

항간에 이런 풍문이 돌았다. 서민들의 가슴속에 맺혀 있던 영웅

대망待望의 심리가 만들어낸 전봉준의 상像은, 날을 좇아 눈사람 처럼 커졌다.

동학은 고부를 함락시켰을 때, 수천 석의 미곡을 입수해놓았기 때문에 군량軍糧 걱정은 당분간 없었다. 날로 사기士氣가 충천했다.

동학교도들은 작년에도 궐기했는데, 관찰사를 바꾸어 어윤중魚 允中으로 하여금 선무하도록 해서 무난히 넘겼다. 그런데 그때도 국왕은 동학을 탄압하는 덴 조선의 국군만으로 부족하다고 느껴, 청국에 원병을 요청하려고 했다. 그 임무를 맡은 사람이 내무 부사 內務府事인 박제순朴齊純이었다.

이때 원세개는

— 사교邪敎의 오합지졸烏合之卒인데, 뭘 겁내느냐?

고 파병을 거절했다.

파병을 요구한 사람은 국왕이었다. 영의정 심순택, 우의정 정범 조, 좌의정 조병세 삼공三公은 일치하여 원병 요청을 반대했다.

그러나 공포증이 심한 국왕은 다시 한 번 박제순을 원세개에게 보냈다. 국왕의 공포증에 민비의 공포증이 겹쳤다. 민비는 대원군이 겁났다. 대원군이 동학과 결탁할지 몰랐다. 어느 지방에선, 대원군 의 집정執政 부활을 요구 조건으로 내걸고 궐기한 사실도 있었던 것이다.

이런 사정과는 달리, 원세개의 동학에 대한 인식이 달라졌다. 자 기 나라에 있었던 태평천국太平天國의 난을 상기했는지 모른다.

그 후의 사태가 심상치 않다는 정보를 듣고, 원세개는 천진에 있 는 이홍장에게, 장문선張文宣과 오장순吳長純의 부대를 파견해달라고 건의했다.

이홍장은 응하지 않았다.

그로부터 1년이 지났다.

백산의 근거지에 수만의 동학교도가 모였다는 정보가 들어왔다.

조정으로서도 방치할 수 없게 되었다. 전라도관찰사 김문현은 이재섭, 송봉호 등에게 1천 명의 병사를 인솔케 하여, 백산의 동학교도를 치게 했다.

이 부대는 신식 장비를 갖춘 정예精銳였는데, 군율軍律이 엄하지 않아 약탈과 폭행을 자행했다.

총탄 소리가 드물었던 시대이다. 총성을 듣고 많은 사람들이 떨었다. 공격 대상이 된 백산에 모여들었던 어중이떠중이들은 일제히 퇴산해버리고, 백산엔 동학교도들만 남았다.

정부군의 공격이 가열되자, 동학군도 백산에서 철퇴하기로 했다. 철퇴에 앞서 충분한 계획을 세웠다. 동학군은 두 부대로 나뉘어, 일대는 고부 쪽으로, 일대는 부안 방면으로 퇴각했다.

천 명의 정부군을 두 방면으로 나누는 것은 위험했다. 약탈과 폭행을 자행한 군대여서, 주민의 지지를 받을 수가 없었다. 수가 적어지면 주민들로부터 습격당할 염려마저 있었다.

대장 전봉준의 소재를 알리는 '보국안민'의 대장기가 남쪽 고부로 가는 것이 보였다.

"대장을 쫓아라! 방향은 남쪽이다!"

하는 명령이 내려졌다.

동학군은 황토현黃土峴이란 산속으로 도망쳤다. 백산의 산록에서 10리쯤 상거에 있는 곳이다. 정부군은 황토현을 포위했다.

이때, 순창, 담양에서 정규군이 아닌 징부군이 노작했다. 보부상
褓負商들이었다. 이들은 행상인으로서, 치안이 불비한 지방을 여
행하기 때문에 자위조직自衛組織을 가지고 있었다. 이 자위조직을,
정부는 필요에 따라 보조 군대로 이용했다.

황토현 공격에 참가한 보조 군대는 수천 명에 이르렀다. 이 보조
군대는 정규군에 패색敗色이 보이면 모르는 척하고 있다가, 패주하
는 적을 추격할 경우에 몰려들었다. 전리품 분배에 한몫 보자는 것
이었다.

황토현에 포진한 동학군에 대해, 정부군은 이튿날 아침에 공격할
작전을 세웠다. 그런데 날이 새고 보니 짙은 안개가 끼어 있었다.

"보부상들이 앞장서라!"

는 명령이 있었다.

"너희들이 앞장서라."

"우리들은 수가 적다."

"우리들은 이 지방 지리를 잘 모른다."

보부상들 내부의 패거리끼리 이런 옥신각신이 있었다.

"그럼, 우리들이 앞장설까?"

하고 나선 것은 무장茂長에서 온 패거리였다. 그들은 모두 젊고 체
격도 좋았다.

그런데 이 패거리는 동학군이 강장호담强壯豪膽한 놈만을 선발
하여 정부군 진영으로 보낸 결사대였다.

안개가 짙다는 것이 또한 유리했다.

안개 속으로 그들은 용감히 전진해갔다.

"저 녀석들은 간이 배 바깥에 나붙은 놈들인가?"

하는 다른 보부상들의 말소리가 있었다.

냉정하게 생각하면, 무장에서 온 자들의 행동엔 의심해볼 만한 점이 많았다. 시계視界가 좋지 않은 산의 어느 곳에 적이 있을지 몰랐다. 주춤주춤 걸어가는 것이 당연하다. 그런데 이들은 거침없이 전진하고 있는 것이다. 그 뒤를 바로 정규군이 따랐더라면, 바로 그 점에서 의혹을 느꼈을지 모른다. 그런데 그들의 바로 뒤를 따르는 사람들은 전쟁이 뭔지 모르는 보부상들이었다.

"놈들이 지나간 곳엔 복병伏兵이 없다는 증거이다. 안심하고 가도 돼."

모두들 빠른 걸음으로 그들의 뒤를 쫓았다.

정규군도 걸음을 빨리했다. 그러다 보니, 정부군 전체가 황토현의 산중으로 유치되어버렸다.

"이상한데? 전진이 너무 빠르다."

고 정부군의 한 장교가 생각했을 때, 전방 안개 속에서 1발의 총성이 났다. 곧 응사하는 총성이 있었다. 그 거리로 미루어보건대, 최초의 총성은 정부군 선발대의 것이고, 뒤의 총성은 동학군의 것이었다.

선발대가 적과 만난 것이라고 생각했다.

정부군 장교는 총성만 듣고도 전투의 양상을 상상할 수 있었다. 정부군의 총성이 많고 동학군의 응사는 적었다. 동학군은 고부에서 무기를 압수했는데, 소총 3, 40정 정도라는 것을 정부군은 알고 있었다. 그러니 응사하는 총성이 적을 수밖에.

"밀어제치고 있군."

"우리가 이겼다."

"선발대가 용감한데!"

"무장에서 온 그치들, 체격이 좋지 않던가."

장교들은 이런 말들을 주고받았다.

어느덧 동학군의 응사가 뜸해지고, 그 소리도 멀어져갔다.

"적이 도망간다! 추격이다, 추격!"

아연 사기가 올랐다.

안개가 개었다.

보부상들도 정부군과 같이, 동학의 거점인 중봉中峯 정상을 향해 힘차게 기어 올라갔다.

"진지가 텅 비어 있소. 모두 도망친 모양이오."

전선前線 전령의 보고였다.

"소탕 작전이다! 근처의 숲이나 풀밭에 숨어 있는 놈이 있을지 모른다! 수색을 철저히 하라!"

무인無人의 진지에 쳐들어가는 것이다. 정부군은 용감했다. 진지 주변을 수색했지만 잔류병은 없었다.

"자아, 지금부터 추격이다. 그러기 전에 한숨 돌리자."

정부군의 장병은 동학군이 포기한 진지에서 휴식에 들어갔다.

그리고 5분쯤 지났을까? 어디서 함성喊聲이 올랐다.

휴식령을 내린 즈음, 아까까지 용감했던 무장의 패거리가 없어져 있었다. 아무도 그 사실을 깨닫지 못했다.

정부군은 깜짝 놀랐다. 겨우 한숨 돌리고 있는 찰나였다. 그런데 동학군이 습격해 온 것이다.

— 함정에 빠졌구나.

하고 깨달았을 땐 이미 늦었다. 적의 계략에 걸렸다는 그 사실만으로도 정부군은 자신을 잃었다.

"당황하지 마라! 당황하지 마라!"

지휘관의 외침이 있었으나, 이미 체념 상태가 된 군대는 도망치기 바빴다.

"도망치면 안 된다! 또 함정이 있을지 모른다!"

라고 외치는 소리가 없지 않았지만 도리가 없었다. 그저 도망치기에 바빴다.

과연, 동학군은 2단의 함정을 만들어놓고 있었다.

어제 백산에서 퇴각할 때, 동학군은 두 대隊로 나뉘었다. 정부군은, 고부로 가는 동학군을 쫓고 부안으로 가는 동학군은 방치해두었다. 고부의 적을 처리하고 나서 부안을 칠 작정이었다. 그런데 부안으로 향하던 동학군 부대가 밤사이에 황토현으로 방향을 바꾸었다. 백산에서 철퇴할 때 그 작전을 짜놓았던 것이다.

부안에서 돌아온 부대가 복병이었다. 지리멸렬 도망치는 정부군을 이 복병이 습격했다.

정부군은 궤멸됐다.

황토현 전투에서 살아남은 정부군 장병은 십수 명에 불과했다.

이 전투는 큰 의미를 가진다. 죽창과 3, 40정의 소총밖에 없었던 동학군이, 총포와 탄약을 많이 얻어 신식 군대로 변모할 수 있었으니 말이다.

동학군은 그길로 부안으로 향했다.

부안을 수비하던 정부군과 관리는 몸민 빼어 탈출한 것이 고작이었다. 중점 기지인 부안엔 최근 대량의 무기와 탄약이 보급되어 있었다. 정부 관리들은 그것을 빼돌릴 겨를조차 없었다.

동학군은 부안에 무혈 입성하여, 엄청나게 많은 전리품을 획득할 수 있었다.

동학군은 수일 전 철퇴한 백산으로 다시 돌아갔다. 개선凱旋이었다. 죽창이 총으로 바뀌고, 넝마를 두르고 있던 자들이 정상적인 복장을 하고 있었다.

이 무렵의 조정의 기록을 초록하면,

4월 2일. 전라 감영이 전보로써, 동학도도東學道徒의 정형情形이 갈수록 더욱 험악해진다고 보고하여 왔기에, 전라도 병마절도사 홍계훈洪啓薰을 양호초토사兩湖招討使로 임명하여 장위영병정壯衛營兵丁 기대幾隊를 거느리고 윤선으로 즉일 하송하여 진압시킬 것을 계啓함에 이를 윤허했다. 이어, 전라도 병마절도사를 이문영으로 교체하고, 홍계훈은 정령正領 관직官職에 계속 유임케 했다.

전라도 고부군의 민란이 군수 조병갑을 축출한 후 조금 멈추어지고 민民도 많이 탈락하였던바, 이때에 안핵사 이용태가 고부읍에 고착하여 난민을 동학도라 하여, 이들을 포착하고 그 가옥을 불태우며 그 처자를 살육하는 일이 있었다.

이에 전봉준 등이 보국안민을 칭하자, 각도 동학도에게 비격飛檄*되어 다시 작란作亂하게 되었다. 태인, 고부 등의 난민과 동학도의 참립자 수천 명 가운덴 각 읍의 소리小吏, 경향의 범법망명자犯法亡命者도 투입되었다. 서로 도인道人이라 칭하고, 그 신부新附**된 자는 입도入道라 부르며, 백건白巾으로 머리를 동이었다. 각기 병기를 가지고 각 읍의 명가名家를 습격하고, 혹은 관아를 습격하여 수령守令을 축출하였다.

3월 29일에 태인현에 돌입하여 공청을 부수고 현감 이면주를 곤욕하였으며, 그 1대는 백산白山에 거據하였다. 이어, 그들은 자기들의 도도徒에

사람을 상하지 말 것.

물物을 해하지 말 것.

충효를 쌍전雙全할 것.

제세안민濟世安民할 것.

양왜洋倭를 축멸할 것.

성도聖道로 징청澄淸할 것.

병兵을 구驅하여 입경入京할 것.

권귀權貴를 진멸할 것.

기강을 세울 것.

명분을 정할 것.

성훈聖訓에 순할 것.

등을 회문回文하였다. 이로부디 충청, 전라 양도 각지의 동학도가 호응하여 작란하는 자가 많아졌다.

4월 16일. 지난 12일 무장현에 설진***한 동학교도가 영광군을 침범하고 인가를 겁략하였다. 폭동 4일 후인 이날, 동학교도 6, 7천 명이 영광군으로부터 출래하여 기를 들고 창을 잡고 검을 휘두르고 포를 쏘았다. 기마자騎馬者가 백여 명이나 되는데, 그 가운덴 갑옷을 입은 자도 있고, 전립을 쓴 자도 있었다. 이들은 검을 휘두르며 함평읍 동헌으로 직행하여, 교리, 노령, 수정군 등 1백50명이 관문을 방어하였으나, 당하지 못하고 관속 중에 총검에 부상당한 자가 반이나 되고, 또 거의 겁을 먹고 사방으로 도망쳤다.

4월 20일. 반궁泮宮****에 3일제를 설하여 홍종우를 전시殿試에 직부直赴케 했다.(홍종우란 곧, 김옥균을 암살한 자이다. 이자를 등용하기 위해 특별히 과거를 보였던 것이다.)

4월 23일. 홍계훈이 태인에서 정읍, 고창을 거쳐 영광에 도착했다. 동학교도가 장성군, 나주목으로 향한다는 함평현감 권풍식의 보고가 있었다. 홍계훈은 대관 이학승, 원세록, 오건영으로 하여금 병

*** 設陣: 진을 침.
**** 성균관과 문묘를 통틀어 이르는 말.

정 3백 명을 인솔하고 장성으로 출발케 했다. 장성에서 동학군과 접전이 있었다. 망생모사忘生冒死*하여 덤벼드는 동학군을, 정부군은 극로백포克虜伯砲 등으로 막았으나, 결국 정부군이 대패하고 말았다. 대관 이학승과 병정 5명이 전사하고, 극로백포 1좌, 회선포回旋砲 1좌 및 많은 탄환을 탈취당했다.

4월 30일. 독판 교섭 통상 사무 조병직이 원세개에게 조회하여 차병借兵을 청했다.

앞서 양호 초토사 홍계훈이, 경군(京軍. 정부군政府軍)으로써는 동학도를 진압할 수 없으니, 동학도 소멸을 위하여 외국에 원병援兵을 청할 것을 전주電奏**한 바 있다.

이에 친군경리사親軍經理使 민영준이 이를 가하다 하고, 적세가 더욱 창궐하여 소멸, 포착할 수가 없으니, 청병淸兵의 내조를 요구함이 합당하겠다고 상주하였다.

왕은 대신들과 의논하여 판결함이 가하다고 했다. 민영준은 이미 원세개와 밀약하였으니, 이 비밀을 반포치 말고 대신들을 부르자고 했다. 왕이 대신들을 불러 의품議稟케 하였다.

대신들이 아울러 주주奏하길, '당초에 초토사를 하송한 것이 온당치 못하며, 지금 홀연히 청병함은 크게 불가하다. 내란 진정에는 일

---

* 살기를 포기하고 죽음을 무릅씀.
** 전보로 상주함.

을 잘 처리할 수 있는 책임자 한 사람을 보내면 족한데, 하필이면 분분하게 외병을 불러들이는가. 앞으로 엉난을 내리셔서 먼저 큰 폐정弊政을 없애고, 불량한 수령 방백을 엄격히 처단하여 백성들의 마음을 평안하게 하면, 난민이 귀화하여 국내가 태평해진다. 만일 그러지 못하고 홀연히 외병을 요구하면 지극한 어려움이 있으니, 첫째, 나라는 민民이 본本이 되어 있는데 기만의 생령을 소멸하는 일이요, 둘째, 외병이 일단 국내 경향에 들어오면 폐단이 미치지 않는 데가 없어 인심을 선동하는 것이며, 셋째, 외병이 국내에 들어오면 각국 공사가 반드시 출병하여 그들의 공관을 지킬 것이니, 앞으로 무슨 일이 있을지 모른다'고 했다.

교를 내려 일본군이 아울러 동할 것을 염려한바, 판중추부사判中樞府事 김홍집金弘集이, 일본은 우리 쪽에서 청원치 않았는데 어찌 망동할 수 있겠느냐고 주하였다.

회의가 있은 후, 민영준이 영돈녕부사 김병시金炳始에게 사람을 보내어 회의 내용을 알리고 의견을 물었다. 김병시는 말하길, '대개 이 일은 이미 정론되었으니 억료臆料***로 질대質對하긴 어렵다. 비도匪徒는 용서하기 어려우나, 모두 아민我民이니, 장차 아병我兵으로 소토할 것이며, 만일 타국의 병을 청하여 주토誅討하면, 아민의 마음이 마땅히 어떠하겠는가. 민심은 따라서 이탈하기 쉽다. 신중하게 처리해야 한다. 일본의 일도 또한 염려되지 않을 수가 없다. 청관에 조회하여 이를 늦추게 하자 하고, 이미 아병을 발하였으니

*** 억측.

그 결과를 기다려보자'고 했다. 민영준이 그대로 입주入奏하였다.

교를 내려, 그 의견도 좋긴 하지만 앞일을 헤아릴 수가 없고, 대신들의 의견도 마땅히 원병을 청하여야 한다고 결론이 났으니, 청관에 조회를 촉송促送*토록 하였다. 이날, 참의 내무부사 성기운成岐運을 보내어 원세개에게 조회를 전했다. 그 조회문 내용은

우리나라 전라도 소할所轄의 태인, 고부 등의 현은 민습이 흉한兇悍**하고 성정이 험귤하여, 평소에 다스리기 어려운 바 있다. 근월래 동학교비匪에 부관附串하여 만여 인을 취중聚衆하고, 현읍 십수 처를 공함***하였다. 지금 또한 북행北行하여 전주성을 함함하였다. 앞서 연군鍊軍을 파견하여 해비該匪를 소무하였으나, 이들이 죽음을 무릅쓰고 항전하므로, 연군이 패퇴하여 포기砲機 등을 많이 잃었다. 이와 같이 흉완兇頑이 구요久擾하여, 특히 염려가 된다. 하물며 현재 한성과 4백수십 리의 거리이므로, 다시 북행하여 소동을 일으키면 손해되는 바 적지 않을 것이다. 우리나라 현재의 병력 수로는 겨우 도회를 호위할 수 있을 뿐이고, 또 전쟁을 겪어 보지 않아 흉도兇徒를 진멸하기 어렵고, 돈이 만연蔓延함이 오래 되면 중조(中朝. 청국淸國)에 우憂를 끼치는 바가 더욱 많아진다. 사찰컨대, 임오, 갑신의 양차 내란이 모두 중조 병사들에 의해 진정되었다. 이에 원병을 청하니, 귀 총리가 신속히 북양대신에게 전보로 간청하여,

---

수대의 병정을 파송하여 속히 적을 섬멸하고, 아울러 우리나라의 각 병정으로 하여금 군무를 익히게 하여, 장차 나라를 보위하는 계計를 삼게 할 것이다. 흉비를 섬멸하고는 즉시 철회하기를 청하여, 천병天兵이 오래 머물러 있는 노努함이 없도록 하겠다.

이 회답으로 원세개는, 이홍장으로부터 전영익장全營翼長에 임명되었다는 통지를 해 왔다.(청병을 승낙했다는 뜻이다.)

5월 3일. 양호 초토사 홍계훈이 총제영의 군사를 합하여 전주성을 포위, 공격하여 오던바, 이날 동학군 수천 명이 전주성의 북문을 열고 나와 용두현 서봉西峰의 초토사영을 향하여 돌격하므로, 경군이 이에 대하여 일제히 화포를 발사하여 동학군 5백여 명을 죽이고 총검 5백여 점을 노획하였으며, 그 수령 김순명과 동장사童壯士 이복룡을 잡아 참수하다….

조정의 기록은 이렇게 되어 있지만 실상은 달랐다.

완산칠봉에 진을 친 홍계훈은 동학군의 포위망에 들었다는 사실을 깨달았다. 동학군은 화살 끝에 격문을 매어 정부군의 진지에 날려 보냈다. 일러,

─ 너희들은 목숨이 중하지 않는가? 무모한 죽음이 아깝거든, 즉각 무기를 버리고 투항하라. 기회는 두 번 오지 않는다.

홍계훈은 이러한 모욕에 격분했지만, 전후의 대세로 보아 자기의 힘으론 어떻게 할 수 없다는 것을 깨달았다. 이것은 조정의 기록에

도 나타나 있다.

홍계훈은 임오군란 때 민비를 업고 나왔다고 해서 벼락출세한 사람으로, 원래 장재將才가 못 되는 사람이다. 초토사라고 하면, 민民의 사정을 알고 적절한 조처를 취해야 할 것인데, 일방적으로 밀어닥친 데 무리가 있었다.

조정에서는 이원회를 순변사로 보내는 동시, 도주한 감사 김문현을 파직시키고 김학진을 감사로 임명하고, 엄세영에게 선무사의 직책을 맡겼다.

때를 같이하여 동학도에 대한 무마책을 논의하고, 국왕의 칙유를 받아 호남인에게 선유문을 내렸다.

― 감사 김문현을 파직시켰다. 전 고부군수 조병갑은 처벌했다. 안핵사 이용태는 원악도에 귀양 보냈다. 그러므로 민중은 진정하라. 는 내용이었다.

황학산에 본진을 두고 있던 홍계훈은 감사 김학진과 상의하여 군사軍使를 동학의 진으로 보내 화의할 것을 제안했다. 감사의 말에 의하면 조정의 여론도 그러하거니와, 사태를 진정하는 덴 무력을 위주로 하는 것보다 위무로써 다스리는 것이 나으리라는 것이었다.

홍계훈은 다음과 같이 제의했다.

1. 양군이 전주성에서 교전하면, 성중의 손해, 파손은 말할 것도 없거니와, 왕조 전래의 존중하는 바 전각이 병화에 소실될 우려가 있다.
2. 나라의 대세를 볼 때, 내우內憂의 난이 길어지면 그 소문이 바깥에까지 미쳐 외환外患이 있을지 모른다.

3. 동학도가 원하는 바를 되는 데까지 들어주겠다.

이 통보를 받은 동학 수뇌부는 신중한 검토를 시작했다. 혹자는 계략일 것이니 걸려들지 말자고 했고, 혹자는 화의에 응하는 것이 좋지 않겠느냐는 의견을 말하기도 했다.

전봉준은 여러 사람의 말을 듣고 있다가 입을 열었다.

"홍계훈이 화의가 필요하다는 이유를 들었는데, 다른 것은 다 제쳐 놓고라도 한 가지만은 귀담아들을 필요가 있다. 내우의 난이 오래 가면 외환에까지 미칠지 모른다는 점이다."

좌중이 조용해졌다.

이윽고, 그 침묵을 김개남이 깨었다.

"일개 초토사의 감언이설에 녹아 중대한 일을 중도에 그만둔다는 것은 천부당만부당하오."

하고, 이어

"초토사가 폐정을 개혁하고 나온대서 될 일이 아니오. 조정에서 하는 일을 믿을 수가 있소? 어쨌건 놈들을 쳐부수고 볼 일이지 어중간한 화의에 응했다간 뒤에 가서 큰코다칠지 모르오."

하고 열변을 토했다.

"김 동접의 말에도 일리는 있지만, 홍계훈의 말을 그냥 무시해버리는 것도 뭣하오. 우리가 조건을 내걸어 상대방이 나오는 태도를 보고서, 우리 태도를 정하면 될 것이 아니오? 우리의 목적은 그저 싸우는 데만 있는 것이 아니고, 보국안민에 있소. 김 동접께선 화의에 응하는 것을 그들에 대한 굴복으로 생각하는 모양입니다만,

난 그렇게 생각하긴 싫소이다. 오히려 그들이 굴복해 온 것이라고
봐야 하오. 이것을 계기로 우리의 의사가 조정에 그대로 반영될 수
있다면 다행한 일이 아니겠소…."

화의냐, 반대냐 하고 밤새워 토론한 끝에, 대세는 화의 쪽으로 기
울어졌다.

조령모개하는 조정을 믿을 수는 없지만, 초토사 홍계훈의 성의
있는 제청이라면 응해주는 것이 좋지 않겠느냐는 것이었다.

동학은 다음과 같은 결론을 내렸다. 동학이 제시하는 조건을 홍
계훈이 국왕께 주청하여 실현될 수 있도록 노력한다면, 화의에 응
할 수 있다는 것이었다.

그 조건이란 다음과 같았다.

1. 동학도인과 정부는 그동안의 숙혐宿嫌을 탕척하고 서정에 협력
   한다.
2. 탐관오리는 그 죄목을 사득査得하여 처벌한다.
3. 횡포한 부호들을 엄징한다.
4. 불량한 유림과 양반들을 징치한다.
5. 노비 문서를 소각한다.
6. 칠반천인七班賤人*의 대우를 개선하고, 백정두상白丁頭上의 평
   양립平壤笠**을 탈거한다.

---

* 조선시대, 천시되던 일곱 부류의 사람을 통틀어 이르던 말.
** 패랭이. 평양립은 백정 신분의 상징이었음.

7. 청춘과부의 개가를 허용한다.

8. 무명잡세***는 일체 과하지 않는다.

9. 관리 채용은 지벌을 타파하고, 능력 본위로 인재를 등용한다.

10. 왜倭와 간통奸通하는 자는 엄히 징치한다.

11. 공사채公私債를 막론하고 기왕의 것은 일체 불문에 붙인다.

12. 토지는 평균으로 분작分作케 한다.

이런 요구 조건이 통할 수 있을 것이라곤, 전봉준도 그 측근의 누구도 믿지 않았을 것이다. 이 조건들은 이 왕조의 제도를 발본적으로 뜯어고치지 않고선 이루어질 수 없는 것들이었다. 이 조건을 제시함으로써 동학의 목적을 구체적으로 밝힌 것으로는 된다. 그러나 가망이 없는 요구 조건이었다. 다만 전봉준은 홍계훈의 성의를 시험해보고자 했던 것이다.

그 후, 군사軍使의 왕래가 있었다.

홍계훈은, 전봉준이 보낸 통고문을 받고 다음과 같이 회신했다.

'사자 편에 보낸 절목 12조에 관해선 곧 상감께 아뢰어 품지稟旨를 기다릴 것이며, 본관은 그 실시를 위하여 극력 노력할 것을 확약함. 지금 삼례역에 내주한 신관 도백께 그 사실을 품의한 결과, 도백께선 화의를 매우 원하고 있으며, 난이 진정되면 몸소 행정 척결에 착수, 관민이 서로 동석 상의하여 우선 도백의 관할인 호남에서만이라도 만민이 원하는 바를 실천에 옮기어 민막혁정民瘼革

*** 無名雜稅: 정당한 세목(稅目)을 붙이지 않고 받는 여러 잡다한 세금.

正*에 주력키로 확약하였음. 신관 김학진도 덕망과 학식을 겸비한 청렴지사로, 한번 언약한 일에 대해선 결단코 실행 준수하는 위인이니, 장차 두고 보면 알 것임. 그러니 전원 왕명에 순종하고, 또 본관이 권하는 말을 신청信聽**하여 동학의 도시들은 이제부터 합력할 것을 약속하고, 즉시 해당解黨하여 귀가, 안업安業하기를 기망함.'

선화당에 모인 동학의 수뇌들은 홍계훈의 서찰을 돌려보았다. 그러고 나서, 화의에 반대해오던 김개남이

"일의 성패는 두고 볼 일이니, 전 동접이 책임을 지겠거든 좋을 대로 하시오."

하고 화의에 반대하지 않았다.

복잡한 문제가 갖가지로 제기되긴 했지만, 결단을 요하는 일이었다. 의심하기 시작하면 한량이 없다.

"내가 책임을 지지요. 화의에 응해보고, 저들이 약속대로 하지 않으면, 그때 가서 사생결단을 합시다."

하고 전봉준이 결단을 내렸다.

홍계훈에게 보낼 통고서를 작성했다.

'우리는 홍 초토사의 성의 있는 약속을 존중하여 화의에 응하기로 함. 홍 대장의 성의에 보답하는 뜻으로 우리는 전주성을 자진 양도하고 성외로 퇴거함. 서정 개혁에 대해선 조속한 시일 내에 본

---

* 민폐(民弊)를 바르게 고침.
** 믿고 곧이 들음.

도 감사와 협의할 것을 원하는 바이니, 주선해주시기를 바람.'

전주성을 포기하느냐 어떻게 하느냐에 관해선 시비가 없었지만, 전봉준은 일단 화의를 할 바에야 전주성에 머무르건 머물지 않건, 그다지 중요한 문제가 아니라고 생각했다. 전주성을 비워줌으로써, 이편이 성의를 보이고 상대편의 성의를 촉구하는 것이 타당하다고 판단한 것이다.

동학군이 전주성을 양도하고 금구 원평으로 퇴진한 것은 5월 7일이었다.

사실이 이러한데, 조정의 기록은 얼토당토않게 되어 있다. 승정원일기承政院日記 고종 31년 5월 10일조, 즉 고종실록 고정 31년 5월 10일조에는,

— 앞서 3일, 홍계훈이 전주성 외에서 동학군을 격파한 이후, 동학군의 예기가 좌축되어, 혹은 귀순을 애걸하고 혹은 동북 양문으로부터 무리를 지어 도망하는 자가 적지 아니하였던바, 이날 홍계훈은 사다리 3백여 개를 만들어 성외에 조립하고, 병정으로 하여금 일제히 성을 넘어 들어가 남문을 열게 하고, 대관, 교장, 군관 등을 거느리고 입성하여, 일변으로는 성내에 있는 동학군을 공격하고, 일변으로는 동북문으로 도망하는 동학군을 추격하여, 마침내 전수성을 수복하였다. …이후 사방으로 흩어진 동학군은, 혹은 금제, 부안, 고부, 무장 등지로 향하고, 혹은 금구, 태인 등지로 향하며, 도처에서 밥을 달래 먹었으나, 전과 같이 작탕함은 없었다. 또, 소지한 무기를 소경 각 읍에 헌납하고 각처로 흩어져갔다. 이에 초토사는 각 읍에 전령하여 민인을 안무하고, 동학군의 귀향을 방해

하지 못하게 하고, 각각 귀업歸業할 것을 효유했다.

고 되어 있다.

홍계훈과 동학 사이에 화의 서면이 오간 것과, 전봉준이 전주성에서 자진 퇴각한 데 관해선 한마디의 언급도 없다.

그러나저러나, 이미 사건은 터지고 말았다. 5월 5일, 청국의 총령 섭사성聶士成이 군사 910명을 거느리고 충청도 아산에 도착하자, 6일 일본의 해군 중장 이토[伊東祐亭]가 군함 2척을 거느리고 인천에 도착하고, 같은 날 일본공사 오토리[大鳥圭介]가 병정을 거느리고 인천에 상륙했다.

7일엔 오토리가 호위 해병 4백 명, 대포 4문을 이끌고 입경했다. 조선 정부는 이용직을 파견하여, 오토리가 군대를 대동하고 입경하는 것을 거절했으나, 일본 측은 듣지 않았다. 일본은 천진조약을 빙자하여 강제로 병정을 조선 땅에 진주시킨 것이다.

한편, 청국의 제독 섭지초葉志超는 정정련군正定鍊軍 1천555명을 이끌고 아산에 도착했다. 이렇게 하여 청국군은 도합 2천465명으로 불어났다.

일본군도 속속 들이닥쳤다. 9일, 일본의 혼성여단 8백 명이 인천에 상륙하여, 10일 한양에 진주했다.

16일, 영돈녕부사 김병시가 임금 앞에서 말했다.

"생각하건대, 동학군은 모두가 양민으로서, 처음에 열읍 수령의 학대로 곤고를 견디지 못하고 그 원통함을 호소하고자 모였던바,

그 관장官長된 자가 개유*할 생각은 하지 않고, 이들을 동학비도라 단정하고 무력으로써 위협하므로, 저들이 황겁하여 몸을 보호하고 목숨을 건지기 위해 취당창궐**함에 이르렀던 것이다. 이에 이들을 난역亂逆으로 몰고, 경병京兵을 발하기에 이르렀던바, 이것이 이미 경솔한 거조였으며, 더욱이 청국에 구원을 청한 것은 크게 실수한 조처였던 것이다. 설사 저들 무리가 모두 불궤不軌***한 마음을 가 졌다 하더라도, 그들은 한구석의 토비土匪에 지나지 않은데, 우리 가 처치할 도리가 없어서 청국에 청병請兵까지 한 것이다. 이제 청 병으로 하여금 기천 기만 명을 소멸시키게 한다면, 당장 일시의 쾌 快는 있겠지만, 역시 불인不忍의 정정政에 관계되는 것이다. 가령, 1인 이 죄를 짓고 처벌에 이르러도 또한 애긍하여 즐겁지 못할 것인데, 하물며 타국의 군사를 청하여다 우리나라 백성을 진살****하려고 하니, 이와 같은 일이 있을 수 있겠는가. 게다가 일본군이 왔다고 하는데, 어찌된 일인지 알 수가 없다. 군사 기천 명을 데리고 줄지 에 도성에 들어오기를 무인지경과 같이 하되, 조정에선 그래도 한 마디 말도 없으니, 이것이 어떻게 된 나라의 체면인가. 인천항에서 하륙할 때에 마땅히 금지하여야 할 것이되, 형세가 대적할 수 없어 서 경성에 이르렀으면, 아울러 강경히 항의하여 힐책하여야 할 것 인데, 그러한 일이 없으니 어찌 이와 같은 나라가 있겠는가."

---

* 開諭: 사리를 알아듣도록 잘 타이름.
** 무리를 모아 일어섬.
*** 당연히 지켜야 할 법이나 도리에 어긋남.
**** 盡殺: 모두 다 죽임.

235

'어찌 이와 같은 나라가 있겠는가' 하는 탄식은 김병시만의 것이 아니었다. 일본의 대군이 서울 거리를 행진하는 것을 본 백성들은, 모두 마음속으로 이 탄식을 되뇌고 있었다.

— 어찌 이와 같은 나라가 있겠는가.

망국亡國의 징조가 바로 눈앞에 전개되어 있었다.

그러나 탁월한 지사志士인들 이 사태를 어떻게 하랴. 최천중은 자기의 수첩에,

— 망연자실茫然自失

이라고 썼다.

억수로 비가 퍼붓고 있었다.

주렴 너머로 비를 보고 소리를 들으며, 최천중은 비스듬히 왕골 베개를 베고 누워 있었다.

황봉련이 그 옆에서 부채로 최천중에게 바람을 보냈다.

"전주에선 동학과 조정 사이에 화약和約이 성립되었다지요?"

황봉련의 말이다.

"그렇게 되었다더군."

하고, 최천중이 어제 전주에서 돌아온 박종태로부터 들은 얘기를 띄엄띄엄 엮었다.

"지난 5월 중순께 동학당의 전봉준과 전라감사 김학진이 전주감영에서 만났다더군. …전라감사 김학진이 전봉준을 아주 정중하게 대접했다는 얘기야. …김학진은 동학의 요구를 거지반 들어주겠다고 했다는구면. …그 사람은 성의도 있고, 도량도 있는 사람 같애.

하기야 어떻게든 난을 수습해야 체면이 서게 되어 있었으니, 그만한 양보는 해야 하겠지만. …그래, 진봉준의 세안을 들어 호남 53주에 집강소執綱所를 차리게 되었다는군."

듣고만 있던 황봉련이 여기서 말을 끼웠다.

"집강소란 게 뭔데요?"

"동학이 행정에 참여하는 기구라나, 뭐라나."

"어떻게 하는 건데요?"

"수령들이 정사를 보는데, 일일이 집강소와 의논해서 하도록 되어 있대."

"그게 잘 될까요?"

"우선, 감사 김학진이 감영의 선화당을 집강소로 쓰라고 내놓았다니까, 그리고 감사의 명령으로 각 읍 수령에게 집강소를 만들도록 했다니까 잘 되겠지."

"당신도 참…. 관과 동학은 물과 기름의 관계인데, 그게 오래갈 턱이 있나요?"

"사실은 나도 그렇게 생각해."

"조정에서 그 집강소를 인정할 까닭이 없어요. 언젠가 터지고 말거예요. 민비는 동학에 대해 이를 갈고 있어요."

"문제는 민비야. 아니, 민씨 일족이야. 청군과 일본군을 불러들인 것이 민씨 일족 아닌가?"

황봉련은 돌연 부채질을 멈추고 생각에 잠겼다.

"세상이 어떻게 될 것인지…."

최천중이 중얼거리자, 황봉련이 나직이 말했다.

"아무래도 일본이 청국과 싸울 참인가 봐요."

"그럴까?"

"그렇지 않고서야, 무엇 때문에 대군大軍을 거느리고 왔겠어요?"

"하긴…. 그렇지만 목적이 없잖아. 전쟁이란 건 보통 일이 아닌데, 뚜렷한 목적 없이 싸울 까닭이 있을까?"

"목적이 있어요, 일본에겐."

"무슨 목적?"

"청국을 몰아내고 조선을 독식獨食하겠다는 겁니다."

"그렇게 잘 될까?"

"놈들에겐 그런대로 자신이 있겠지요."

"뭐니 뭐니 해도 청국은 대국인데…."

"그러나 두고 보세요. 내가 말하는 대로 될 테니까요."

"그런 괘卦가 나왔나?"

"괘가 아니고 천문天文이에요."

설마 황봉련이 일본의 사정을 알고 한 말은 아니었지만, 그 당시 일본은 무슨 트집을 잡아서라도 청국과 싸울 작정을 하고 있었다. 조선을 먹으려면, 종주국宗主國임을 자처하는 청국을 조선에서 몰아내야 하는 것이다.

최천중은 일본과 청국이 싸울 경우를 상상해보았다.

"그렇다면 한성이 전쟁터가 될까?"

"그럴지도 모르죠. 그렇게 되면 모두 죽게 되지요."

"난 죽기 싫은데?"

"그럼, 피난을 가세요."

"어디로?"

"심수갑산이 좋겠지요."

"나 혼자?"

"당신이 간다면 나도 따라가요. 이 나이에 과부가 되긴 싫으니까."

그러나 최천중은 한성이 전쟁터가 된다는 덴 실감이 나질 않았다.

"삼수갑산으로 갈망정 술이나 한잔합시다."

최천중은, 술잔을 기울이며 황봉련의 얘기를 차근차근 들을 작정이었다.

이 무렵 나라 안의 정세는—

갑오년 5월 20일조 실록에 의하면 다음과 같다.

청일 양국의 대치 현상이 더욱 위급을 고하다. 청병은 아산으로부터 경성으로 향하고, 일본병도 인천으로부터 경성으로 급거 향발하다. 본국병은 인천으로부터 경성으로 통하는 대로에, 대략 오헌五軒에 1인 정도로 산치*하여 '게벨 총'을 휴대하고 배회하며, 혹은 민가에 잠입하여 계엄 중이다. 일본 기병은 철제황진鐵蹄黃塵**을 내며 인천 시중을 돌며 위세를 과시하고, 이날 오후 6시경부터 각국 거류지에 순사를 증파하여 정찰했는데, 한편 경성의 서양인들 중 인천으로 가는 자가 증가하다. 인천 앞바다에 정박 중인 일본한

---

* 오헌: 집 다섯 채. 산치(散置): 흩어놓음.
** 철제는 말의 쇠발굽, 황진은 누런 먼지. 즉 말이 돌아다니며 먼지를 내는 모습.

다카사고마루[高砂丸]의 일본군은 이날 오후 12시 전부 상륙하여, 1시 반부터 3시까지 경성을 대거 향발하였으며, 병사들은 종전엔 70발의 탄환을 가졌으나, 이날부터 1백 발씩을 갖고 가다.

독판 교섭 상무 조병직이 각국 공사 및 영사에게 조회하여, 일본이 자의로 병정을 파견, 조선 도하都下에 주둔하는 정세에 대하여 설명하고, 각국 사신은 각각 그 정부로 하여금 거중조처居中調處*하여 일본이 철병하도록 하여줄 것을 요청하다. 미국공사 등이 청, 일 양국 공사를 초청하여 양국이 동시에 철병할 것을 권고하였으나, 모두 이를 거부하다….

5월 23일조의 실록엔 다음과 같은 기록이 있다.

왕이 편전에 나가 일본공사 오토리를 접견하다. 이때에 오토리는 조선의 내정 개혁에 대한 의견을 진주하였다. 그 요지는

'지난번의 동학란은 조, 일 양국 모두에 중대한 사태로서, 본인이 병원兵員을 대령하고 한성으로 귀임한 것은 공사관과 상민商民을 호위하기 위함이며, 또한 귀국의 요청이 있을 때에는 일비一臂**를 상조하고자 함이었던 것이다. 돌아보건대, 조, 일 양국은 지역이 인접하여 이해가 상관되는바, 현재 영국 제방諸邦의 대세를 보건대, 정치, 교육, 입법, 이재, 권농, 장상獎商이 모두 자국을 부강케 하여

---

* 거중조정(居中調整)과 같은 말. 사이에 들어 화해를 붙임.
** 얼마 안 되는 도움.

세계의 웅국雄國이 되려고 함에 있는바, 이제 조선만이 구법을 고수하여 개혁할 생각을 하지 않는디면, 어떻게 자주自主를 보존할 수 있겠는가. 이러므로 본인이 귀 조정의 대신과 회동하여 그 방법을 강구하고, 이를 귀 정부에 권고하려 하는데, 이것은 양국의 이익에 모두 도움이 되는 것이다. 엎드려 바라건대, 폐하는 굽어살피어 처분을 내리기 바란다.

이에 대하여 왕은, 일본이 철병한 후에 다시 의논하겠다고 답하다.

앞서 본원 16일, 일본 외무대신 무쓰[陸奧宗光]는 주일 청국공사 왕봉조汪鳳藻에게 조회하여, 목하 청, 일 양국이 조선에 파병하여 동학란을 구제驅除***하려 했던바, 조선이 이와 같이 혼란한 것은 정치가 부패한 때문이니, 청, 일 양국이 각각 대신을 파견하여 조선 정부를 대신하여 내정을 개혁할 것을 청했다. 이에 왕봉조는, 내정을 개혁한다는 것은 조선 내부의 문제로서 타국이 간섭할 일이 못 된다 하고, 양국이 철병할 것을 주장하였던바, 일본의 무쓰는, 조선이 음계陰計****를 가지고 화란을 일으켜 일본의 큰 해害가 되고 있으므로, 내정을 개혁하여 정부가 안정되기 전에는 결코 철병할 수 없다고 통고하다.

이에 앞서 일본의 무쓰는

*** 驅除: 해충 따위를 몰아내어 없애버림.
**** 음모.

1. 청국 정부와의 상의의 성부成否를 불문하고, 그 결과를 볼 때까지, 목하 조선에 파견한 우리 군대를 철회하지 않는다.
2. 만일 청국 정부가 우리 제안에 찬동하지 않을 땐, 제국帝國 정부는 독력으로써 조선 정부로 하여금 전술前述한 개혁을 하도록 책임진다.

고 하는 양항을 추가하여 결정하고, 수상에게 상주하여 재가를 얻어놓고 있었다.

무쓰는 청국이 이 제안에 반대하리라는 것을 예견하고, 그것을 트집 잡아 청국과 전쟁을 일으키려고 했던 것이다.

'전술한 개혁'이란 다음과 같다. 5개조로 된 그 안案은,

제1조

1. 정부의 육조六曹는 각기 직책을 다하여 구제舊制를 혁신하여 내부內府(왕실)가 국정에 참여하지 못하도록 한다.
2. 외교는 중신重臣으로 하여금 관장케 한다.
3. 정령政令은 번거로움을 피하고 간명하게 한다.
4. 지방의 각 읍을 정리 통합한다.
5. 쓸데없는 인원을 도태한다.
6. 파격적으로 인재를 등용한다.
7. 연관捐官(금전과 재물을 헌납한 사람에게 주는 벼슬)을 금한다.
8. 관리의 봉록을 올린다.
9. 관리의 뇌물 수수를 금한다.

10. 관리의 사사로운 영업을 금한다.

제2조

출입을 계산하여 정제定制*를 뚜렷이 한다.

2. 회계를 밝힌다.

3. 전제錢制**를 정한다.

4. 지묘地畝***를 측량하여 조세를 정한다.

5. 낭비를 감하고 정당한 지출을 하도록 한다.

6. 철도와 전신을 시설한다.

7. 세사稅司****는 조선 정부 스스로가 관리하고, 타국의 간섭을 거부한다.

제3조

법률을 상명*****하게 정한다.

2. 재판을 공정하게 한다.

제4조

병관兵管******을 합리적으로 한다.

2. 구병舊兵을 정리하고, 능력에 맞게 새로 연병練兵한다.

3. 각 소에 순경을 설치한다.

제5조

---

*   정해진 제도.

**   화폐제도.

***   농사짓는 토지.

**** 세무 업무.

***** 詳明: 자세하고 분명함.

****** 군사 관리.

각 읍에 소학小學을 분설한다.

2. 점차 중학교를 만든다.

3. 학생을 해외에 파견한다.

내용으로서 나쁜 것은 아니었다. 문제는, 왜 일본이 이런 것을 간섭하느냐는 데 있었다.

또 한 가지 문제는, 청일 양국의 공동 작업이란 점에 있었다. 조선 문제에 관해서 청국은 일본과 대등한 처지에 서길 싫어했다. 어디까지나 종주국과 속국의 관계라고 생각하고 있기 때문이었다.

그런데 일본은 조선이 청국의 속국이란 사실을 인정하기 싫었다. 그러니 이 5개조의 개혁안은 내용이 문제될 것은 없었다. 일본으로선 제안한다는 그 사실에 목적이 있었다. 회답을 문제로 하지 않았다. 요컨대, 대군大軍을 조선에 주둔시키는 구실을 만들 수 있으면 그만인 것이다.

당연히 청국은 이 제안을 거절했다.

그 이유로서, 다음 세 가지를 들었다.

1. 조선의 내란은 이미 평정되었다. 청국 군대가 조선 정부를 대신해서 토벌할 필요가 없어졌다. 따라서 청일 양국이 협력하여 진압할 대상이 없다.

2. 개혁안은 그릇된 것이 없으나, 조선의 개혁은 조선 자체가 하는 것이 순당하다. 종주국인 청국도 그 내정엔 간섭하지 않는다. 일본은 이때까지 조선을 자주국으로 인정하지 않았던가. 그렇다면

더욱 내정엔 간섭하지 못한다.

3. 사변이 평정되면 군대를 철수한다는 것이 천진조약의 규정이다.
철병은 당연한 일이다.

이에 대해 일본의 무쓰는, 조선의 내란이 평정되었다는 사실을
부정했다.

― 피상皮相의 현상만을 보면, 조선 국내가 정상을 회복했다고
보지 못할 바는 아니다.

라고 하고, 이어

― 조선의 내란은, 그 근저에 도사리고 있는 화인禍因을 제거하
지 못하면 안심할 수가 없다. 지금 일시적인 가장적假裝的 평화平
和에 만족하면, 장차 어떤 형세가 발생할지 모른다. 그러니 귀국 정
부는 소견과 다른 점이 있을망정, 제국 정부는 단연코 현재 조선국
에 주재하는 군대의 철거를 명령할 수가 없다.

이것이 청국에 대한 일본의 회신이었다. 일종의 절교 선언이었다.
그리고 얼마 지나지 않아, 일본 외무성의 가토〔加藤增雄〕 서기관이
극비의 훈령을 가지고 조선 주재 일본공사관에 파견되었다. 그 극
비의 훈령이란,

― 지금의 형세로선 개전開戰이 불가피하다. 따라서 어떤 수단을
써서라도 개전의 구실을 만들어야 한다.

최천중이, 황봉련이 따라주는 술을 마시며 나름대로의 구상에
몰두하고 있을 때, 민영준은 원세개의 방에 있었다. 민영준은 애원

하고 있었다.

"일본이 조선의 정치에 간섭하려 하고 있소. 일본의 간섭을 받으면 나라가 망합니다. 간섭을 거절해도 역시 나라는 망합니다. 경성에서 일본군이 웅성대고 있습니다. 조선의 망국을 구할 수 있는 것은 오직 청국뿐입니다. 아산의 청국군은 2천 명인데, 경성에 있는 일본군의 병력은 알고 계시지요?"

원세개는 책상 위의 메모를 읽었다.

"장관將官은 오시마 소장 1인, 좌관佐官 16인, 위관慰官 187인, 하사관 584인, 보병 5천822인, 이 밖에 종졸, 유졸, 마졸, 총계…."

"총계는 8천 명이 넘습니다."

민영준이 초조하게 말했다.

"8천이라…."

원세개는 입술을 깨물었다.

"보병 2개 연대, 기병 1개 중대, 산포 1개 대대, 공병 1개 중대, 그 밖에 위생대, 치중대, 헌병, 야전병원까지 있습니다. 게다가 병참사령부…."

"병원까지…."

원세개가 한숨을 쉬었다.

"절 천진에 가게 해주십시오. 북양대신에게 전보를 치시구요. 제가 가서 이홍장 대인에게 간원해보겠습니다."

민영준은 필사적이었다.

"천진엔 내가 연락을 하지요. 당신은 여기서 당신 할 일이나 하시오."

원세개가 이렇게 말한 건, 민영준이 천진에 가도 이홍장을 움직일 수 없다는 것을 알고 있었기 때문이다.

이홍장은 어느 단계까진 가능한 한 일본군과의 마찰을 피할 생각으로 있었다. 병력의 증파는 염두에도 없었다.

"여기서 제가 할 일이란 뭡니까?"

민영준이 물었다.

"김가진金嘉鎭 등의 움직임을 봉쇄하는 것이오."

조선 정부엔 친청파가 많았으나, 친일파도 적지 않았다. 그 가운데 김가진은 가장 적극적인 친일파였다. 각의에서 그는

"청국부터 먼저 철병시키고 나서 일본군의 철퇴를 실현시키자."

고 주장한 자인 것이다.

청국은 조선 정부의 요청에 의해 출병했다. 청국이 출병했기 때문에 일본도 출병했다. 그러니 철병도 그 순서대로 해야 한다는 것이다.

청국에 출병을 요청한 것은 조선 정부가 아니고 민영준 개인이었다며, 민영준을 처단하자고 제안한 사람도 김가진이었다.

"안 될 일이야 없지요. 없지만 놈은 일본군이 온 이후 으쓱해 있는 모양입니다."

"외교단을 움직여 일본군의 진주에 항의하는 것도 하나의 방법이오."

"알겠습니다."

하고, 민영준은 원세개의 방에서 나왔다.

외교단을 움직여 복잡한 사태를 해결하고자 한 사람은 이홍장이었다. 이홍장은 러시아에 중재를 요청했다. 그러나 러시아의 중재

노력도 일본에겐 압력이 되질 않았다.

일본은 청국과 싸울 구실만을 찾고 있었으니까.

한양은 일본 군인의 독점장이 되었다. 일본군 대포의 포구砲口가 원세개의 거처를 향해 있는 것도 기분 나쁜 일이었다. 원세개는, 조선의 정세는 차치하고 자기 자신의 안전이 위태로웠다. 그는 이홍장에게 사표를 내고, 귀국 명령만을 기다리고 있었다. 원세개가 이홍장에게 보낸 애원哀願 전보電報는,

개등재한凱等在漢 일위월여日圍月餘 시췌오심視萃伍甚 뇌유이삼원면사판공賴有二三員勉司辦公 금균도今均逃

(원세개 등은 한성에 있는데, 일본군에 의해 한 달 남짓 포위되어 있습니다. 중국인 보길 원수처럼 하여, 2, 3인 사용인들의 도움으로 사무를 처리해왔는데, 그들도 이젠 전부 도망쳐버렸습니다.)

그러니 빨리 소환해주기 바란다는 뜻이다.

아닌 게 아니라, 원세개의 사무실이나 거처는 일본군의 밀정에 의해 감시되고 있었다.

어느 날, 소민이 원세개의 편지를 민하에게 전했다.

편지의 내용은

— 귀국 명령이 내렸다. 조선을 떠나기 전에 민공을 한번 만나고 싶다.

민하는 겁이 없었다. 감시가 있건 없건 아랑곳 않고 원세개의 숙소로 갔다. 해질 무렵이었다.

원세개는 당소의와 단둘이 술을 마시고 있었다. 민하도 청하는
대로 술잔을 들었다.

"조선은 어떻게 하고 이곳을 떠나려 하십니까?"

민하가 물었다.

"사실, 조선 문제가 걱정이오."

하고, 원세개는,

"일본인이 저처럼 설쳐대니, 나도 어떻게 할 수가 없구려. 나는
워낙 일본놈들한테 미움을 사고 있어서, 내가 있어봐도 사태를 바
로잡는 데 도움이 될 것 같지 않소. 그래서 떠나려는 거요."

"그럼, 뒷일은 누가 맡습니까?"

"당분간 내가 맡을 참이오."

당소의의 말이었다.

"원袁 대인大人은 위태로운데, 당 대인은 괜찮을까요?"

"나는 여차하면 영국공사관으로 갈 참이오."

하고 당소의가 웃었다.

"당공은 일본공사하고 친하니까, 유탄만 피할 수 있으면 안전할
거요."

원세개가 빈정대는 투로 말했다.

"원 대인이 언제나 앞장을 섰으니까 나는 무풍지대에 있었지."

"게다가 당공은 정부인正婦人이 조선 여성이니까 조선인의 보호
도 받을 수 있을 것이구."

이때, 원세개의 말이 약간 부럽다는 투로 되었다. 당소의의 부인
은 조선 여성이며, 당소의는 그 부인을 여간 소중히 여기지 않았다.

그렇다고 해서 외입을 안 하는 것은 아니었지만….

당소의는 미국 컬럼비아 대학 출신으로, 무인적武人的인 원세개와는 달랐다. 조선 기생을 다룰 때도 언제나 정연하고 부드러웠기 때문에 기생들 사이에 평판이 좋기도 했다.

"앞으로 전쟁이 있을까요?"

"십중팔구는…."

하고 원세개가 대답했다.

"승산은?"

"삼칠三七."

"어느 편이 삼입니까?"

"그건 대답할 수 없어."

"앞으로 우리들은 어떻게 해야 하나요?"

"청국을 믿는 마음을 잊지 마시오. 뭐니 뭐니 해도 우리 청국은 크오. 일본과 싸운다고 해도 궁극의 승리는 우리 쪽에 있을 거요. 지금 일본이 날뛰고 있지만, 하룻강아지 범 무서운 줄 모르는 꼴이오."

"아무튼, 조선이란 나라는 불행하오."

하고 당소의가 계속한 말은,

"이런 나라가 오백 년이나 계속되었다는 것이 이상한 느낌이오. 나라가 늙어도 대사代謝가 민활하면 살 수 있는데, 누습이 누적되어 있는 나라가 이만큼이라도 지속된 것이 기적이오. 마땅히 이때가 환골탈태換骨奪胎할 기회가 아닌가 하오. 내 마누라가 조선인이니, 조선은 내 반조국半祖國이라고 해도 과언이 아니오. 나는 이 나라를 위해 슬퍼하오."

"당 대인이 만일 조선인이라면, 앞으로 어떻게 하겠습니까?"

엉뚱한 질문이었는데도, 당소의는 진지하게 받아들였다.

"나도 가끔 그런 생각을 해보았소. 이 나라가 내 조국이었다면 어떻게 할까 하구요."

"그래, 어떤 생각을 했습니까?"

"좋은 생각이 떠오르지 않아요. 좋은 생각이 떠올랐으면 벌써 민 공에게 알렸을 것이오. 왜 모두 머리가 그렇게 고루한지…. 솔직한 얘기로, 임금이란 자의 그 꼴이 뭐요? 민비의 행동이 또 뭐요? 현 실을 그냥 그대로 승인하고 행동할 수도 없고, 그렇다고 해서 무슨 혁신의 깃발을 들자니 가당치도 않구…. 민공처럼 재능이 뛰어난 사람은 그만큼 고민도 많을 거요."

"당 대인께선, 청국의 정사는 잘 되어나간다고 생각하십니까? 청 국 황실이 우리나라 왕실보다 월등하다고 생각하십니까?"

"이것, 야무진 반격이군요. 사실 정사에 있어서, 나라의 형편에 있어서, 청국이 조선보다 별반 나을 게 없지요. 그러나 조선을 슬프 다고 하고 청국을 슬프다고 안 하는 것은, 청국은 워낙 땅이 넓고 인재가 많으니, 무궁한 가능성이 있기 때문이지요. 조선에도 왜 가 능성이 없을까만, 가능성이 아주 적다, 이겁니다. 청국에선 만사를 잊고 낙천적일 수가 있지만, 조선에선 낙천적일 수가 없어요. 자기 도 모르는 동안에 남의 나라의 노예가 될지도 모르니, 어떻게 낙천 적일 수 있겠어요?"

"민공!"

하고 원세개가 불렀다.

민하는 시선을 원세개에게 돌렸다.

"나는 내일에나 모레쯤 한성에서 빠져나갈까 하는데, 그것이 용이할까?"

"원 대인이 나가시는데, 누가 방해하겠습니까?"

"난 줄 알면 일본군이 불측한 짓을 할지 모르고, 혹시 또 조선인이 무슨 짓을 할지도 모르니까…. 그렇다고 해서 호위병을 데리고 거동할 수도 없고…. 조정에 신변 보호를 부탁하면 가지 못하게 붙들까 겁이 나구…."

"정세가 그렇게 험악합니까?"

"정세가 그렇게 되어 있소. 내가 너무 지나친 걱정을 하는지 모르지만…. 하여간 남의 눈에 띄지 않게 한성에서 벗어나 인천까지 갔으면 하오."

"꼭 그러시다면, 조선 노인 복색을 하시지요. 지팡이를 짚구요. 원 대인께선 조백무白*이시니까, 그렇게 하시는 것이 무난할까 합니다. 넓은 방립**을 쓰면 얼굴이 가려질 테니까요. 고래로 우리 조선은 노인을 숭상하는 나라니까, 노인 행세를 하시면 침노하는 자가 없을 것입니다."

"그 안이 좋겠소."

하고 당소의도 동의했다.

"그럼, 민공이 인천까지 따라가주시겠소?"

---

* 늙기도 전에 머리가 셈.
** 方笠: 방갓.

"그렇게 하지요. 소민 씨와 제가 따라가면 아무 일 없을 것입니다."

원세개는

"이로써 마음을 놓았소."

하며 우울한 표정을 풀었다.

원세개는 그다음다음 날, 양력으로 7월 19일, 노인으로 변장하고 한성에서 탈출, 인천으로 향했다.

인천엔 군함 평원호平遠號가 기다리고 있었다.

원세개가 인천을 떠나고 나서야, 조정은 그 사실을 알았다. 원세개만을 믿고 있던 민영준은 원세개가 떠난 것을 알고 사색死色이 되었다고 한다.

일본은 점점 그 난폭의 도를 높여갔다. 실록 6월 21일조에 다음과 같은 기록이 있다.

일본의 공사 오토리는 독판 조병직에게, 지난 20일의 회답이 사리에 맞지 않다고 지적하고, 병력을 사용하여서라도 자기 나라의 이익을 보호할 것이라고 통고했다. 즉, "청국 정부의 조회문 중에 '조선은 우리의 보호 속방 운운'의 말이 있는데 이것을 귀 정부는 알고 있을 것이다. 또 총병 섭사성이 아산, 전주 일대의 여론에 첨부한 고시문 중에 기재된 내용이 어떤 것인가도 귀 정부는 알고 있을 것이다. 그런데 귀 독판은, 본국과의 교섭이 없어 아는 바 없다는 말로써 책임을 모면하려 하고 있다. 이는 곧, 귀국이 스스로 자주 독립의 권리를 떨어뜨리는 것이 되고, 또 조일조약에 기재된 '조선은 자주의

나라로서 일본국과 평등한 권리를 가진다'는 조문을 허문화虛文化
한 것이므로, 본 공사는 단연코 가만있을 수가 없다. 이때를 당하여
본 공사는 귀 정부가 조약 명문에 따를 것을 열망하며, 귀 정부가
적절하게 처리하기를 요망하는 바이다. 청컨대, 귀 독판이 명확하
게 회답해주길 바라며, 만약 사리에 적합지 않을 때에는 정세를 자
량*하여, 혹은 무력을 사용하여 아국의 권리를 보호하고자 한다."

고 했다.

　일본공사는, 일본국이 조선국에 요청한 내정 개혁, 청국과의 종
속관계 단절 등 일본 측의 요구에 불응한다는 이유로 무력 사용을
계획하고, 혼성여단장 육군 소장 오시마〔大島義昌〕와 상의한 후, 이
날 오전 4시에 용산 주둔의 일본군을 경성 내로 이동시켜, 새벽에
는 경복궁 영추문 전에 이르렀다. 이에 우리나라 병사가 이유 없이
궁궐 내에 침입한 일본군에 대하여 발포發砲하자, 일본군은 계속
하여 궐내에 들어가, 본국병을 구축하여 병기를 뺏고 오문五門을
지켰다. 그리고 이어서, 일본병은 각 영에 주둔한 본국병의 병기를 압
수하였는데, 장위영 군대는 불응하고 일본군과 다투다가 물러갔다.

　대원군大院君의 입궐을 명했다. 일본공사의 강권에 의해서였다.
이어, 일본병 1개 대가 운현궁으로 가서, 대원군을 호위하여 경복궁
으로 나아갔다.

　대원군 입궐에 앞서 김병시, 정범조, 조병세, 김홍집 등 네 대신,

---

*　自量: 스스로 헤아림.

독판 조병직, 통어사 신정희 등 수인을 초청하고, 대원군의 입궐에 전후하여 김가진, 안경수, 조희연, 유길준 등 일본파日本派 인사 10 인 정도가 입궐하였으나, 궐내의 혼란과 정부의 결단력 부족으로 결행된 사건은 겨우 개혁파 십수 인의 임명에 불과했다. 이날, 김홍 집을 영의정으로 삼아 군국기무처軍國機務處 회의를 개최하여 의 결한 것은, 대원군을 거쳐 상주하여 국왕의 재가를 얻어 곧 시행하 도록 하였다.

함화당咸和堂에서 왕이 일본공사를 소견하다. 일본공사가, 일전 에 상주上奏한 5조목을 유념하여 시행한다면 대단히 좋을 것이라 고 하매, 왕은, 우리에게도 구장규모舊章規模가 있으나, 5조목도 마 땅히 유념할 것이라 했다.

이런 일이 있은 지 3일 후, 원세개의 후임인 당소의도 비밀리에 인천을 거쳐 귀국했다. 일본군의 궁궐 침범이 있었을 때, 그는 영국 대사관으로 피신했던 것이다.

당소의마저 떠났다는 것은, 친청파親淸派로서는 결정적인 충격이 었다. 최천중을 비롯한 홍산계원들, 그리고 왕문, 연치성, 강원수, 민 하 등도 따지고 보면 친청파였다. 더욱이 최근에 이르러 일본이 하 는 짓을 볼 때, 반일 감정이 격화되지 않을 수 없었다. 원래 그들은 국가 백년지대계를 세우고 영세중립을 구상할 때에도, 청국을 정신 적 물질적인 배경으로 삼았던 것이다.

이런 마음의 바탕이었고 보니, 청일 간에 전쟁이 발생하면 종국 적으론 청국이 이길 것이란 생각이었다. 생각이라기보다 희망적인 관측이었다고 하는 것이 타당할지 모른다. 그런 까닭에, 일본이 조정을 상대로 갖가지 난폭한 행동을 해도, 일시적인 현상으로 끝날 것으로 알았다.

그런데 당소의마저 떠나버렸다.

당소의도 떠나기 전날, 민하를 영국공사관으로 불렀다.

당소의는, 후에 장개석蔣介石과 겨루어 중국의 대권大權을 노릴 만큼 큰 인물이며, 한편 델리케이트한 심정의 소유자였다. 특히, 부인이 조선 여성인 만큼 조선에 대한 애착이 있었던 모양으로, 그 애착의 일단이 조선을 떠날 무렵, 민하를 생각하게 된 모양이다.

"남의 집이 돼서 대접하려야 도리가 없소."

라고 미안해하며, 당소의는 큼직한 보따리를 민하 앞에 밀어놓고,

"이건 책인데, 이 가운덴 영문으로 된 책도 있소. 민공은 지금부터라도 영어를 배우시오. 영국이 강대하니까 영어를 배워야 한다는 것이 아니라, 새로운 지식을 섭취하려면 아무래도 영어를 통하는 것이 편리할까 하여 권하는 것이오. 새 나라를 만들려면 새로운 사상이 필요하오."

하고, 이어 이런 말을 했다.

"세상이 어떻게 변하건 실망 또는 낙망하지 마시오. 스스로의 마음만 강건하게 가지면 어떤 사태에도 떳떳이 대처할 수 있는 법이오. 민공은 춘추春秋를 읽고 사기史記를 읽었을 것이니 알고 있겠지만, 난세亂世를 사는 지혜는, 난세라고 해서 휘둘리지 않고 정심일관正心一貫하는 것이오. 정심일관하면 자연히 견기탐로見機探路*

---

* 기회를 보고 길을 찾음.

가 저절로 되는 법이오. 난세에서 정심일관으로 자기를 지키면 때를 맞이하여 높게 비상할 수도 있고, 그럴 때가 없으면 없는 대로 자기의 존재, 그것만으로 보람이 있을 것이오. 대저, 재승才勝하면 경輕하기가 쉬운데, 민공의 거조를 보면 그렇지가 않아 내 마음에 들었소. 원도袁道**와 더불어 항상 한 얘기지만, 민공은 앞으로 대성大成할 사람이오. 부디 자중자애하기 바라오."

민하는

"고맙습니다."

는 말 이외에 할 말이 없어,

"당 대인의 행운을 빕니다."

라고만 했다.

당소의는

"나는 내일 떠나오."

하며 미소를 머금곤,

"민공은 이화라는 아가씨를 알지요?"

하고 물었다.

엉겁결에 민하는 얼굴이 붉어졌다.

"부끄러워할 것 없소. 나는 지금 내가 부끄러운 얘기를 할 참이니까. 부끄러운 얘기지만, 이 말만은 민공에게 해둬야겠다고 생각한 거요."

당소의는 잠깐 말을 멈췄다가,

** 원세개.

"사실은 그 이화라는 아가씨를 내 소실小室로 할까 하여 무척 애를 썼소. 내 본실의 승낙까지 얻고 말이오. 그렇게 총명하고 정숙 하고 아름다운 여자를 나는 본 적이 없었거던. 그런데 2년을 끌어 오는 동안에도 나는 그녀의 승낙을 얻지 못했소. 몇 번 손을 잡아 보긴 했을까? 하두 이화 아가씨가 강경하기에 까닭을 물었지요. 마음에 간직한 애인이 있다는 거였소. 그게 누구냐고 물어도 일체 소이부답笑而不答하더니, 엊그제에야 그 사람의 이름을 말했소. 민공 이었소. 떠나는 마당이니 궁금증이나 풀어달라고 했지. 그 행복한 사나이가 누군가 알고 싶다고 했지. 그랬더니, 그 입에서 민공의 이름이 나오지 않겠소? 나는 즉석에서 축하한다고 했소. 그만한 인물 이면 한을 남기지 않겠다고 했지. 민공에게도 축하를 드리오. 기생 이란 이름이 안타까울 뿐이지, 아니, 기생이니까 더욱 갸륵한 거요. 민공은 행운을 탄 사람이오. 그녀를 소중히 하시오."

어안이 벙벙해서, 민하는 할 말을 잃었다.

헤어질 때, 당소의는 민하의 손을 꼬옥 잡고,

"언젠가 만날 날이 있기를 바라오."

라고 하고, 이렇게 덧붙였다.

"세상이 온평해지면, 내 민공을 중국으로 초대하리다. 그땐 친구 들을 데리고, 보다도 이화 소저를 데리고 놀러 오시오."

영국대사관에서 나오는 길로, 민하는 송이화를 찾아갔나.

송이화가 마음은 주면서 몸을 주지 않았던 이유를 민하는 처음 으로 알았다. 정신적이긴 하지만, 당소의의 총애를 받고 있는 처지

258

로서 민하에게 몸을 맡길 순 없었던 것이다. 보다도, 당소의의 간절한 소망에 이끌려 그의 소실로 들어앉게 될지도 모른다는 한 가닥의 마음에서 민하를 거절했는지도 몰랐다.

이런저런 추측을 해보았지만, 두 사나이의 사랑 속에 끼여 몸과 마음을 깨끗이 지녀야겠다는 이화의 결심이 갸륵하다는 것만은 사실이었다.

이화는 보일락 말락 웃음을 띠고 민하를 맞이했다. 진심으로 반가운 사람을 만났을 때 짓는 그녀의 표정이었다. 그런데 민하의 마음 탓인지 모른다. 이화의 얼굴엔 한 자락 수심의 그림자가 있었다.

"오래간만입니다."

먼저 이화가 입을 열었다.

'그렇군' 하고 생각했다. 이화를 만나지 않은 지가 벌써 월여月餘가 된 것이다.

"그렇게 바쁘시었어요?"

이화가 물었다.

"일식일휴日息日休의 몸인데, 바쁠 것이 무엇 있겠소."

민하의 대답이었다.

"인천엘 가셨었다면서요?"

"원 대인을 전송하러 갔었지."

이어 민하가 말했다.

"난 지금, 당 대인을 만나고 오는 길이오."

그래도 이화는 별로 놀라는 빛이 없었다. 민하가 거듭 말했다.

"내일 한성을 떠난다고 하셨소."

"그렇게 저도 들었어요."

"당 대인이 떠난다니까 섭섭하시겠죠?"

이화는 답이 없었다.

이화와 당소의가 서로 안다는 사실을, 이화는 민하에게 알린 적이 없었다. 그게 섭섭하다면 섭섭했지만, 지금 와선 그게 문제될 게 없었다. 그런데 말이 엉뚱하게 나왔다.

"당 대인의 소실이 될 뻔했더군."

"…"

"당 대인으로부터 얘기를 죄다 들었소. 끝내 당신이 거절을 했다고."

"승낙은 안 했지만, 거절한 적도 없어요."

이화의 말소리가 기어들어가는 듯했다.

"당 대인의 소실이 되었으면 좋았을 것을…. 부귀와 영화가 한꺼번에 들이닥칠지 모르는데…"

민하가 이렇게 중얼거리자, 이화의 표정이 굳어졌다.

"본심으로 그런 말씀 하시는 거예요?"

민하는

"본심가심편편심本心假心片片心

편편운집공색침片片雲集空色沈

잔화낙화총시화殘花落花總是花

심정화정수정심心情花情愁情深."

하곤 웃었다.

그래도 이화의 굳은 표정은 풀어지지 않았다.

260

"당 대인의 당신에 대한 칭송은 참으로 듣기 좋았소이다. 당 대인이 나더러 당신을 소중히 하라고 하셨소."

"그분은 좋은 분예요."

"그 좋은 분의 분부를 나는 지킬까 하오."

"어떻게요?"

"당신을 소중히 모시겠소."

하고 민하는

"당신이 당 대인에게 한 말이 사실이라면, 오늘부터 기생 노릇을 그만두도록 하시오. 같이 살아갈 만한 재물이 내게 마련되어 있으니까."

했다.

"그렇지 않아도 기생을 그만둘까 합니다. 낙산 밑에 조그마한 집을 사두었어요. 당신의 마음에 들지 모르겠군요."

이화의 말이었다.

"화소처화원花唉處花園*이오. 임 계실 곳이 낙원 아니겠소? 집이야 여부가 있소. 당신 곁에만 있을 수 있으면 그만이지."

생각하면, 너무나 긴 세월 망설여온 사랑이었다. 민하는 살며시 이화의 어깨를 안았다.

청일전쟁은 바다에서 시작되었다.

실록 6월 23일조는 다음과 같이 기록했다.

---

* '꽃 피는 곳이 곧 꽃밭이다.'

─ 청국 북양해군北洋海軍 중영부장中營副將 방백겸이 이끄는 '제원', '광을' 등 제함과 일본 제1순격대 사령관 해군 소장 스보이〔坪井〕가 이끄는 '요시노', '나니와', '아키스시마' 등 제함이 수원부 풍도楓島 전양前洋*에서 교전하여 '광을'은 격침되고 '제원'은 도주하다. 마침 이때, 영국 상선 '고승호'가 청병을 싣고 군함 '조강'과 함께 내도하였는데, 일본국 함대는 '고승호'를 격침하고 조강을 포획하다. 청병 생존자 중 147명은 경기도 덕적도에 구조되다.

일본 측 기록에 의하면─

아산牙山은 인천의 남쪽 약 70킬로의 해안에 접한 지방이다. 만灣의 출구에 풍도豐島라고 하는 작은 섬이 있다.

일본 함대의 임무는 아산만을 정찰하는 데 있었다.

─ 그 부근의 청국 함대가 약소할 경우엔 전투할 필요가 없지만, 강대하면 공격하라.

함대는 이런 명령을 받고 있었다. 함대 참모 가마야〔釜谷〕 대위는 "약소한가 강대한가는 전투해보고 나서야 알 일이다. 적함을 발견하면 무조건 공격해야 한다."

고 그 명령을 해석했다.

양력 7월 24일(음력 6월 22일), 일본 해군의 제1유격대는 풍도 근처에서 청국 순양함 '제원호'와 포함 '광을호'를 발견했다.

---

* 앞바다.

그런데 무쓰[陸奧] 외상의 명령엔, 해군의 자유행동을 인정하는 것은 7월 25일 이후라야 한다고 되어 있었다. 영국의 조정으로 일본은 청국에 재再 제안提案한 것이 있는데, 그 회답 기한이 7월 24일이었다. 그러니 그 기한이 지나지 않으면 포격할 수 없었다.

일본 함대는 하루를 기다렸다.

25일부턴 전투 행위에 들어갈 수 있었다. 사세호[佐世保]를 출항할 땐, 전투할 작정으로 그 준비를 하고 있었다.

청국의 '제원'과 '광을'이 일본 함대와 만난 24일엔, 전날 일본군에 의한 조선 왕궁 점령이 있었지만, 청국 군함은 그 사실을 모르고 있었다. 정보를 보낼 한성의 청국공사가 일본군의 습격을 받아, 책임자인 당소의가 영국대사관에 피난해 있었던 것이다. 해상에 있는 군함에 급보할 방도가 없었다.

물론, '제원'과 '광을'은 아산에 있었는데, 일본 함대가 공격하리라곤 생각하지 않았다. 일본 군함이 아무 짓도 안 했기 때문에, '제원'과 '광을'은 긴장은 했지만 전투 배치할 생각은 안 했다. 일본 함대가 공격 시간을 기다리고 있는 줄을 몰랐던 것이다.

'제원'은 강철로 된 쾌속선이었다. 독일의 플칸 조선소에서 건조한 3천 톤급의 순양함이었다.

'광을'이란 포함은 원래 북양해군 소속이 아니었는데, 연수차研修次 광동에 와 있다가 조선 연안에 파견되었다.

일본 함대가 청국 함대에 제1탄을 발사한 것은, 7월 25일 오전 7시였다. 음력으론 6월 23일.

'제원'의 함장 방백겸은 일본의 '요시노'가 전진해 오자,

"백기白旗를 올려라!"

고 했다가,

"도망하라!"

고 명령했다.

명령이 지리멸렬했을 뿐 아니라, 하부에 철저히 통달되지 못했다. 훈련 부족이었던 것이다.

'제원'은 백기를 올리고 도망치면서도 대포를 쏘았다. 격파는 되었지만, '제원'은 어찌어찌 여순까지 도망칠 수 있었다.

포함 '광을'은 도망치다가 육지로 올라가버렸다. 거기서 화약고가 폭발했다.

해전이 한창일 때, 청국이 고용한 영국 상선 고승호가 풍도 근처에 나타났다. 다크에서 청병清兵 95명을 아산으로 수송하기 위해서였다. 고승호는 '조강호'라는 구식 포함의 호위를 받고 있었다.

'나니와'의 함장은 도고 헤이하치로(東鄕平八郎) 대좌였다. 도고 함장은 부하를 파견하여 고승호를 임검, 약 천 명의 청병이 타고 있음을 확인했다. 그런데 고승호는, 뒤따라오라는 '나니와' 함장의 명령을 거역했다. 탑승한 청국 장병이 항복을 거부한 것이다. 청국의 지휘관은 영국인 선장을 구속하고, 아산으로 가지 못하면 다크로 돌아가자고 했다.

'나니와'는 정지 명령을 발하고, 4시간 후에 포격을 시작했다.

― 고승호는 영국 국적의 상선이지만, 청국 군대에 의해 불법 점거되었다.

고 도고 함장이 판단을 내린 것이다.

해군 사관으로서 영국에 유학한 적이 있는 도고는 국제법과 해사법에 정통했다. 그래서 과단성 있는 행동을 취할 수 있었을지 모른다.

— 배를 포기하라!

는 신호를 보냈다.

오후 0시 40분 포격이 시작되었다.

포탄이 고승호에 명중되어 선체가 침몰하기 시작했다.

'나니와'에서 구명정을 보냈다.

"선장과 백인, 고급 선원만 구조하라!"

는 도고의 명령이 있었다.

호위함 '조강'은 재빨리 항복했다. 그 마스트에 일본의 군함기가 올랐다.

고승호의 백인 선원만이 구조되고, 청국인 선원과 청국 장병 천여 명은 바다에 던져졌다. 던져진 사람들 가운데 구조된 사람은 실록에 기록된 147명이었다. 147명이 구조된 것은, 해전이 있은 다음 날 그 근처를 프랑스 군함이 통과했기 때문이다.

이 풍도 근해의 해전에서 일본 측은 1명의 사상도 없었고, 함정의 손상도 없었다.

청국 측은, 고승호의 수많은 인명을 잃고, 조강호가 포획되고, 광을호가 폭파되고, 제원호가 파손되는 등 심한 손해를 입었다. 제원호의 사무장 심수창은 포격을 받아 전사했다.

이날, 일본의 혼성여단은 아산을 출발, 2일 후 성환에서 청국 총병이 이끄는 섭사성 부대와 부딪쳤다. 전투가 벌어졌다. 청국군이 대패했다.

3일 후인 8월 1일(음력 7월 1일), 일본은 청국에 선전포고를 했다. 기습 공격을 해놓고, 선전포고를 하는 것은 일본의 버릇이다.(제2차 세계대전 때에도 그랬다.)

일본의 선전조칙宣戰詔勅이란 것을 다음에 적어본다.

> 천우天佑를 보전하고 만세일계萬世一系의 황조皇祚를 밟은 대일본 제국 천황은, 충실용무한 너희들 유중有衆에게 고한다. 짐은 이제 청국에 대해 전쟁을 선宣한다. 짐의 백료유사百僚有司는 마땅히 짐의 뜻을 체體하고, 육상에서 해면에서 청국에 대한 교전에 종사하여 국가의 목적을 달성하도록 노력할지니라. 국제법에 위배되지 않는 한, 각각 권능에 따라 일체의 수단을 다하는 데 있어 반드시 유루遺漏 없도록 기하라….

이렇게 시작하는 조작된 문구로써 개전의 이유를 설명하고,

> 일은 이에 이르렀다. 짐은 평화로써 제국의 광명을 중외에 선양하길 전할 참이었지만, 이렇게 부득이 전쟁을 선하지 않을 수 없도다. 너희 유중의 충실용무에 의뢰하여, 빨리 평화를 영원히 극복克復하여 제국의 광영을 온전히 할 것을 기하노라.

고 맺었다.

참으로 웃기는 이야기다.

이에 대해 청국도 선전포고를 했다.

8월 1일, 같은 날짜였다.

청국의 선전상유宣戰上諭엔

조선은 우리 대청大淸의 번속藩屬이 된 지 2백여 년, 해마다 직공職貢을 수修함은 중외中外가 공히 아는 바이니라….

하는 문자가 있다. 이렇게 종주번속宗主藩屬의 관계를 강조하여 조선 내란 진정을 위해 출병한 정당성을 설명한 후, 일본의 출병을 비난했다. 이어,

각국의 공론 모두, 일본의 출병은 명분이 없고 정리에 맞지 않으므로 철병하여 화평하라고 권하였다. 그런데도 한연悍然히 불고하고, 충분한 이유도 없이 육속 병을 증가시켰다. 조선 백성, 중국 상민이 날로 경요驚擾하기에, 우리 병을 보내 보호하려 한 것이다. 그런데 중도에 이르자, 왜선倭船 한 척이 우리의 불비를 틈타 아산만에서 포격하여, 우리의 운선運船을 상했다. 그들의 변사變詐는 실로 뜻밖이니라. 왜국은 조약에 따르지 않고, 공법을 지키지 않고, 임의로 주장하여 궤계詭計를 부린다. 사단의 원인은 그들에게 있다. 공론소연公論昭然하니라….

하고, 일본 측의 무리를 규탄, 싸우지 않을 수 없는 사유를 천하에 포고한다고 했다.

청국과 일본의 싸움은 이렇게 시작되었다.

이런 틈바구니에 끌려 나와 정권의 자리에 앉은 대원군의 처지는 미묘했다.

일본의 힘에 끌려 나왔다고는 하나, 대원군의 마음은 청국에 기울어 있었다. 자기를 붙들어 4년 동안이나 청국 보정保定에 억류한 청국이긴 하지만, 수백 년 동안 중국에 기대온 왕조의 근성이 하루아침에 바뀔 까닭이 없었다. 대원군은 이 전쟁의 결과가 청국의 승리로 돌아갈지 모른다는 생각을 지워버릴 수가 없었다. 게다가, 제세상을 만났다는 듯이 날뛰는 친일파의 꼬락서니가 당초 보기 싫었다.

그러나 대원군의 의도완 딴판으로, 일본의 지시에 의해 정부의 형상이 날로 바뀌고 있었다. 일러 갑오경장甲午更張이다.

실록에 의하면,

6월 28일. 군국기무처에서 의정부 이하 각 아문에 대한 중앙관제中央官制의 대개혁에 착수하여, 궁내부宮內府, 의정부議政府, 각 아문 관제를 심의 가결하여 국왕의 재가를 받은 다음 공포하였는데, 의정된 내용과 원문은 다음과 같다.

1. 궁내부 승정원은 상서尙瑞, 기주記註, 품질品秩, 검사를 관장한다. 경연청經筵廳은 홍문弘文, 예문藝文을 관장한다.

규장각奎章閣은 교서, 도화, 사자寫字를 관장한다.

통예원은 외사外事, 내사內事를 관장한다.

장악원掌樂院, 내수사內需司는 용동궁, 어의궁, 명예궁, 수진궁,

장흥고를 관장한다.

사향원은 빙고氷庫, 예빈을 관장한다.

상의원尙衣院은 제용濟用을 관장한다.

내의원內醫院은 전의典醫를 관장한다.

시강원侍講院은 익위翊衛, 강서講書, 위종衛從을 관장한다.

태복시太僕寺, 전각사殿閣司는 선공繕工을 관장한다.

회계사會計司는 금전 출납, 회계를 관장한다.

2. 종백부宗伯府는 종묘, 사직, 영희전, 민생전, 각 능, 원, 궁, 묘廟,

　묘묘墓, 봉상奉常, 전생典牲을 관장한다.

3. 종친부는 돈녕敦寧, 의빈儀賓을 관장한다.

　이상 각 사의 종전의 응입전곡應入錢穀은 탁지아문度支衙門으로

　하여금 전관케 하며, 일체의 응용은 탁지아문에서 균청하여 작

　발酌撥한다.

관제官制

1. 의정부: 백관을 총리하고, 서정을 고르게 하며, 국가를 경영한다.

　의정부에는 총리대신 1인, 좌찬성 1인, 우찬성 1인, 사헌司憲 5인,

　참의 5인, 주사 31인을 두고, 다시 다음의 관청을 분설한다.

① 군국기무처: 국내의 대소사를 의정한다. 총재 1인을 두되, 총리

　대신이 겸한다. 부총재 1인을 두되, 의원 중 관직과 봉록이 높은

　사람이 겸한다. 회의원은 10인 이상 20인 이하로 하며, 서기관은

　3인, 그 1인은 총리대신 비서관이 겸한다.

② 도찰원都察院: 내외 백관의 공과를 규찰하여 정부에 고명하고,

　상벌을 공정히 행한다. 원장 1인은 좌찬성이 겸한다. 사헌 5인,

주사 10인을 둔다.

③ 중추원: 문文, 무武, 음蔭의 자헌 이상 실직 없는 인사를 선정하여 고문으로 한다. 원장 1인, 우찬성이 겸하고, 참의 1인, 주사 2인을 둔다. 이 밖에 기록국, 전고국, 관보국, 편사국, 기로소耆老所를 둔다. 기로소는 종래부터 있어온 문관文官 정이품正二品 이상의 양로기관養老機關이다.

2. 내무아문內務衙門: 지방 인민의 제치 사무를 총관한다. 대신 1인, 협판 1인, 참인 5인, 주사 24인을 둔다. 이 가운덴 총무국, 판적국版籍局, 주현국州縣局, 위생국, 지리국, 사사국士祠局, 회계국을 둔다.

3. 외무아문外務衙門: 교섭 통상 사무를 관장하며, 공사, 영사 등의 관을 감독한다. 대신 1인, 협판 1인, 참의 5인, 주사 20인을 둔다. 총무국, 교섭국, 통산국, 번역국, 기록국, 회계국을 둔다.

4. 탁지아문度支衙門: 전국의 재정, 양계量計, 출납, 조세, 국채 및 화폐 등 일체의 사무를 총괄하고, 지방 재무를 감독한다. 대신 1인, 협판 1인, 참의 9인, 주사 45인을 둔다. 총무국, 주세국, 주계국, 출납국, 국채국, 비치국, 기록국, 전환국典圜局, 은행국, 회계국을 둔다.

5. 법무아문法務衙門: 사법, 행정, 경찰, 사유赦宥*를 관리하고, 겸하여 고등법원 이하 각 지방 재판을 감독한다. 대신 1인, 협판 1인, 참의 4인, 주사 20인을 둔다. 총무국, 민사국, 형사국, 회계국을

---

* 사면.

둔다.

6. 학무아문學務衙門: 국내의 교육, 학무 등을 관장한다. 대신 1인, 협판 1인, 참의 6인, 주사 16인을 둔다. 총무국, 성균관 사무국, 전문 학무국, 편집국, 회계국을 둔다.

7. 공무아문工務衙門: 국내 일체의 공작, 영선 사무를 관장한다. 대신 1인, 협판 1인, 참의 6인, 주사 17인을 둔다. 총무국, 역체국驛遞局, 전신국, 철도국, 광산국, 등장국, 건축국, 회계국을 둔다.

8. 군무아문軍務衙門: 전국의 육군, 해군의 군정을 통합하며, 군인 군속을 감독하고 관내 제무를 통솔한다. 대신 1인, 협판 1인, 참의 8인, 주사 36인을 둔다. 총무국, 친위국, 진방국, 해군국, 의무국, 기기국機器局, 군수국, 회계국을 둔다.

9. 농상아문農商衙門: 농업, 상무, 예술, 어렵, 종목, 광산, 지리 및 영업 회사 등 일체 사무를 관리한다. 대신 1인, 협판 1인, 참의 5인, 주사 28인을 둔다. 총무국, 농상국, 공상국, 산림국, 수산국, 지질국, 장려국, 회계국을 둔다.

이 밖에 군국기무처에선 다음과 같은 안건을 의결 공포했다.

1. 이후부터 국내외의 공사公私 문첩文牒에는 개국기년開國紀年을 사용한다.(그러니 고종 31년은 개국 503년이 된다.)

2. 청국과 조약 개정한 것은 다시 전권공사를 파송한다.

3. 문벌과 양반, 상민 등의 계급을 타파하여, 귀천에 불구하고 인재를 선용한다.

4. 문무존비文武尊卑의 구별을 철폐하고, 다만 품계에 따라 상견의 相見儀를 규정한다.

5. 죄인의 자기 이외의 연좌율緣坐律을 폐지한다.

6. 적실嫡室과 첩妾에 모두 무자無子한 후라야 양자함을 허용한다.

7. 남녀의 조혼을 금지하여, 남자는 20세, 여자는 16세 이후에 결혼을 허용한다.

8. 과부의 재가는 귀천을 막론하고 자유에 맡긴다.

9. 공사노비公私奴婢의 전典을 일체 혁파하고, 인신매매를 금한다.

10. 비록 평민이라 하더라도, 국가에 이롭고 만인에게 편리할 수 있는 의견이 있다면 군국기무처에 상서토록 하여, 회의에 붙이게 한다.

11. 각 아문 관서의 조예皂隷*는 가감을 헤아려서 항상 두게 한다.

12. 조관朝官의 의복제도를 간이화하여, 공식 복장은 사모紗帽에 반령착수盤領窄袖**, 품대品帶로 하고, 연거燕居의 사복은 칠립漆笠 탑호, 사대로 하며, 사서인士庶人의 복장은 칠립, 주의, 사대로 하고, 병판兵辦의 의제衣制는 조례대로 준행하되, 장관將官과 병졸의 구별을 명백히 한다.

이 모두 일본의 압력에 의해 시행된 것인데, 일본은 한편 전쟁을 치르면서 무슨 까닭으로 이처럼 서둘렀을까.

---

* 아래 일꾼.

** 좁은 소매에 둥근 깃을 단 옷.

사람들은 모여 앉으면 이 문제를 두고 숙덕거렸는데, 최천중의 주변에서도 이것이 화제가 되었다.

"죽일 놈들!"

화제가 나오자마자, 흥분한 사람은 곽선우였다. 곽선우는 옛날부터 일본을 못마땅하게 생각한 사람이어서, 최근엔 일본인이 보기 싫어 밥맛을 잃을 지경이라고 했다.

"무슨 까닭으로 서두르는 것일까?"

박종태는 '일본은 지는 경우에라도 정부를 친일파 일색으로 짜서 자기들의 세위를 보존할 작정'이라고 했다.

"일리 있는 말."

이라고 승인하고 나서, 최천중이 문제를 제기했다.

"과연, 일본이 이길 수 있을까?"

의견이 양쪽으로 갈라졌다.

청국의 광대함을 들어, 청국이 종국에는 이길 것이란 사람도 있었고, 아산만의 해전과 성환 전투의 결과를 들어, 청국이 이기지 못할 것이란 사람도 있었다. 일본인이 승산 없는 싸움을 걸 까닭이 없으니, 승리는 일본으로 돌아간다는 의견도 나왔다.

"만일, 일본이 이기면 어떻게 될까?"

하는 질문이 있었다.

"나라가 그날 망하는 거지요."

곽선우의 말이었다. 그리고 덧붙이길,

"지금 이 형편에도 조정이 꼼짝 못하고 일본이 시키는 대로 하고 있는데, 일본이 이겼다고 해봐. 나라를 송두리째 삼키려고 할 거니

273

까. 듣지도 못했소? 김홍집인가 뭔가 하는 총리대신인가 앞잡이 대신인가는, 금번 일본 정부에서 출력出力하여 우리 고유의 자주를 보인保認하였으니, 급히 전권대신을 일본에 보내 치사하라고 제안하여 의정부에서 그걸 결의했답니다."

"김홍집은 그렇다치고, 김윤식은 뼈대가 있는 사람인 줄 알았는데…."

최천중이 중얼거렸다.

"뼈대가 뭡니까. 대원군이 그걸 승인하고 임금이 그렇게 하라고 윤허했다는데요."

"요즘 동학의 동태는 어떤가?"

최천중이 물었다.

대답한 사람은 박종태였다.

"전 장군은 이번 조정의 처사를 대단히 못마땅하게 생각하고 있습니다. 그분은 기어이 일본을 몰아내야 한다는 일념이니까요. 사태가 이대로 진행되면, 동학이 다시 일어날 것입니다."

"동학이 일본을 물리칠 수 있을까?"

"있을까 없을까가 문제되는 것이 아니라, 일본을 치기 위해 일어서야 할 것이 아닙니까?"

"박공은 완전히 동학 물이 들었군."

"달리 도리가 없습니다. 일본을 물리칠 세력이 있다면 동학뿐입니다. 동학을 중심으로 우리 백성들이 똘똘 뭉쳐 덤비는 외엔 달리 방도가 없습니다. 아까 곽 선생님이 말씀하신 바와 같이, 만일 청국이 지고 일본이 이기기만 하면, 이 땅덩어리를 일본에게 송두리째 빼앗기는 겁니다. 그러니까 해봐야죠. 우리도 동학에 힘을 보태야 합니다."

"청국이 진다고는 단정 못 할 일 아닌가?"

"그건 그렇습니다."

"그렇다면 서둘게 서둘 게 아니라, 사태의 추이를 지켜봐야 하지 않겠나?"

"그래야지요."

했지만, 박종태는 할 말이 더 있었다. 사태를 지켜보며 가만있을 것이 아니라, 동학을 적극적으로 도와 최악의 경우를 위해 든든한 준비를 해놓자고 말하고 싶은 것이다.

그런데 최천중은, 동학의 힘을 그다지 믿지 않고 있었다. 황봉련의 영향이었다. 황봉련의 예언이 구체적으로 착착 들어맞아나가는 데야, 최천중이 그녀의 의견을 좇지 않을 수 없었다.

황봉련은 이번 전쟁에 청국이 진다고 단언했다. 그런 연후엔, 일본인 꼴 안 보고 살 작정이면, 아라사나 청국으로 가야 할 것이라고까지 했다.

아닌 게 아니라, 청국은 모든 객관적 조건으로 봐서 이번 전쟁에 이길 수 없게 되어 있었다. 중국의 내부 사정을 살펴보기 위해 진순신의 기록을 원용한다.

성환의 전투에서 대패했는데도, 청국군 사령관 섭지초葉志超는 천진에 허위 보고를 했다.

— 청군은 아산에서 대승하여, 일본군을 2천여 명이나 죽였다.

이 허위 보고를 받고, 천진의 이홍장은 크게 기뻐하여, 선전포고한 이틀 후, 섭지초 부대에 은 2만 냥을 상급賞給하기로 했다.

섭지초는 안휘성 합비 출신이다. 이홍장과는 동향이다. 이홍장이 창설한 회군淮軍에 들어가, 유명전劉銘傳을 따라 염군捻軍과 싸워 이겨, 총병연대장으로 승진했다. 한편, 논객論客이기도 하고, 강인한 데가 있어 유능 과감한 인물이란 평이 있었다. 이홍장도 그렇게 믿고 있었다.

총병으로서 보정, 신정의 부대장을 역임한 뒤, 직례총독直隸總督이 되었다. 수도권의 사단장이다. 그를 발탁한 사람이 이홍장이었다는 것은 두말할 나위 없다. 청일전쟁 직전엔 직례총독으로서 산해관에 주둔하고 있었다. 조선에 난이 있자, 아산에 파견된 청군의 사령관이 되었다. 이것은 이홍장의 실패한 인사였다.

섭지초는 독선적인 군인이었다.

이홍장의 최초의 작전은, 평양에 대군을 집결시켜 한성의 일본군과 대결한다는 것이었다. 그래서 아산에 있는 섭지초의 부대를 해로를 이용하여 평양으로 옮기려고 했다. 그런데 섭지초는 그 명령을 거부했다.

전시에 있어선, 현지의 사정을 잘 아는 야전사령관은, 본국의 지령을 사정에 따라선 거부할 수 있게 되어 있었다. 그러나 아산의 군대를 평양으로 옮긴다는 것은 작전의 핵심이었다. 그걸 거부했다는 것이 곧 그의 독선이었다.

— 해로의 이동은 위험하다. 아산에 이대로 머물러 있다가 북상

276

하는 일본군을 저지하겠다.

고 섭지초는 버틴 것이다.

성환 전투에서 패배한 섭지초의 군대는 결국 평양으로 가야만 했다. 육로로 한성의 일본군을 피해 가야 하는 것이다.

청주, 진천, 괴산, 충주, 홍당의 코스로 한강을 건너 제천, 원주, 홍천, 남천, 금화, 수안, 상원을 지나 대동강을 건너 평양에 도착했다.

8월 한 달을 꼬박 걸려 조선의 산을 넘고 골짜기를 지나 북상한 것이다.

— 잔군殘軍, 기역饑疫*으로 죽은 자가 속출했다.

고 기록되어 있다.

패잔군의 패주였다. 머리 위에선 성하盛夏의 태양이 내리쬐었다. 식량은 현지에서 조달할밖에 없었는데, 청군이 온다고 들으면 주민들은 마을을 비우고 도망했다. 체력이 없는 청군은 굶어 죽었다. 이럴 때 반드시 역병疫病이 따른다. 수없이 넘어졌다. 시체는 그냥 유기했다. 이런 상태인데도 섭지초는

— 일본군에 대승했다.

고 보고한 것이다.

성환 전투에서 일본이 이겼다는 소식은, 상당한 시일이 지나서야 청국에 알려졌다. 선전포고가 있기 직전 주일공사 왕봉조가 본국에 소환되어, 일본 측의 정보가 천진에도 북경에도 전달되지 못했기 때문이었다. 일본에선, 죽어도 나팔을 입에서 떼지 않았다는 기

---

* 기근과 질병.

구치 고헤이(木口小平)란 나팔수 얘기가 항간에 흘러 사람들을 흥분시키고 있었다.

아산만에서 참패한 해군 얘기가 청국민들의 빈축을 샀다. 상해에 거주하는 외국인을 통해 갖가지 정보가 흘러들었다.

이홍장도 섭지초의 승리勝利 전보電報가 이상하다는 의혹을 갖게 되었다.

잔류하고 있던 당소의가 인천으로 탈출, 천진에 돌아왔다. 당소의는

"인천에서 들은 얘기론…."

하고 서두하고, 2만 명의 일본군이 아산의 청군을 공격했는데, 청국군은 당적할 수 없어 많은 사상자를 내고 도주해버리고, 섭지초의 행방조차 모른다는 정보를 전했다.

청국 황제도 궁금했던 모양으로, 8월 5일 전보로써, 전쟁에 관한 보고엔

— 한마디도 거짓말이 있어선 안 된다.

고 엄명을 내렸다.

이튿날, 이홍장은 북양함대 사령관 정여창丁汝昌에게

— 정신을 진작하고 장병을 훈려訓勵하여 방담放膽* 출력出力케 하라!

는 전보를 쳤다.

---

* 대담함.

그 전문은, 임태중, 방백겸 등의 도주에 언급하여, 그 사건이 외국인들의 웃음거리가 되어 있으니 분기하라는 내용을 담고 있었다.

얼마 전까지 북양함대는 청국의 자랑거리였다. 그 자랑이 점점 전락하여 웃음거리가 되어버린 것이다.

정여창도 골치가 아팠다.

북양해군 증강을 위한 군비는 이화원만수산頤和圓萬壽山 조영에 유용되어 있었다. 유용한 사람이 서태후西太后이고 보니, 불평할 수도 없었다. 게다가 해군 내부에도 문제가 있었다.

북양해군의 총수 정여창도 이홍장과 같은 안휘 출신이다. 이홍장은 정여창을 신임하지만, 정여창은 부하들과의 사이가 좋지 않았다. 북양해군의 고급 장교는 거의 복건福建 정학당政學堂 출신의 복건인들이었다. 그들은 강한 파벌을 만들고 있었다. 파벌엔 이에 대항하는 라이벌이 있게 마련인데, 북양해군의 복건벌엔 라이벌이 없었다. 정여창은 물 위에 뜬 기름 같은 존재였다. 이런 환경이고 보니, 정여창은 매사에 곤란을 느꼈다.

해군도 그랬지만, 육군의 인간관계도 복잡했다. 이홍장의 회군계淮軍系이니 동지애가 있을 것 같지만, 그렇지가 않았다. 평시엔 문제가 있어도 그럭저럭 지낼 수 있었다. 군의 수뇌부는 각기 주둔지에 있으니, 서로 얼굴을 대하지 않아도 되는 것이다.

전쟁이 발생했다. 청국은 병력을 평양에 집중시켜 일본군을 막을 계획이었다.

각지에서 각각 대장 노릇을 하던 자들이 한군데 모여, 아침부터 저녁까지 얼굴을 맞대고 있으니, 자연 트러블이 있게 마련이다.

청국이 평양에 파견한 군대는 29개영營의 군대였다. 1개영의 정원이 5백 명이니, 도합 1만4천여 명이었다.

위여귀衛汝貴가 통솔하는 13개영, 좌보귀左寶貴가 통솔하는 봉군奉軍 6개영, 풍신아豊伸阿가 통솔하는 성군盛軍 6개영, 마옥곤馬玉昆이 통솔하는 의군毅軍 4개영이었다.

청군이 진주해 올 때, 조선 민중은 연도에 도열하여 환호의 소리를 올렸다. 더운 날씨인데도 사람들은 다투어 차를 대접하기까지 했다.

그렇다고 해서, 청국을 조선인이 환영했다는 뜻은 아니다. 보다도, 일본이 조선인으로부터 얼마나 미움을 받고 있었느냐 하는 증거였다. 청군이니까 환영한 것이 아니다. 미운 일본군을 쳐부술 군대라고 해서 환영한 것이다. 이처럼 조선인의 반일反日 의식은 도요토미 히데요시의 임진란 이래 꼬리를 물고 있었다.

이렇게 기대를 모았는데, 청군은 그 기대를 배반했다. 민가의 물건을 약탈하고, 장정을 혹사하고, 강간하는 등 행패가 심했다.

— 조선인, 크게 실망하다.

청국 측의 문헌에도 이렇게 기록되어 있다.

그중에서도 악질은 위여귀의 성군盛軍 13개영이었다.

회군의 부대명은 그 장군의 이름을 따서 짓는 관례가 있었다. 이홍장의 직계 중에서도 직계인 주성파周盛波의 군대를 성군이라고 했다. 아우 주성전周盛傳의 군대는 전군傳軍이었는데, 합쳐서 성군이라고 불렀던 때도 있었던 모양이다.

청일전쟁 발발 전에 주 형제가 죽어, 그 군대를 위여귀가 승계했

280

다. 위여귀는 원래 성군계의 인물이 아니고, 유명전이 통솔한 명군
銘軍 출신이다.

위여귀란 사람은 문제의 인물이었다. 뒤에 판명된 일인데, 그는
군비를 횡령하여 자기가 경영하는 전당포의 자금으로 유용했다. 이
러한 인물의 부하들이니, 그 부대의 수준이 낮은 것은 당연했다. 대
장이 군비를 횡령하면, 부하도 그 본을 따서 약탈한다. 횡령을 했으
니, 병정들의 급료가 늦어지게 마련이다. 대우가 나쁜 군대는 자연
거칠게 된다.

수준이 낮은 29개영의 군대가 평양에 입성한 후, 섭지초 휘하의
패잔병 6개영이 들어왔다. 패잔병이고 보니, 이들도 무던히 약탈과
폭행을 자행했다. 평양 주재 청군은 악취가 분분했다.

위여귀, 좌보귀, 풍신아, 마옥곤 등 사장四將에 섭지초, 섭사성이
보태지고, 강자강, 하청운 등 1개영의 대장隊長들도 합류했다. 이렇
게 되니 인간관계가 착잡해질 수밖에 없다.

서로의 관계를 원활히 하자면, 술을 마시며 환담하는 것이 제일
좋다. 이른바 치주고회置酒高會*.

청국 측의 문헌은, 평양에 있어서의 장군들의 상황을 이렇게 적
었다. 연회를 매일처럼 열어 술을 마시고 있었던 것이다.

그게 과연 친목의 방법이 될 수 있었을까. 적을 앞에 하고 장군
들이 친목을 도모해야 한다는 그 사실 자체가 청군의 부패한 체질
을 증거하는 것이다.

---

* 술상을 놓고 높이 모인다는 뜻으로, 성대히 베푸는 연회.

거익태산
去益泰山

"어느덧 팔월…!"

나직이 중얼거리고 최천중이 뜨락에 핀 국화꽃에 망연히 눈을 보내고 있는데, 곽선우가 안사랑에 들어섰다. 얼굴이 심상찮게 굳어 있었다.

"곽 선생, 무슨 일이오?"

최천중이 물었다.

"경호!"

경호는 최천중의 호이다.

이렇게 불러놓고, 곽선우는 호주머니에서 서장書狀을 꺼내,

"이것 좀 보시오."

하고 최천중에게 밀어 놓았다.

그 서장엔 다음과 같은 문면이 있었다.

대조선국大朝鮮國 정부와 대일본국 정부는, 조선력 개국 503년 6월

23일에 조선국 정부가 청병淸兵 철퇴撤退에 관한 일을 일본국 특명 전권대사에게 위탁 대판代辦케 할 것을 윤약한 이래, 청국에 대하여 이미 공수攻守 상조相助의 지지地를 세웠는바, 그 소관 사유를 명백히 하고, 아울러 양국 공동사의 달성을 기하기 위하여, 아래에 기명하는 양국 대신이 각각 전권 위임을 받들어 체결한 조약을 아래에 개진開陳한다.

제1조: 이 맹약盟約은, 청병을 조선궁 경외로 철퇴시켜 조선의 독립 자주를 공고히 하고, 조·일 양국의 이익을 추윤推允하는 것을 근본으로 삼는다.

제2조: 일본국은 이미 청국과의 공수쟁전攻守爭戰의 담승擔承을 윤약하였으므로, 조선국은 미리 양향糧餉 등 제항사의諸項事宜를 주판籌辦하여, 일본병日本兵에게 모름지기 편의를 제공하여야 한다.

제3조: 차 맹약은, 청국에 대하여 화약和約이 이루어지는 날을 기다려 파약罷約한다.

이를 위하여 양국 전권대신이 기명記名 조인調印하여 빙신憑信을 밝힌다.

대조선국 개국 503년 7월 26일(음력)

외무대신 김윤식

대일본국 명치 27년 8월 26일(양력)

특별 전권공사 대조국개

"흐음!"

최천중이 신음하는 소리를 내었다.

"이건 일본과 운명을 같이하자는 소리나 마찬가지 아니오?"

곽선우의 음성이 떨렸다.

청일 양국 간의 평양 전투가 박두해 있는 이때에 그런 조약을 맺는다는 것은 실로 언어도단이 아닐 수 없었다.

"일본놈들의 압력으로 이런 걸 만들었겠지만, 굴복에도 정도가 있어야 할 것인데, 이건 너무한 짓 아니오?"

하고 곽선우가 덧붙였다.

"이런 상황이고 보니, 나라를 송두리째 내놓으라고 해도 응할 놈들이오."

"갑오경장甲午更張이라더니…."

일단 말을 끊었다가, 최천중이

"갑오갱망甲午更亡이로구나."

하고 한숨을 쉬었다.

"갱망이지, 갱망. 왕실이 망하는 건 상관할 바 아니지만, 나라가 망한다는 게 탈이오. 이대로 가다간 아무래도 일본놈들에게 가로채일 것 같애. 그렇게 되면, 우리가 소망한 일은 허망한 꿈이 될 것이오."

곽선우가 먼 하늘을 보았다.

원래 곽선우는 허무적인 인간이었다. 그 허무를 최천중의 야심과 포부에 자극받아 극복하고 있었다.

최천중의 야심은 신왕조新王朝의 창립이었다. 그것은 야심이라기보다 집념이었다.

곽선우가 걱정하는 것은, 만일 나라를 일본에 가로채인다면 신

287

왕조의 창립이 무망하게 될지 모른다는 데 있었다.

"그렇게 호락호락 일본놈의 야심대로 될까?"

최천중이, 곽선우에게 묻는 것이 아니라, 자기 자신에게 묻는 투로 말했다.

"머저리 같은 임금 아닌가. 일본놈이 총칼을 들이대면 나라의 대권大權을 내놓을 친구요. 청국 사람이 있을 때는 일본의 압력을 요리조리 피했지만, 청국이 떠나면 의지할 곳이 있겠소? 지금 그의 주변에 있는 놈들은 친일파 일색이 아니오? 나라를 빼앗기란, 어린애 손에 있는 엿을 빼앗는 것보다 수월할 텐데요."

"외국 사람들의 눈이 있지 않소."

"외국 사람들? 그걸 어떻게 믿소? 모두들 약아빠져, 자기들만 다치지 않으면 그만이란 그런 꼴인데요."

"그러나 아라사는 그렇지 않을 거요. 청국이 밀려나면 아라사가 가만있지 않을 것이오. 아라사의 힘으로 버텨나가도록 꾀를 써야죠."

최천중의 이 말을 듣고 곽선우는 피식 웃었다.

"사돈, 왜 그렇게 웃소?"

곽선우가 왕문의 처가의 인척이어서, 최천중은 가끔 이렇게 불렀다.

"경호의 생각도 별게 아니다 싶어서 웃었소. 우리 조선 사람의 버릇이오, 그게. 일본놈에게 기대지 않으면 청국, 청국이 안 되면 아라사…. 도리가 없는 일이지. 도리가 없는 일이지만, 경호의 생각이 그렇다니 서글프오."

"서글퍼도 할 수 없지."

하고, 최천중은 오랫동안 마음속으로 궁리해오던 생각을 정리해보았다.

청국이 물러나면 일본을 견제할 힘은 아라사밖에 없다. 만일 일본을 상대로 항쟁하는 군軍을 일으킨다면 아라사의 도움을 청한다. 아라사는 조선과 땅덩어리가 인접해 있으니, 후방의 군사기지로 이용할 수 있다. 그곳에서 청국과 손을 잡을 수 있다. 청국이 일시 일본에 패한다 하더라도, 영영 패하지는 않을 테니까. 아라사를 중개로 해서, 미국과 손을 잡을 수도 있다. 그렇게 해서 일본을 무찌르는 동시에, 일본과 한 배 속이 돼 있는 이李 왕실을 몰아낸다. 그 중심 세력을 우리가 차지하면, 신왕조 창조가 그다지 무망한 노릇은 아니다….

"아라사를 이용하려다가, 아라사에게 먹히면 어떻게 하겠소?"

곽선우가 물었다.

"이용하기 나름이 아니겠소? 그런데 아라사는 이 나라를 삼키려고 들지는 않을 것이오. 구라파 나라들은 서로 보조를 맞추어야 하니까요."

"아무튼, 일본을 무시할 순 없을 것이오. 지금 덤비는 꼴을 보아서도 알 수 있지 않소."

곽선우는, 일본의 세력이 막강하다고 보고 비관론을 폈다. 이에 맞서 최천중은, 아라사를 이용할 희망적 관측을 내세워 낙관론을 폈다. 두 사람 모두 정세를 정확하게 파악하고 있다고 할 수 없었으니, 의견이 평행선平行線을 그을 수밖에 없었다.

"이러나저러나, 청일 간의 전쟁이 어떻게 끝나는가를 보고 앞일을 걱정합시다."

최천중의 결론이었다.

끝나는 것을 보나마나, 결전決戰의 전前 단계에서 청군은 지고
있었다. 일본군은 규율이 엄정할 뿐 아니라 사기왕성하여, 승리를
위해 물샐틈없이 단결되어 있었다. 청군은 그렇지가 않았다. 장군
끼리 반목反目하여, 전쟁에 이길 생각보다는 전쟁을 빙자해 이득을
많이 볼 생각을 하고 있었다. 장군들의 이런 정신 상태가 병사들에
게 반영되지 않을 수 없었다.

그런데다 월급을 제날에 주지 않는 부대가 있었고, 식사가 형편
없는 부대도 있었다. 특히 위여귀의 부대가 문란했다. 대장인 위여
귀가 전당포를 경영하고 있다는 사실이 알려지자,

"우리들 식비를 속여 갖고 전당포 자본으로 돌린 것 아냐? 세상
에 그런 대장이 어딨단 말인가?"

"이래 가지고 전쟁을 하라구?"

"저 따위 대장을 위해 목숨을 바쳐? 일본군이 쳐들어오면 난 맨
먼저 도망할 거다."

"제기랄, 술 없나, 술!"

이런 말이 오갈 정도로 병정들은 마음이 황폐해져 있었다.

위여귀는 병정들의 식비를 잘라먹었을 뿐 아니라, 유령 인원을
꾸며 급료를 사취詐取했다. 1개영의 정원은 5백 명인데 실제론 450
명 정도로 해놓고, 50명분의 급료를 가로챈 것이다. 그러니 위여귀
의 영내에선 군율이고 뭐고가 없었다. 싸움질이 그치지 않았다. 장

교들은 착취하는 일당이고 보니, 병사들에게 큰소리칠 처지가 못되었다. 위여귀 부대의 문란은 다른 부대의 빈축을 샀다. 이런 소문이 본국에까지 알려졌다.

이홍장이 위여귀에게 엄중한 계고戒告를 내렸다.

'…듣건대, 성군盛軍, 평양에 있어, 병兵은 용복勇服하지 않고, 소란을 일으키길 몇 차례, 매일 밤 난동을 부려 호상천답互相踐踏*한다고 한다. 낭패가 이 지경으로, 원근에 그 소문이 퍼져 듣는 사람으로 하여금 놀라게 한다. 출발할 즈음 신계申誡했는데도 스스로 검속檢束할 줄 모른다니 유감이로다. 만일 그로 인하여 대란大亂이 양성釀成**되면, 너의 신가성명身家姓命은 보전하기 어려울지니라. 도대체, 내 안면과 성명聲名은 어떻게 되겠는가. 원컨대, 법을 엄중히 하여 군심軍心을 안무하라…'

이홍장이 이 경고를 발한 3일 후에 일본군은 총공격을 개시했다. 청군은 내부가 혼란한 상태에서 적의 공격을 받았다.

평양성의 성문은 여섯 개였다.

동문東門은 장경문長慶門, 서문은 칠성문七星門, 남문은 주작문朱雀門, 북문은 현무문玄武門, 그리고 서남西南으로 정행문靜行門이 있고, 동남의 문을 대동문大同門이라고 했다.

장경, 대동의 양 문은 대동강에 면해 있고, 평양성의 명맥이라고 할 수 있는 현무문은 언덕 위에 있는데, 그 현무문 바로 옆에 모란

---

* 서로 짓밟음.
** 끌어 일으킴.

대牡丹臺라고 불리는 산이 있다.

이 산에서 공격해 오는 적을 막아야 하는데, 일단 이곳이 공략되면 만사가 끝나는, 그러한 요지要地였다.

청군은 현무문 내의 언덕 위에 두 개의 포대砲臺를 구축하고, 문밖 산정山頂에 다섯 개의 진지를 만들었다. 그 가운데서도 모란대의 진지가 가장 견고했다.

서남에도 다섯 개의 진지를 만들고, 대동강 동쪽에도 다섯 개의 진지를 만들어, 부교艀橋로써 대동문과 연결되도록 했다. 이것이 청군의 포진布陣이었다.

총사령관 섭지초葉志超는 성내 중심부에 지휘부를 두었다. 좌보귀左寶貴는 현무문을 맡았다. 마옥곤馬玉昆의 의군毅軍은 대동강 방면을 담당하고, 위여귀衛汝貴의 성군盛軍은 주작문에서 칠성문까지의 방위를 담당했다. 칠성문 이북은 섭지초 휘하의 부대가 맡고, 풍신아豐伸阿의 성군과 강자강江自康의 인자영仁字營은 평양의 성북을 담당했다.

일본군의 선두 부대가 대동강 동안에 도착한 것은 9월 12일, 음력으로 8월 14일이었다. 전초전은 이미 시작되어 있었다. 이 무렵 총사령관 섭지초가 발한 전문電文엔 다음과 같은 것이 있다.

…금일좌보귀우비중풍今日左寶貴右備中風 초역두현심도超亦頭眩心跳 마옥곤최용이인소馬玉昆最勇而人少 풍신아지병불심족시豐伸阿之兵不甚足恃 일세육장日勢六張 아군병력여차我軍兵力如此 지능진심력이보지우只能盡心力以報知遇….

(오늘 좌보귀는 오른쪽이 중풍에 걸렸다. 섭지초도 현기증이 나고 가슴의 동계가 심하다. 마옥곤이 가장 용감하지만, 법력이 크나. 풍신아의 병력을 기대할 수 없다. 일본의 세력은 지금 한창인데, 우리 병력의 상황은 이와 같다. 다만, 심력을 다해 지우에 보답코자 할 뿐이다.)

이것은 패전을 예고한 것이나 다를 바가 없었다.

9월 15일(음력 8월 17일) 일본군의 총공격이 시작되었다. 그 결과는 예상했던 대로 청국군의 대패大敗로 끝났다.

이 사정을 조선의 기록은 다음과 같이 전한다.

일본군 제5사단 평양을 점령하다. 앞서 청국은 일본군의 공격으로부터 평양을 방어하고자 성자군盛字軍, 의자군毅字軍, 봉군奉軍, 성자연군盛字練軍 등 4군의 병력 약 1만5천 명 중 약 1만2천 명을 평양에 집중적으로 투입하고, 성환成歡으로부터 패전 장졸 약 3천 명을 이끌고 퇴각한 직례제독 섭지초로 하여금 총군總軍을 지휘케 하였는데, 지난 16일(음력) 미명부터 일본군 제5사단(병력 약 1만2천 명)의 치열한 공격을 받게 되자, 이를 감당치 못하고 마침내 동일 야반에 의주義州 가도街道를 취하여 패주하고, 이날 미명에 이르러 평양은 일본군에 의하여 완전히 점령되고 말았다. 이 전투에서 청군은 봉군사령관奉軍司令官 좌보귀 이하 약 2천 명이 전사, 약 6백 명이 일본군에 의해 포획되었고, 일본군은 보병 소좌 다나카[田中覺] 이하 180명이 전사, 5, 6백 명이 부상하였다고 하며, 청군에 합세하였던 본국군의 피해도 적지 않았다고 한다. 이날, 일본국공사 오토리는 외무대신 김윤식에게 공한을 보내어, 일본군의 평양 승전을 통보하였다. 한편, 일본인들에 의하여 전승방문戰勝榜文이 거리에 나붙자, 시민들은 청국군의 패배를 분히 여겨 방문을 찢어버리기도 하였다고 한다…

청군이 평양에 유기한 무기는 포 40문, 소총 1만여 정이었다. 이밖에, 고급 장교의 사재私財라고 보아야 할 금폐金幣 12상자가 유기되어 있었다. 그 안엔 금괴金塊 67개, 금정金錠 61개, 사금砂金 14상자가 있었다. 청군이 정부로부터 받은 군자금의 일부로서 은괴銀塊 10만 냥이 있었는데, 섭지초는 이것을 가지고 갈 여유조차 없었던 모양이다.

이로써 전쟁은 대륙으로 옮아가고, 조선국 내에서의 청국군의 세력은 일소되었다. 일본군의 승리는 청군의 능력 부족에 그 원인이 있었다. 유럽 사람들은 이런 꼬락서니를 보고,

— 청국을 잠자는 사자로 알고 있었는데, 이제 보니 잠자는 돼지였구나.

하는 조소를 던졌다.

일본의 내정 간섭은 더욱더 심화되었다. 조정이 하는 일에 일일이 간섭할 뿐 아니라, 동학도가 한성에 침입하였다 하여 일본의 수비대가 밤낮 없이 시내를 순찰했다. 한성이 완전히 일본군의 장악하에 들어간 것이다.

9월 들어 임강학원에서 중대한 모임이 있었다. 수문장守門將 김

기홍金基泓 사건이 발단이 된 것이다.

김기홍 사건이란 이렇다.

김기홍이 경리사 안형수, 총리대신 김홍집 이하 김가진, 권형석, 김윤식, 김종한, 박정양, 조희연 등을 팔간八奸이라 하고, 이 '팔간'이 박영효와 부동하여 '청왜작변請倭作變'하였다고 하여, 그 '팔간'과 박영효를 당장 참수하고 '왜구倭寇'를 성토하라고 상소한 바 있는데, 김기홍을 난언죄亂言罪로 몰아 서인庶人으로 격하시켰다.

임강학원에 김기홍의 아들이 있었기 때문에 이 사건을 소상하게 알게 되었는데, 왕문은 이를 간과할 수 없다고, 무슨 대책을 세우자고 했다.

그 대책이란 곧, 일본의 잠식蠶食을 방지하기 위한 방편을 만들자는 것이었다.

이에 앞서 연치성의 정세 보고가 있었다.

"조정엔 지금 두 가지 흐름이 있소. 하나는 대원군을 중심으로 하는 일파이고, 하나는 김가진 등 친일파요. 대원군은, 표면적으론 일본이 주도하는 개혁에 동조하는 척하고 있지만, 내심으론 유도儒道에 입각한 정치를 바라고 있소. 한편, 김가진, 안형수, 조희연, 김학우, 이윤용 등은 안으론 왕과 왕비의 비호 아래, 밖으론 일본공사에 의지하여 대원군을 물리치려 하고 있소. 평양에서 일본군이 크게 승리하자, 대원군이 받은 충격은 이만저만한 것이 아닌데, 엎어진 놈 꼭지 치는 격으로 친일파들은 다음과 같은 음모설을 퍼뜨렸소. '대원군 계열에서 지난 7월 중순, 평양으로 밀사를 보내어 청군과 내통했다. 양호 동학도들에게 밀사를 보내어, 청병이 남하하면 북상北上하여 일본군을 협격할 것을 종용했다. 김가진 등 친일파를 숙청하고, 왕비와 왕세자를 폐하는 동시, 국왕마저 폐하여, 대원군의 손자 이준용으로 하여금 왕위를 계승케 하고자 획책했다. 이밖에도 외국인을 초청하여 친위대를 훈련시키고, 유럽과 미국 등 제3국과 연락하여 친일 세력을 구축하려고 하였다.' 그런데 근자에 이르러 이 음모설은, 이병휘, 허엽 등이 꾸민 것을 김가진, 안형수, 조희연 등이 왕에게 상주함으로써 표면화되었소. 총리대신 김홍집, 외무대신 김윤식은, 이 음모 사건에 참모 역할을 했다고 하여 의정부 도헌 이용태, 내무참의 박준양을 삭탈관직, 귀양 보내는 것에 합의했소. 이 사실이 대원군 계열에 전해지자, 이준용은 이 음모설이 터무니없는 날조라고 주장하고, 이용태, 박준양에 대한 처벌은 부당하다고 항의했소. 한편 김가진은 사세가 급박하다고 느끼자, 간계를 적발하여 화근을 제거해야 한다며, 경무사 이윤용을 시켜 대원군 신변 정탐을 엄하게 하고, 혐의가 있다고 느껴지는 자들의 체포와 취조를 계속했소. 격분한 대원군은 강권을 발동하여 안형수의 수하로 알려진 이병휘 등을 체포, 수감하는 한편, 자기의 행차에 파수하는 순포巡捕들이 무례한 짓을 했다고 하여 경무사 이윤용을 파면해버렸소. 이처럼 조정은 지리멸렬한 상태요."

"앞으로 정세가 어떻게 되겠소?"

왕문이 물었다.

"일본의 압력이 날을 좇아 심하게 되는 판국이니, 대원군의 실각은 거의 확실하다고 보아야 할 것이오."

하고 연치성은 보고를 계속했다.

"경상도 안동에선 동학도 3천 명이 모였다고 하오. 그런데 그 동학도가 일본 장교 1명과 병정 2명을 납치한 바람에 문제가 생겼소. 문경에선 동학도 약 6백 명과 일본 수비대 사이에 접전이 벌어졌다고 하는데, 피아간 손해가 적잖은 모양이고, 죽산, 안성 등지에도 동학도가 다수 모여 있다고 하며, 나주, 순창, 홍주, 안의 등지에서도 동학도가 심상찮은 움직임을 보이고 있다고 하오…."

"일본을 몰아내기 위해선, 이런 기회가 다신 없는 것 아닙니까?"

왕문이 좌장座長인 김웅서에게 물었다.

"일본을 몰아낼 방도는 없어."

김웅서가 짤막하게 말했다.

"없으면 어떻게 합니까?"

왕문이 따졌다.

"속수무책, 수수방관."

"선생님은 어째서 그러십니까? 이대로 나라가 망하는 것을 보고만 있어야 합니까?"

"별무도리인 것을 난들 어떻게 하겠는가? 내 태도는 벌써 결정되어 있다. 망할 나라는 망해야지. 이것이 대세인 걸, 이것이 국운인 걸 어떻게 하겠는가? 당위當爲는 현실 앞에 어쩔 수가 없구나. 무슨 방법이 있기만 하면 얼마나 좋겠는가 하고 생각하고 있다. 자네들 가운데 방책이 있으면 한번 얘기해보게."

"제가 말씀드려보겠습니다."

왕문이 자세를 고쳐 앉았다.

"지금에 있어서의 가장 긴급한 일은 일본을 제압하는 것입니다.

그런데 일본에 항거하고 있는 세력은 동학당입니다. 동학당에 우리의 힘을 보태주어야 합니다. 조선 천만의 동포가 동학당의 둘레에 모여야 합니다. 동학당의 둘레에 모이도록 민심을 자극해야 합니다. 그렇게 하여 1천만 동포가 한덩어리가 되어, 최후의 1인까지 싸워야 합니다. 그렇게 하면 일본과 일본의 조종을 받고 있는 조정을 한꺼번에 쓸어버릴 수 있습니다. 이게 우리가 취할 수 있는 유일한 방책입니다. 이 방책 이외에 달리 길이 없습니다."

"좋아. 그런데 동학의 둘레에 1천만 동포의 힘을 모을 수 있다고 생각하는가?"

"모아야지요."

"모아야겠다는 것하고 모을 수 있다는 건 달라."

"모을 수 있는지 없는지 해봐야 되지 않겠습니까?"

"해보지 않고도 알 수 있는 것을 판단判斷이라고 하느니라."

"지레 판단하고 지레 망하자는 말씀입니까?"

"도리가 없지."

"도리가 없다면, 이 문제에 관한 것은 저희에게 맡겨주십시오."

"어떻게 할 텐가?"

"빨리 동학과 연결을 맺어야겠습니다."

"어떤 방법으로?"

"방법은 박종태 선생께서 연구하시도록 되어 있습니다."

"최천중 선생이 무어라고 하실까?"

"우리의 뜻을 알면, 최 선생께서도 반대하지 않을 것입니다."

"꼭 그럴 결심이라면…."

하고, 김웅서는 한참 동안 생각하더니,

"오늘 밤에라도 최 선생께 의논해볼 터이니, 그 결과를 기다려보라."

고 했다.

양생방 최천중의 안사랑에선, 주위에 사람의 인접을 금하고 네 사람이 이마를 모으고 있었다.

최천중, 곽선우, 최팔룡, 김웅서였다.

김웅서가 임강학원에서 있었던 일을 설명하곤,

"젊은이들의 각오가 굳은 것 같습니다. 내 힘으론 제압하기 어렵습니다."

라고 했다.

"김 선생의 생각은 어떻소? 장차 조선에 희망이 없다고 보시오?"

최천중이 물었다.

"내가 보건대, 백 년 이내엔 희망이 없을 것 같습니다. 부유腐儒 아니면 탐관貪官이고, 일신의 편안에 급급한 자들, 이것이 상층上層입니다. 배불리 먹게만 해준다면, 청나라의 종이 되건 왜놈들의 앞잡이가 되건 사양하지 않는 자들, 이것이 하층下層입니다. 그래도 애써 앞날을 보려고 하고, 정의가 무엇인가에 눈을 뜬 사람들이 동학인데, 이 사람들은 용기 대신 자포자기에 가까운 낙심을 가지고 있을 뿐입니다. 책략은 있지만 해내외海內外의 정세에 어둡고, 기백은 있지만 신무기에 대항할 힘이 없습니다. 왕문 군 등은 동학에 천만 동포의 힘을 모으겠다고 하는데, 그 뜻이 장할 뿐이고, 보람은 없을 것입니다. 일본은 서양을 배워 열강列强의 대열에 서려고 힘쓰고, 청국과의 전투에서 그 실력을 과시하고 있습니다. 머잖아 동양의 패권覇權을 장악하게 될 것입니다. 그 힘에 역逆하여 동학이 무슨 맥을 추겠습니까. 이 정세하에서 동학에 전 동포의 힘을 모은다는 것은 불가능합니다."

김웅서의 말은 차분했다.

"그렇게 김 선생께서 말씀하시는데도, 젊은 사람들이 듣지 않는다는 거지요?"

곽선우가 물었다.

"그렇습니다. 그들은 듣지 않습니다. 그러니까 젊은 사람들이라고 할 수 있지요. 그런데 안 될 줄 뻔히 알지만, 그들의 기를 꺾기 싫은 마음이 없지 않습니다. 후에 원한이 없도록 실컷 싸우게 해주었으면 합니다. 망국의 백성으로 사느니보다, 구국의 영웅으로 죽는 것이 옳지 않겠느냐 하는 마음이지요. 나는, 망국의 백성으로나마 떳떳한 인간으로서 살길이 없는가, 그것을 찾아내어 그들에게 가르칠 작정이었는데, 아까 그들의 말을 듣고부터는, 망국의 백성이 되기에 앞서 구국의 전선에서 죽어야 옳다는 마음을 가지게 되었습니다. 그들이 전쟁터에 나간다면, 나도 같이 따라 나갈 작정입니다."

김웅서의 말은 비장했다.

"동학에 가담하겠다는 말이지요?"

곽선우가 물었다.

"그렇습니다."

"선생은 동학의 이치를 정당하다고 믿으십니까?"

이건 최천중의 질문이다.

"나는 동학의 교리를 진리라고 믿진 않습니다. 그러나 교리란 건, 누구에게나 진리가 되는 것이 아니라, 믿는 사람에게만 진리가 되는 것입니다."

"진리라고 믿지 않는 동학에 가담하시겠다는 뜻은…?"

"왕문 군의 말 그대로지요. '일본을 몰아내는 것이 가장 긴급한 일이다. 일본을 몰아내는 일에 앞장섰을 뿐 아니라, 그 싸움에서 주류를 이룬 것이 동학이다. 그러니 이 목적에 동조하는 뜻으로 동학에 가담하겠다'는 것이고, 또 하나의 이유는 임강학원의 젊은이들과 같이 행동하겠다는 것입니다."

"필패必敗를 각오하고 싸움터로 간다는 것은 무모한 짓일 텐데요."

하고 최천중이 탄식했다.

"말하지 않았습니까. 망국의 백성이 되느니보다, 나라를 살리려고 애쓰다가 죽는 편을 택하겠다고…."

"젊은이들이 취할 길이 꼭 그 길밖에 없을까요?"

최팔룡이 무거운 입을 열었다.

"수수방관하여 망국의 백성이 되는 길을 원하지 않는다면, 그 길밖에 없지요."

무거운 침묵이 흘렀다.

"그 길 말고도 혹시 다른 길이 있을지도 모르오."

하고 최천중이 침묵을 깨곤,

"나는 임강학원 학생들 가운데서 십수 명을 뽑아 아라사에 유학을 보냈으면 합니다."

며, 그가 평소 생각하고 있던 바를 피력했다.

"이미 시기가 늦었습니다."

하고 김웅서는 그 이유를 다음과 같이 설명했다.

"동학의 재차 기병起兵이 목첩지간*에 박두한 모양입니다. 이번에 기병하면 그 상대는 일본군입니다. 만에 하나 승리가 있고, 열에 아홉은 섬멸될 것입니다. 그렇게 되면, 앞으로 일본에 저항하는 세력은 뿌리가 뽑히게 될 것입니다. 저항 세력이 뿌리가 뽑힌 연후에 아라사와 제휴해보았자, 아무런 보람도 얻지 못하게 됩니다. 설사, 아라사의 세력을 업고 일본을 친다고 합시다. 그땐 일본이 우리의 장정을 앞장세울 것입니다. 지금 일본은 우리의 군제軍制를 그들의 지배하에 두려고 하는데, 그때 가면 어떻게 되어 있겠습니까? 동족끼리 싸우는 상황이 될지도 모르지요. 지금 유학생을 보내, 그 유학생들이 자라 아라사의 상층부에 영향을 미칠 수 있게 되려면, 짧게 잡아도 10년은 걸릴 것입니다. 그동안에 이 나라는 망하고 말 것이 틀림없습니다."

"만일의 경우, 의병을 일으킬 수도 있지 않겠습니까?"

"동학이 섬멸되고 나면, 의병을 일으키기도 무망하게 되겠지요. 일본에 대해 지나친 공포를 갖게 될 테니까요."

최천중의 암울한 기분이 더욱 암울하게 물들었다.

"만에 하나에 승산을 걸어볼 수밖에 없겠군."

---

* 목첩(目睫): 눈과 속눈썹을 아울러 이르는 말. 즉 아주 가까운 때나 장소를 비유적으로 이르는 말

곽선우가 한 말이다.

최천중은 삼전도계三田渡契 아래의 계군契軍과 홍산계의 계군을 속으로 계산해보았다. 그사이 탈락한 사람들이 있었을 것이니, 기껏해야 2천 명이 될까 말까. 그 2천 명이 동학에 가담하여 승리를 거두고, 어찌어찌 승리군의 주류를 잡을 수 있으면, 최천중의 꿈은 달성될 수 있을지 모른다.

"해보려면 시기는 지금입니다. 이 시기가 지나면, 이 나라는 일본에 가로채이고 맙니다."

김웅서가 단정적으로 말했다.

최천중은 인생의 고빗길에 선 느낌이었다. 김웅서의 말 그대로라면, 아니, 그의 말에 틀림이 없다고 볼 수밖에 없는데, 동학에 가담하지 않는 것은 평생의 야심을 포기하는 것이 되고, 동학이 필패의 운명에 있다면, 가담하는 것은 자살 행위가 된다.

이재理財에 밝은 만큼 현실적인 최팔룡은

"성급하게 결정할 일이 아니라, 정세의 추이를 지켜봅시다."

란 의견을 말했고,

곽선우는

"태도를 어떻게 정하건, 전국 계원에게 연락을 취해야 하지 않겠느냐?"

는 의견을 말했다.

"젊은이들은 태도를 결정한 모양이니, 최 선생의 분부가 내일이라도 있어야 할 것입니다."

하고 김웅서는

"요즘의 사태가 젊은이들을 지나치게 자극하고 있습니다."

라며, 수문장 김기홍의 얘기를 비롯하여, 일본인의 행패를 들먹였다.

괴산槐山에선 일본병 17인이 청국인을 체포한다며 군청에 난입하여, 괴산군수 박용석에게 폭행을 가하는 등 난동이 있었고, 황해도에선 일본군 제5사단이 서흥부사瑞興府使 홍종연을 구금한 일이 있었다. 홍종연이 청국 해군과 내통했다는 것이다.

뿐만 아니라, 각지에서 일본인이 조선인에게 예사로 폭행을 자행한다는 소문이니, 젊은 청년들의 혈기가 가만있을 수 없다고도 했다.

"지금, 동학의 동정은 어떠한가요?"

최천중이 자기의 마음을 다지듯 물었다.

"삼남 각지에서 일어나고 있다는 소문입니다. 일촉즉발의 사태라고도 합니다."

김웅서의 말은 사실이었다. 동학은 한동안 남접南接과 북접北接 사이에 노선路線의 차이에 따른 감정 대립이 있었는데, 최근에 와서 행동 통일의 기운을 보이기 시작했다. 남북접이 행동을 통일하게 되면, 거창한 세력으로 부풀어오를 것이 확실했다.

일단 동학에 관해 설명해둘 필요가 있다.

동학이 처음으로 교도를 모으기 시작한 것은 1878년이다.

교도의 집합소를 '접소接所'라고 했다. 이를테면 교회教會이다. 이 접소를 줄여 접接이라고 했다. 남접南接은 남방 교회, 북접은 북방 교회이다. 그랬던 것이 전라도의 동학을 남접이라고 하고, 충청도의 동학을 북접이라고 하게 되었다.

이처럼 처음엔 지역적인 구별에 불과했는데, 노선에 차이가 생기기 시작하자 심각한 뜻을 띠게 되었다.

북접 사람들은 동학을 순수한 종교 운동에 국한시키려고 했다. 즉, 기도와 예배, 포교布敎 이상의 행동은 삼가야 한다는 것이다.

그런데 남접은 교리의 전파만이 아니라, 정치 행동으로 발전해야 한다고 주장하고, 때에 따라선 군사 행동도 불사한다는 사상을 가꾸게 되었다.

일본이 출병하기 직전의 동학의 궐기는 남접이 한 것이고, 북접의 지도자인 최시형崔時亨은 군사 행동에 반대했다.

남접의 지도자는 전봉준이다. 일본의 출병이란 사태를 앞에 하고, 그의 무력 투쟁의 신념은 더욱 공고하게 되었다.

그런데 동학의 상층부엔 북접계의 인물이 많았다. 남접계의 교도들이 주장하는 무장 투쟁론이 동학 전체를 움직일 순 없었다.

이런 사정에서 감정적 대립이 생겼다.

남접의 교도들은

"지금 왜병이 서울을 점령하고 있다. 그대로 기도만 하고 있을 것인가? 동학의 교리가 보국안민이 아니었던가? 그렇다면 무기를 들고 일어서야 할 것이 아닌가? 도대체, 북접의 인간들은 진정한 동학교도인가 아닌가?"

하고 마구 북접을 비난하기 시작했다.

북접도 가만있지 않았다.

"동학의 교리는 원래 평화적인 것이다. 교리의 순수성을 지키기 위해선, 설불리 무기를 들면 안 된다. 남접의 행동은 교리를 파괴하려 드는 배교背敎 행위이다."

하고 맞섰다.

남접 교도와 북접 교도가 만나기만 하면 싸움이 벌어졌다.

남접은 북접을 '비겁한 놈들'이라고 하고, 북접은 남접을 '배교자
들'이라고 욕했다.

이런 부분적인 싸움이 점점 확대되어, 북접은 남접의 횡포를 좌
시할 수 없다는 정도로까지 태도가 경화되었다.

이윽고, 북접의 지도자 김연국, 손병희, 손천민, 황하일 등은 남접
을 응징할 목적으로 벌남군伐南軍을 조직했다.

"도道로써 난을 일으키는 것은 옳지 못한 일이다. 전봉준 등은
국가의 역적이며, 사문師門의 난적이다. 놈들을 쳐라!"

하는 격문檄文을 북접 각지에 살포하려고 했다.

이렇게 되면 내부 분열이다. 동학끼리 싸운다는 것은 동학의 내
부 붕괴를 의미한다. 남접으로선, 거병擧兵하기 전에 북접과의 대립
문제를 해결해둘 필요가 있었다.

이러는 동안 정세가 크게 변했다.

성환 전투에서 청군이 패했다. 일본군이 아산을 점령했다. 이어,
청군은 평양으로 퇴각했다. 이윽고, 평양의 전투에서도 청군이 패
배했다. 조선 정부는 일본의 괴뢰가 되었다.

일본의 조선 진출에 격렬하게 반대한 것은 동학이다. 그런 때문
에 정부군과 화의했을 때도, 동학은

— 왜倭와 통한 자는 엄벌에 처해야 한다.

는 항목을 넣은 것이다.

그런데 지금 조선의 조정은 일본에 굴복하고 말았다. 그러니 조정의 의사는 일본의 의사일밖에 없다. 그 일본이 자기들을 반대하는 동학을 가만둘 까닭이 없다. 동학은 결사적인 항일전선을 펴야만 했다.

교주 최시형은, 동학의 활동을 종교에만 국한하고 교리를 순화純化할 생각만 한 사람이다. 그런데 동학에 참가한 사람들은 탄압을 받고는 기성 종교에 실망했다. 가만히 앉아 당하는 것보다, 적극적인 행동으로 타개책을 세워야 한다는 생각을 하는 사람이 많아졌다.

일본에 굴복한 조정이 동학을 더욱더 탄압하리라는 것은 확실했다. 이에 대해 무력 투쟁을 해야 한다는 것이 동학 내의 다수 의견으로 되어 있었다. 그런데 교주 최시형의 태도 때문에, 남북접으로 동학이 분열된 것이다.

동학 내부의 뜻 있는 사람들은 이와 같은 상태를 우려하고 있었다. 무력 투쟁을 해야 한다는 것은 동학 내의 압도적 다수 의견이었고, 북접 교도 내부에도 내심으론 그 다수 의견에 찬동하는 사람이 많았다.

어떻게든 동학 내의 분열은 막아야 했다. 이때 조정자調停者로 뽑힌 사람이 오지영吳知泳이란 사람이었다.

오지영은 동학도로선 드문 지식 계급 출신이었다. 그는 손화중孫和中의 교화에 의해 동학에 입문했다. 손화중은 뒤에 오지영에게 김방서金邦瑞를 스승으로 추천했다. 물론, 남북접 간의 대립이 생기기 전의 일이다. 손화중은 북접이고, 김방서는 남접이다. 오지영은 이렇게 남북접 양쪽에 인연을 갖게 되었다. 이러한 인연으로 오지영이 조정자로 뽑힌 것이다.

오지영이 남북 양접 조정을 시작한 것은, 추석이 지난 어느 날이다. 그땐 청군이 평양에서 패퇴하고, 황해黃海의 해전으로 제해권制海權이 일본의 장악하에 들어가 있었다.

북접의 사령부인 충청도 보은군의 대도소大都所로 찾아갔을 때, 그곳에선 남접을 정벌해야 한다는 살기殺氣가 넘쳐 있었다.

오지영이

"당신들이 벌남기伐南旗를 쳐들고 남접을 정벌하려 한다고 들었는데, 그것이 사실입니까?"

하고 물었다.

"도를 빙자하여 난을 일으킨 자들을 동학의 정신에 따라 토벌하는 것은 당연한 일이 아닌가?"

대도소장大都所長 김연국金演局의 대답이었다.

"지금 일본군과 조정의 군사가 남접을 치려고 진격하고 있습니다. 남접은 적에 비하여 열세에 있습니다. 그러니 선전善戰은 하겠지만, 남접이 이길 승산은 없습니다. 그런데 북접이 남접을 치겠다고 하면 어떻게 되겠습니까?"

오지영은, 김연국을 비롯한 북접 지도자들의 얼굴을 응시하면서, 따지듯 말했다.

대답이 없었다.

손병희의 어깨가 경련하는 듯했다.

오지영은 손병희를 향해,

"결과는 뻔합니다. 남접군은 적과 북접군의 공격을 받고 참패하겠지요. 당신들 북접군은 대승리를 거두게 될 것입니다. 기쁘시겠지요?"

대답이 없었다.

오지영이 조금 사이를 두고 말을 계속했다.

"후세의 사가史家들이 그 싸움을 어떻게 기록하겠습니까? 당신들은 당신들의 체면을 세울 수 있는 성명을 준비하셔야 할 겁니다. 어떤 성명을 내실지, 그것이 듣고 싶습니다. 말씀해주실 수 없겠습니까?"

김연국은 입을 굳게 다물고 있었다. 손천민은 얼굴을 숙였다. 손병희만이 오지영의 시선을 피하지 않고 있더니 입을 열었다.

"우리들은 남접의 터무니없는 욕설을 참을 수가 없었다."

손병희의 입술이 떨리고 있었다.

"알겠습니다. 그런데 그건 사죄하면 될 일이 아닙니까? 도인道人끼리의 일이니, 형제간의 싸움이 아닙니까? 형제간에는 싸우다가도 타인이 덤벼들면 협력하는 것이, 우리 조선 사람의 인정이 아닙니까?"

오지영의 말에 손병희가 고개를 끄덕였다.

"우리들 사이엔 남접이니 북접이니 하는 문제가 있습니다. 그러나 일본군과 조정의 눈엔 남북의 구별이 없습니다. 똑같이 동학입니다. 그들의 눈엔 미운 동학이 있을 뿐입니다. 그들이 토벌하고자 하는 대상엔 당신들도 포함되어 있습니다. 당신들이 북접이라고 해서 그들이 당신들을 가만두겠습니까?"

오지영의 간절한 말에, 그들은 감동한 모양이었다.

"사죄만 한다면야…."

손병희가 쥐어짜는 소리로 말했다.

"사죄하겠습니다. 남접을 대표해서, 나 오지영이 여태까지의 욕설과 폭행을 이렇게 사죄하겠습니다."

하고, 오지영이 그 자리에 부복하여 큰절을 했다.

손병희가 벌떡 일어서더니, 벽에 걸어놓은 벌남기伐南旗를 마룻바닥에 내동댕이쳤다.

조정이 성립되었다.

물론 북접 안엔 동학의 종교로서의 순수성을 주장하여, 끝까지 무력 투쟁에 반대하는 사람이 있었다. 오지영의 조정으로 북접을 전면적으로 설득할 순 없었으나, 북접의 대세를 무력 투쟁으로 이끌 수는 있었다.

이윽고 수일 후, 논산論山에서 남접의 전봉준과 북접의 손병희가 회견하여, 동학은 대동단결하게 되었다….

김웅서도 이런 사정까지 소상하게 알았을 리는 없지만, 동학이 대대적으로 궐기하리라는 것과, 이 시기를 놓치면 항일抗日의 기회가 없어진다는 것은 짐작하고 있었다.

"어차피 항일을 하려면 동학에 가세하고, 가세하지 못할 바엔 임강학원을 해체하여, 각자의 행동을 각자가 취하도록 해야 할 것입니다. 빨리 태도를 결정하셔야 합니다."

김웅서가 힘주어 말했다.

"빨리 태도를 결정한다고 해도, 수삼 일의 여유는 있어야 하지 않겠소?"

한 최천중의 표정은 암연*했다.

최천중으로선, 최후의 태도를 결정하려면, 첫째, 박종태의 의향과 황봉련의 의향을 들어야 했다.

술상이 나왔다.

술을 마시며 최천중은, 어떻게 태도를 결정하건 임강학원의 해체는 있을 수 없다고 했다.

"내가 어찌 임강학원의 해체를 바라겠습니까? 그러나 동학에 가세하지 않는다는 결정이 내려지면 그렇게 될밖에 없다는 겁니다."

김웅서의 말투가 침울했다.

"생각하면 참으로 어려운 세상에 태어난 거여, 우리들은."

최팔룡이 쓸쓸하게 웃었다.

그 말을 받아 김웅서가

"어렵게 살려니까 어려운 겁니다. 나는 가끔 이런 생각을 해봅니다. 최 선생을 면전에 두고 하긴 거북한 얘깁니다만, 최 선생은 자꾸만 세상을 어렵게 살려고 애쓰시는 것 같습니다. 이 따위 세상, 상대하지 않고 살겠다면 활달한 대로大路가 트이는 법인데, 최 선생은 이 세상을 염리厭離**할 줄 모르고, 대권大權을 잡을 생각만하고 있으니, 때론 답답합니다."

하고 술잔을 비웠다.

---

* 暗然: 어두움.
** 싫어하여 떠남.

"김 선생!"

하고 불러놓고 최천중이 말했다.

"이래도 한평생, 저래도 한평생 아니오? 이 세상에 나왔으면 한 가지쯤 보람을 만들어야지. 이왕 보람을 만들려면 큰 보람을 만들어야 하지 않겠소? 보람도 없이 그저 편하게 살자는 것은 돼지의 태평일 뿐이오. 나는 돼지처럼 편하게 살기보단, 비록 패하는 한이 있더라도 항우처럼 살고 싶소. 어쩌다 유방劉邦처럼 되면 더 바랄 나위 없구."

"인생이란 건 허무한 겁니다. 진시황秦始皇의 영화도 일국一掬*의 꿈, 지금은 분묘墳墓로 남았을 뿐입니다."

"허무하니까 보람을 만들자는 게 아니오? 분묘로 남으면 어때서요? 그런 분묘가 되기 전에 천하를 잡아야지."

"아무튼, 최 선생의 집념엔 탄복할밖에 없습니다. 어느덧 나도 물이 들었습니다. 나는 원래 죽림竹林의 칠현七賢처럼 사는 것이 소원이었는데, 임강학원의 학생들과 함께 죽을 생각까지 하고 있으니, 최 선생의 독毒이 내 몸속에 흘러든 까닭입니다."

"김 선생!"

"말씀하십시오."

"임강학원의 학생들과 같이 죽을 생각을 마시고, 같이 살 생각을 하시구려."

"옳은 말씀입니다. 하나…."

---

* 두 손으로 한 번 움켜쥠.

"전쟁에 이기고 지는 자가 누구인지 아시우? 살아남은 자는 이
긴 자이고, 죽은 사람은 진 자요. 전쟁엔 이겨야죠. 살아남아야지
요. 설사 동학에 가담한다고 해도, 우리 임강학원의 학생은 죽지
않습니다. 김 선생도 전쟁에서 죽지 않습니다. 내가 장담하지요."

"그걸 어떻게 장담하십니까?"

"관상으로써…. 김 선생의 상은 절대로 전쟁에서 죽을 상이 아
닙니다. 임강학원 학생들의 관상을 나는 죄다 보았소. 전쟁에 죽을
상을 지닌 자는 하나도 없소. 이 최천중의 관상은 신통력을 지닌
관상이오."

하고 최천중이 자기 가슴을 두드렸다.

좌중이 아연 명랑해졌다. 주흥이 높아지기 시작했다.

동학의 의기

東學

義氣

김웅서, 곽선우, 최팔룡과의 4자 회담이 있은 이튿날, 최천중은
박종태를 불렀다.

　"동학이 재기再起한다는데…."

하고, 최천중이 박종태의 대답을 기다렸다.

　"재기한다는 게 아니고, 벌써 재기했습니다."

　박종태의 말은 차분했다.

　"그래, 박공의 생각은 어떠한가?"

　"그 때문에 고민하고 있습니다."

하고, 박종태는 다음과 같이 의견을 말했다.

　"대의와 명분을 위해선 동학에 가담하지 않을 수 없고, 승산勝
算을 헤아린다면 가담할 수 없는 처지입니다. 동학의 적은 일본입
니다. 그런데 일본은 청국을 무찌른 막강한 세력입니다. 그 일본군
을 대적해서 이길 승산이라곤 도저히 없습니다. 뿐만 아니라, 동학
이 항거하면 그것을 미끼로 일본은 조선을 자기들 마음대로 처리

하려 들 것이 명약관화합니다. 아닌 게 아니라, 어제도 호남에서 사자使者가 와서 군자금을 요구했습니다만, 저는 확답을 피했습니다. 명분을 위해 사지死地에 들어가느냐, 비겁함을 무릅쓰고 방관하느냐…, 참으로 딱한 사정입니다."

불문곡절 동학에 가담해야 한다고 주장할 줄 알았던 박종태가 이런 말을 하니 뜻밖이어서, 최천중은 더욱 박종태를 신임하는 마음이 되어,

"앞으로 큰일을 도모하는 우리들로선, 마땅히 명분을 존중해야 되지 않겠느냐?"

고 했다.

"앞으로 도모할 큰일이 없으면 명분을 위해 생명을 바쳐도 좋겠습니다만, 큰일이 있기 때문에 망설이는 것 아닙니까?"

박종태의 얼굴에 고민하는 빛이 완연했다.

"임강학원 학생들이 동학에 가담하기로 결의했다는군."

최천중이 혼잣말처럼 했다.

"그 소문은 왕문 군으로부터 들어 알고 있습니다. 그러나 그건 별로 문제가 아닙니다. 동학에 가담한다고 해도 저를 통해서 해야 할 것이고, 그 방법은 제가 연구하고 준비하기로 되어 있으니까, 제 말이 떨어지기 전엔 행동하지 못할 것입니다."

"이번 동학이 패하면 항일 세력이 뿌리가 뽑힌다고 하던데…. 그렇게 되면 조선은 일본놈의 것이 되고 만다고 하던데…."

"그렇습니다. 그러니까 더욱 걱정이 됩니다."

"그럼, 어떻게 해야 하겠는가?"

"가장 좋은 방법은, 동학이 일을 꾸미지 않도록 하는 것입니다. 일본군에게 구실을 주지 않도록 하기 위해서 지하로 잠적하는 것입니다. 그렇게 하여 항일 세력을 온존溫存하게 했다가, 결정적인 시기를 포착해서 그야말로 1천만 동포가 일시에 궐기하도록 하는 것이 상책입니다."

"동학은 이미 칼을 빼어 들지 않았는가. 그것을 어떻게 멈추게 할 수 있겠는가?"

"제가 논산으로 가서 전수 접주接主를 만나 담판했으면 합니다."

"자네가 그 사람을 설복할 수 있을까?"

"그럴 자신까진 없습니다만, 최선의 노력을 해볼 생각입니다."

"안 될 걸세. 이미 대군을 모으고 있는 모양인데, 그게 그렇게 쉽겠는가?"

"필패必敗의 정황을 설명하고…."

"안 될 걸세. 그런 정황쯤은 짐작하고 시작한 일이니까."

"그러나 우리가 가담할 수 없다는 분명한 이유만은 제시해야지요."

"그것도 안 될 말이지. 가담할 수 없으면 잠자코 있을 일이지, 사기士氣에 찬물을 끼얹는 짓을 어떻게 할 수 있겠나? 그들은 사생결단이 아니겠는가. 가담할 수 없다면, 군자금이나 후하게 내어 우리의 체면을 세울 수밖에 없잖은가."

"군자금을 낸다고 해도, 그건 한강에 돌 던지깁니다."

"먼젓번엔 동학을 도와야 한다고 그처럼 서둘더니만, 박공이 변했군."

"제가 변한 것이 아니라, 정세가 변한 것입니다. 먼젓번엔 동학의 거사에 승산이 있다고 보았습니다. 그런데 지금은 만에 하나의 승산도 없습니다. 무기도 변변치 않고, 오합지졸이 일본군과 조정군의 연합 세력을 어떻게 당하겠습니까?"

"그렇다면, 동학에 가담하지 않기로 결정을 내려버릴까?"

"그럴 수도 없지요. 이번에 대의를 저버리면, 앞으로 우리가 거사할 때 동지를 얻을 수가 없을 테니까요."

"그럼, 어째야 한단 말인가?"

"그러니까 고민입니다."

최천중과 박종태의 대화는 일보의 진전도 없이 한군데에서 맴돌기만 했다. 결국 수삼 일 동안 정세의 추이를 보아가며 재론하자는 데 의견의 일치를 보았을 뿐이다.

의논을 하나마나 동학에 가담하는 것을 반대할 줄 알았는데, 황봉련은 뜻밖의 소릴 했다.

"전쟁이 났다는 소문이 있으면 지체 말고 임강학원 학생들을 전봉준 장군에게로 보내시오. 상당한 군자금을 가지고 가도록 하구요. 응급치료 약품을 준비해서 말입니다. 임강학원의 의리와 명분은 지켜야 할 것 아닙니까?"

하도 뜻밖인 말에 최천중이 놀라 물었다.

"당신은 언제부터 그런 생각을 하게 되었소?"

"지금 하게 된 거예요."

"여심은 조석변이라더니, 참으로 알 수가 없군."

"도사道士 최 대인께서도 제 마음을 모르세요?"

황봉련이 장난스럽게 표정을 꾸몄다.

"모르겠소."

"신통력이 쇠해가는 모양이군요."

"신통력은 임자의 차지가 아니오?"

"아까 내가 한 말을 풀이해드릴까요?"

"풀이해보오."

"첫째, 임강학원 학생들의 의기를 존중해야 할 것 아니에요?"

"그렇소."

"그렇다면 동학에 가담하겠다는 그 의기를 꺾어선 안 되죠? 그러니까 보내야 하는 겁니다."

"그리구?"

"전쟁이 났다는 소문이 났을 때 보내야 한다고 했지요?"

"그렇소."

"전쟁이 났다는 소문 이전에 보내선 안 됩니다. 전쟁이 난 후라야 됩니다. 그것도 즉시. 절대로 그 전에 보내선 안 돼요."

"그 까닭은?"

"그 까닭은 이래요. 소문을 듣고 전쟁터에 가기까진 줄잡아 3, 4일은 걸릴 것 아녜요? 전쟁터에 도착하면, 그땐 전쟁이 끝나 있을 거예요. 전쟁이 끝난 후에 도착한다 이겁니다. 그러나저러나 전쟁터에 갔으니, 동학이 봐선 가담한 것이 되고, 일본군이나 조정군이 봐선 구경꾼이 되지요. 생명엔 지장이 없구요."

최천중은 어이가 없어, 황봉련의 얼굴을 빤히 보았다.

"그렇게 보실 것 없어요. 각자가 군자금을 가지고 가라는 것은,

패주하는 동학도들에게 인심을 쓰라는 뜻이고, 응급약을 준비하라는 것은, 부상한 사람들을 이쪽저쪽 따질 것 없이 돌보아주라는 뜻이에요. 생명의 위험 없이 명분을 세우고 인정을 베풀게 되니, 얼마나 고마운 일입니까? 그렇게 하면 당신 가슴에 진 응어리가 풀리기도 할 것이구요."

"요사스럽군."

최천중이 뱉듯이 말했다.

"요사스런 것이 여자 아니겠어요? 난세를 살리려면 요사스런 꾀도 있어야 하는 겁니다."

최천중은 웃음을 터뜨릴 수밖에 없었다. 미상불 목전의 딜레마를 풀려면, 황봉련의 그 아이디어를 살릴 수밖에 없는 것이다.

최천중은 오래간만에 활달한 마음이 될 수 있었다. 동학에 어떻게 대처하는가가 며칠 동안 무거운 부담이 되어 있었던 것이다.

최천중이 봉련의 팔을 잡아끌어,

"양무제梁武帝의 시가 생각나오."

하고 속삭였다.

그리고 나직이 읊었다.

백로월하원白露月下圓
추풍지상선秋風枝上鮮
요대함벽무瑤臺含碧霧
경막생자연瓊幕生紫煙
묘회비기절妙會非綺節

가기내양년佳期乃良年

옥호승야급玉壺承夜急

난고의효전蘭膏依曉煎

석시비란월昔時悲難越

금상하이선今傷何易旋

원인쌍념단怨咽雙念斷

처도양정현悽悼兩情懸

(백로는 달빛 아래 둥글고, 추풍은 나뭇가지 위에 선명하다. 요대엔 푸른

안개가 자욱하고, 옥으로 된 장막엔 자색 연기가 비껴 있다.

오늘 밤의 만남은, 봄의 계절은 아닐지라도, 좋은 계절 좋은 때이다. 그러나

물시계인 옥호의 방울방울은 밤이 깊어감에 따라 바쁘게 떨어지고, 등불

을 켠 난의 향유는 새벽과 더불어 꺼져만 간다.

옛날에도 이때를 넘기기가 슬펐는데, 이제 또한 이 시간이 어쩌면 이처럼

빨리 지나는가. 우리의 마음은 애달파서 끊어질 것 같고, 슬픈 정이 처량하

게도 서로 얽힌다.)

황봉련은 머리를 최천중의 가슴에 대고 지그시 눈을 감은 채 듣

고 있더니, 방긋 입가에 웃음을 띠고 다음과 같이 읊었다.

첨로적위주簷露滴爲珠

지빙합성벽池氷合成壁

만행조루사萬行朝淚瀉

천리야수적千理夜愁積

고장폐불개孤張閉不開

한고진복익寒膏盡復益

수지심안란誰知心眼亂

간주홀성벽看朱忽成碧

(첨하의 이슬은 구슬이 되고, 못의 얼음은 합하여 벽옥이 되었다. 아침엔 눈물이 줄줄이 흐르고, 밤이면 천리 밖임을 생각하여 수심이 쌓인다. 혼자 자는 장막은 열리지 않고, 한등에 기름이 끊어지면 다시 붓는다. 누가 내 심안의 동요을 알아주리. 붉은빛이 푸른빛으로 보이는 것을.)

이렇게 읊어놓고, 황봉련은

"혼자 자고 있을 때의 푸념이에요."

하고 한숨을 쉬었다.

40여 세에 소녀의 마음이고 50여 세에 청년의 마음이라면 안타깝지 않은가. 이 뜻을 시로 만들려다가 최천중은 황봉련의 옷고름을 풀었다.

"동학이 어떻게 되건, 세상이 어찌되건, 당신의 품에만 안겨 있으면 모든 시름을 다 잊는데…"

하는 황봉련의 눈엔 원성이 있었다.

남북접이 대동단결하게 되자, 9월 30일 교주 최시형의 명의로 전국 교도에게 총동원령이 내렸다. 그 포고문은

오호라, 시운이 불리하여 외적이 이 땅에 들어와 군부君父를 협박

하고, 매국의 무리 조정에 들끓어 나라와 백성의 전도를 그르치니, 이것이 정녕 망국의 조짐이 아니고 무엇이뇨. 이에 우리 동학은 선사의 유훈인 보국안민의 정신을 받들어 외적을 물리치고 나라의 운명을 바로잡을 것을 선포하노니, 전국의 백만 교도들은 일시에 궐기하여 진충보국할지니라….

이 포고와 동시에 손천민, 이용구는 청주에서, 김연국, 황하일, 권병덕은 보은에서, 정원순, 강채서는 옥천에서 기병했다. 때를 같이하여 덕산, 당진, 태안, 홍주, 면천, 남포 등 충청도 일대, 양주, 여주, 이천 등 경기도 일대에서도 일어났다.

한편, 남접에선 최대봉, 강수한 등이 5천 명을 거느리고 전주에서, 김연구, 김지풍은 7천 명을 거느리고 태인에서, 김개남은 1만 명을 거느리고 남원에서, 김봉득은 5천 명을 거느리고 금구에서, 유한필은 2천 명을 거느리고 함열에서, 송경찬, 송문수 등은 7천 명을 거느리고 무장에서, 오시영은 8천 명을 거느리고 영광에서, 손여옥은 5천 명을 거느리고 정읍에서, 김봉년은 4천 명을 거느리고 김제에서, 정일서는 6천 명을 거느리고 고부에서, 송희옥은 5천 명을 거느리고 삼례에서, 오동호는 1천5백 명을 거느리고 순창에서, 송태섭은 7천 명을 거느리고 원평에서, 이방언은 5천 명을 거느리고 장흥에서, 김병태는 3천 명을 거느리고 해남에서, 배규인은 2천 명을 거느리고 무안에서, 기우선은 1천 명을 거느리고 장성에서, 오권선은 3천 명을 거느리고 나주에서, 이화백은 1천 명을 거느리고 함평에서, 고영숙은 2천 명을 거느리고 흥덕에서, 박낙양은 5천 명을 거느리고 순천에서, 유희도는 3천 명을 거느리고 흥양에서, 문장형은 2천 명을 거느리고 보성에서, 박석동은 3천 명을 거느리고 광주에서, 김중화는 4천 명을 거느리고 담양에서 궐기하니, 그 수가 십만여 명이 되었다.

그 가운데서 우수한 장정을 뽑아 전봉준의 막하에 배치하고, 나머지는 각자의 고을을 지키게 했다.

강원도에선 원주, 횡성, 홍천 등지에서 궐기하고, 경기도에선 수원, 용인, 안성, 죽산, 양근, 지평 등지에서 궐기하고, 경상도에선 진주, 하동, 곤양, 남해, 산청, 안의, 거창, 성주 등지에서 궐기했다.

전봉준의 지휘소는 논산에 있었다.

10월 3일, 손병희가 영솔하는 2만여 장정이 논산에 도착하고, 10월 5일엔 서백수와 김대성이 인솔하는 충경연합군忠京聯合軍이 논산에 집결했다.

동학군을 토벌할 목적으로 민병民兵을 모은 공주의 유생儒生 이유상이, 수천 명을 이끌고 동학군에 합세하자, 동학군은 사기가 충천하는 듯했다.

이때 동학군의 총수는 16만7천 명이었다.

이에 앞서 일본공사 오토리(大鳥)는 외무대신 김윤식에게 통고했다. 그 통고문은 이러하다.

지난 7, 8월부터 경상, 전라, 충청도에서 동학도들이 재기하여 양민을 살해하고 재물을 약탈하고 있으며, 패잔청병敗殘淸兵이 가세하여 일본인을 배척하고 일본병을 공격하겠다고 주장하여, 천안, 용궁, 문경 등지에서 일본인을 습살襲殺하고 일본병과 교전하는 등 창궐이 극하고 있다. 그럼에도 불구하고 각지 지방관들은 이를 제지하려 하지 않을 뿐 아니라, 혹은 전錢, 물物을 주어 환심을 사려하는 자도 왕왕 있으며, 또 귀 대신에게도 여러 차례에 걸쳐 유사諭使를 보내어 동학도들을 초무招撫하되, 만약 귀순하지 않을 때는 파병 토주討誅해야 할 것이라 권하고, 이때에는 일본병을 파견하여 원조할 것임을 밝힌 바 있으나, 아직 그 실현을 보지 못하였다. 그런데 근자에 이르러 동학도의 세가 더욱 치열하여, 경성에 육박한다는 보고가 자주 있어 매우 염려되는바, 특히 금년 7월 26일 약정한 조일맹약은 양국이 합력하여 청병을 경외로 축출하는 것을 주지主늘로 하고 있으므로, 지금 동학도들이 패잔 청병과 결탁하여 일본인, 일본병을 축출하고자 하는 것은, 귀국 정부에서도 결코 불문에 부칠 수 없는 것으로 확신한다. 이에 본 공사는 금번 경성, 부산, 양지로부터 일본병 약간을 파견, 귀국병을 원조하여 동학도들을 토벌하고자 하며, 이 뜻을 귀국 각지의 지방관 및 출정대관出征隊官에게 통고할 것을 바란다.

이 통고를 받은 김윤식은, 즉시 승낙하는 뜻의 답서를 보냈다.

이렇게 하여 일본군은 합법적으로 동학 토벌에 나섰다.

일본군과 합세한 관군은 양지에서 동학군 20여 명을 사살하고, 9월 27일엔 이천 방면의 동학군을 무찌르고, 그중 수십 명을 사살, 그 후 여주, 괴산을 휩쓸고 청주로 들어갔다.

청주에 집결한 동학군은, 충주, 괴산, 음성, 진천, 회덕 등 각지에 산재해 있던 북접군의 일부와 김개남이 인솔한 남접군 만여 명으로 구성되어 있었다.

처음 전투에선 동학군이 우세했으나, 일본군이 내도함에 따라 전세가 기울어졌다. 양군의 사상자도 도합 5백 명에 다다른 접전이 있은 후, 동학군은 회덕에까지 퇴각하게 되었다. 그리고 10월 15일 청주성이 완전히 관군의 수중에 들어갔다.

김개남의 군사와 북접군 일부는 병력의 태반을 상실하고 목천木川 세성산細城山으로 들어갔다. 이곳에선 북접의 간부 김복룡이 약 8천 명의 군사를 거느리고 포진해 있었다.

일본군과 관군의 맹렬한 공격이 시작되었다. 동학군은 일본군의 신식 무기를 감당하지 못하고 처절하게 패배했다. 산성에 흩어진 동학군의 시체가 370이었고, 포로가 된 자가 17명, 부상자는 4백 명에 달하였다.

목천 세성산에서 관군이 동학군을 크게 무찌르고 동학 수령의 하나인 김복룡을 생포했다는 소식이 조정에 전달된 것은 10월 24일이다. 죽산부사 이두황의 보고에 의한 것이다.

그 이튿날 밤, 서울 관수동 요릿집에서 큰 잔치가 있었다. 세성산 승리의 축하연을 겸하여, 새로 도임한 일본공사 이노우에(井上馨)를 환영하는 연회이다.

그 자리에 송이화宋梨花가 있었다. 이화는 당소의가 떠난 후 기생 노릇을 그만두려고 하였으나, 마음대로 기적妓籍에서 빠져나갈 수가 없었다. 관에 등록된 기생은 관의 허가를 받지 않고는 자기의 몸을 마음대로 할 수 없게 되어 있었던 것이다.

갑오경장의 조치로서 그런 구속력이 없어졌을 것이지만, 사실은 그렇지가 못했다. 더욱이 송이화는 장안의 명기로서 손꼽히는 아가씨여서 압력이 더욱 심했다.

신병身病을 빙자하고 놀이에 나가는 것을 거절할 순 있었지만, 큰 연회가 되면 그럴 수도 없었다. 그날도 이화는 머리가 아프다는 핑계로 요정에 나가길 거절했는데, 순포巡捕 두 놈이 나타나서 억지로 인력거에 태웠다.

"죽어도 그 자리에 가서 죽어라!"

라는 지독한 말을 듣기까지 했다.

이화가 요정에 도착했을 땐, 주빈과 손님이 이미 좌정하고 있었다. 이화의 자리가 미리 마련되어 있었는데, 그 자리는 바로 주빈인 이노우에의 옆이었다.

"분수를 알아야지. 왜 미리 와서 대령하지 않았느냐?"

라고 김홍집이 눈을 흘겼다.

호색好色한 눈으로 이화를 바라보고 있던 이노우에가, 무슨 까닭으로 나무라느냐고 김홍집에게 묻는 모양이었다. 김홍집의 대답이 있자, 이노우에는 이화의 손을 잡고 뭐라고 하면서 말석에 앉은 통역에게 눈짓했다.

통역이

"이노우에 각하께서, 미인은 원래 늦게 나타나는 법이라고 하셨소. 정성껏 그 어른을 모셔야 되오."

라고 했다.

이화는 말없이 고개를 숙였다.

통역이 그들의 말을 전했기 때문에, 이화는 그들의 대화 내용을 알 수 있었다.

조선 측 사람은 김홍집, 김윤식, 조희연, 김가진 네 사람이었고, 일본 측 손님은 이노우에 외 세 사람이었는데, 이화의 눈엔 조선 대신들의 태도가 너무나 비굴했다.

"청국을 패퇴시킨 일본군의 실력에 정말 경탄했소이다."

"일본군이 나섰으니, 동학 따위는 걱정하지 않아도 되게 되었습니다."

"어제 세성산 승전의 보고가 왔는데, 일본군의 활약이 눈부신 바 있었다고 하옵니다."

"일본의 지도를 받아, 우리 조선도 앞으로 크게 발전할 것입니다." 하는 등등의 말들을 뇌까리며 머리를 조아리는 꼴은 정말 목불인견이었다.

이노우에는 빙그레 웃음을 띠고 연방 이화의 손등을 만졌다. 이화는 속의 메스꺼움을 견딜 수가 없었다. 그러니 자연 얼굴이 찌푸려지고 고개가 숙여질 수밖에 없었다.

이노우에가 무슨 소린가를 했다.

통역의 말에 의하면,

"왜 얼굴을 찌푸리느냐?"

"배가 아파서 그러하옵니다."

이노우에가 술잔을 내밀고 또 무슨 말인가를 했다.

"배 아플 땐 술을 마시면 낫는 수가 있다고 하오."

통역의 말이었다.

이노우에가 또 한마디 했다.

"옛날 서시西施는 상을 찌푸려도 매력이 있었다던데, 과연 그렇
군."

하고 통역이 통역했다.

이때, 김홍집이 꾸짖었다.

"너, 어른을 모시고 있으면서 그 꼴이 뭔가?"

꾸짖는 김홍집을 이노우에가 제어하고 물었다.

"이름이 뭔가?"

통역의 말이 있은 다음,

"이화라고 하옵니다."

"이화?"

"배꽃이란 뜻입니다."

통역 대신 김홍집이 한 말이다.

통역이 이노우에의 말을 전했다.

"이름을 듣고 보니, 배꽃처럼 청초한 기품이 있다고 하신다."

다시 그들끼리의 말이 오갔다.

이노우에는 서광범徐光範의 이름을 들먹이고,

"그 사람은 지금 미국에서 도쿄에 와 있는데, 왜 빨리 소환하지
않느냐?"

고 했다.

김윤식이

"서광범의 소환이 늦어진 것은, 처음에 국태공國太公의 분부에

의해 결정된 것이었으나, 중간에 갖가지 변이 있어 늦어진 것인바, 곧 돌아오게 할 것입니다."

하며 머리를 조아렸다.

이노우에는

"그 사람이 돌아오면 크게 등용해야 할 것이오."

하고, 서광범이 일본에 체재하는 동안의 비용을 일본 정부가 지불했다고 했다.

"그 비용은 곧 갚도록 하겠습니다."

하고, 김윤식이 또 머리를 조아렸다.

이노우에는

"근자 조선인이 일본의 군용軍用 전선電線을 끊는 사건이 빈번한데, 어떻게 할 것이냐?"

고 따졌다.

김홍집이

"범인이 잡히는 대로 효수경중梟首警衆하게 되어 있습니다."

라며, 목을 쳐서 효수한 사례들을 들먹이기 시작했다.

"귀 국민이 일본과 일본인에 대해 불측한 행동을 하는 것은, 귀 정부의 계몽 지도가 모자라기 때문이오."

이노우에의 말이 싸늘하게 변했다. 동시에, 만지고 있던 이화의 손을 놓았다. 이화는 겨우 숨통이 트이는 것 같았다.

"열심히 계몽 선전에 힘쓰고 있습니다. 앞으로도 힘쓸 것입니다."

김홍집의 이마에 기름땀이 솟아 있었다.

이노우에의 말이 높아지자, 통역의 말도 높아졌다.

"생각해보시오. 우리 일본은 청국의 속국이었던 조선을 독립국가로 만들어주었소. 행패가 심한 청국병을 국경 밖으로 내쫓아주었소. 동학과 같은 반도들을 생명을 걸고 우리가 소탕하고 있소. 당신 나라 내정을 개혁하는 데 갖가지 도움을 주고 있소. 고맙다고 백배百拜해도 시원찮을 것인데, 악감을 가진다니 될 말이기나 하오? 만일 조선인이 계속 그런 따위로 나간다면, 우리는 가만있지 않겠소. 우선 조정부터가 정신을 차리지 못하고 있는 모양이니, 안타깝기 짝이 없소. 앞으론 국왕이 정치에서 손을 떼도록 해야 할 거요. 민씨 성을 가진 사람은 절대로 등용하지 마시오…."

김홍집, 김윤식, 김가진, 조희연 등은 일시에 술에서 깨었는지, 훈장 앞에 앉은 제자들처럼 숨을 죽이고 앉아 있었다.

이노우에가 돌연,

"내 연설이 심했군."

하고, 호쾌한 웃음을 터뜨리며 술잔을 김홍집에게 건넸다.

김홍집이 감지덕지한 표정으로 그 술잔을 받아 마시곤 두 손으로 이노우에에게 술잔을 올렸다.

한동안 술잔의 응수가 있더니, 이노우에가 다시 표정을 엄하게 하고 장광설을 늘어놓았다.

"청국이 망할 날이 멀지 않았소. 우리 일본은 앞으로 청국의 후견까지 해주어야 할 거요. 그렇게 하지 않으면, 청국은 구미 열강에 의해 난도질당할 거요. 동양의 평화는 결국 우리 일본의 책무가 될 거요. 이상의 말은 절대로 타에 누설하지 마시오."

"어찌 감히 누설할 수 있겠나이까?"

대신 네 사람이 한꺼번에 머리를 조아렸다.

이노우에가 김홍집을 상대로 얘기를 시작했다. 통역이 잠자코 있는 것을 보면, 통역하지 말라는 암묵의 지시가 있었던 모양이다.

이화는 지루하기도 하고 바늘방석에 앉은 것 같기도 해서 안절부절못했다.

김홍집과의 얘기가 끝나자, 이노우에는 김윤식을 상대로 말하기 시작했다. 김윤식은 일본말을 해득할 수 없었던지 한마디 한마디 통역을 필요로 했다.

주로 외무아문外務衙門의 조직과 기능에 관한 내용이었다.

"그런 능률 없는 사무 능력을 갖고, 어떻게 외교 사무를 감당할 수 있겠는가?"

하는 말도 있었다.

그런가 하면,

"도대체, 귀국의 경무사警務使란 곳은 무엇을 하는 곳이오? 그런 식으로 중요한 경찰의 기능을 감당할 수 있을 것 같소?"

하는 충고도 있었다.

그러자 김윤식이,

"경무사의 고문으로 일본 경찰관을 초빙했으면 합니다."

"그것 좋은 생각이오."

"각하께서 천거해주시지요."

이노우에는 생각하는 척하더니,

"오호라, 좋은 사람이 생각났어. 다케히사 가쓰조〔武久克造〕란 경시警視가 있는데, 그놈이 적임일 것 같다."

334

고 했다.

"그럼, 그 사람을….."

"정식으로 초청장을 내게 내시오. 다케히사요. 이름을 잊지 마시오."

하고, 이노우에는 통역을 시켜 그 이름을 기록해서 김윤식에게 주

라고 했다.

이런 얘기를 주고받는 동안엔 그래도 무난한 편이었는데, 이노우

에는 말의 단락을 짓자, 다시 이화의 손을 잡고 무슨 소린가를 했다.

"공사 각하께서, 이화를 만나게 되어 경성에서 살맛이 날 것 같

다고 하신다."

는 통역의 말이었다.

이화는 등에 소름이 끼쳤다.

아무래도 오늘 밤에 무슨 일이 있을 것 같은 예감이 들었다. 일

본인의 버릇이 괴상하다는 말을 들은 적이 있었기 때문에, 그 예감

은 공포를 동반했다.

이화는 침착해야겠다고 스스로 마음속으로 다졌다.

'어떻게 나를 지켜야 하는가?'

이화는 수틀리면 생명을 내던질 각오를 했다. 절개를 지키기 위

해서라기보다 혐오감이 압도한 것이다.

민하의 얼굴을 마음속에 그렸다.

'민하 씨, 나를 보호해주세요.'

하는 마음이 용기를 만들었다.

'하늘이 무너져도 어림없다!'

이화의 예견은 적중했다.

자리가 파하고 일어섰을 때, 김가진이라고 불리는 자가 이화 옆
으로 와서,

"오늘 밤, 저 어른을 모셔라."

라고 속삭였다.

들은 척을 안 하고 빠져나가려 하자

"일체의 준비가 다 되어 있으니, 저 어른의 사관으로 가기만 하
면 된다."

고 재차 속삭였다.

이화가 뒤도 돌아보지 않고 바깥으로 나가려고 하는데, 김가진
이 이화의 팔을 붙들었다.

"어른의 말이 들리지 않나?"

노기를 띤 말이었다.

여전히 대답하지 않고 팔을 붙든 손을 뿌리쳤다.

"이년이…!"

하더니 김가진은―.

"네가 이년, 아무리 도도해도 소용없다. 넌 기생 아니냐? 기생은
관기官妓다. 관의 명령엔 절대 복종해야 하는 게 기생이다. 내 말을
들엇!"

"싫소이다!"

이화의 말이 단호하게 나왔다.

"누굴 보고 함부로 입을 그렇게 놀리나?"

김가진은 성이 머리끝까지 올랐다.

방엔 이화와 김가진 둘만이 남게 되었다.

"싫은 것을 싫다고도 못 합니까?"

"못 하지, 못 해!"

"그럼 싫은 걸 어떻게 하죠?"

"옥에 잡아 가두어야겠다."

"옥에 갔으면 갔지, 싫은 짓은 못 합니다."

"내가 누군지 알지?"

"뚜쟁이신가요?"

"뭐라구? 이년!"

"뚜쟁일 보고 뚜쟁이라고 하는 게 틀렸나요?"

"이년을 당장 옥으로 보내야겠다."

하고, 김가진이 큰 소리로,

"거기 누구 없느냐?"

고 했다.

서사가 달려왔다.

"순포를 불러라!"

"무엇을 하시렵니까?"

서사가 물었다.

"잔말 말구 순포를 불러!"

"예."

하고 서사가 달려갔다.

"이화."

김가진이 부드러운 소리로 바꾸어

"오늘 밤엔 내 말을 들어줘야겠다."

고 달래기 시작했다.

"싫소이다."

승강이를 하고 있는데, 서사가 와서 순포를 데리고 왔다고 했다. 그러자 김가진이

"자네가 이년을 타일러보게. 일본공사 각하에게 수청을 들라는데 싫다는구나. 어디서 그 따위 버릇을 배웠는지 모르겠다. 말을 들으면, 대기하고 있는 인력거에 태워 이노우에 공사의 사관으로 보내고, 만일 끝까지 듣지 않거든 순포에게 넘겨라."

하고 바깥으로 나가더니 순포에게 일렀다.

"서사의 말을 듣지 않는 것 같거든, 저 기생년을 포도청 옥에 가둬라. 내 명령이라고 하고서…."

그리곤 요정의 주인인 노기를 찾아가서 귀엣말을 했다.

이화가 끝까지 거부할 경우, 이노우에 공사에게 보낼 기생을 준비하라는 말이었을 것이다.

이화는 순포에게 끌려 나갔다.

앞방에서 기다리고 있던 김홍집이, 김가진으로부터 얘기를 들었던 모양으로, 순포에게 끌려가는 이화를 보고,

"당돌한 년!"

이라고 뱉듯이 말했다.

요정 문을 막 나서려는데, 김윤식이 쫓아와서 순포 하나를 불렀다. 무슨 말인가를 하는 모양이었지만, 이화에겐 들리지 않았다.

두 사람의 순포는 이화 앞을 천천히 걸었다. 짙은 어둠이라 지척

을 분간하기 어려운 때문도 있었다. 이화도 천천히 발밑을 보며 걸었다. 차츰 어둠에 익숙해지긴 했지만, 토노의 굴곡이 신체 자칫 잘못하면 발목을 삘 위험이 있었다.

민하가 기다리고 있을지 몰랐다. 불안과 서러움이 에워쌌다. 밤공기가 차기도 했다.

한 마장쯤 말없이 걷던 순포 하나가,

"순포 짓 십여 년에 수청 들지 않았다는 죄로 기생 붙들어 가는 일은 이번이 처음이다."

하고 나직이 말했다.

"수청 들기를 거절한 기생이 없었기 때문이겠지."

다른 순포가 받았다.

"기생이 뭣이 도도하다고 수청을 거절해."

먼저의 순포가 혀를 찼다. 이화더러 들으란 말 같았지만, 말에 독기毒氣는 없었다.

"기생이라도 밸은 있어야지."

다른 하나는 이렇게 말하더니,

"돼먹지 않은 세상!"

이라며 침을 뱉었다.

"돼먹지 않은 세상이라니, 그게 무슨 소린가?"

"그저 그렇다는 얘기야."

순포들도 나름대로의 시국관時國觀을 가진 모양으로, 이것저것 꼬투리 잡히지 않게끔 신경을 쓰며 불평을 주고받았다.

"동학이 밀리는 모양이지?"

"일본을 당할 수 있겠는가."

"매일처럼 동학의 머리를 베어 효수한다던데…"

"오늘 밤 잔치는 목천 세성산에서 동학을 무찔렀다고 해서 베푼 것이라더라."

"일본과 합세해서 조선놈 죽이고 축하까지 한다니 대단하구랴."

"도대체, 동학이란 게 뭐꼬? 그들은 생명도 아깝지 않은 걸까?"

"글쎄다."

"…"

그러더니 순포 하나가 돌아서서 발을 멈추곤,

"이화라고 했소? 지금이라도 마음 고쳐먹으면 포도청으로 안 가도 되는데…"

했다.

이화는 대답하지 않았다.

"어때, 마음 고쳐먹지 않을 테요?"

"일본공사쯤 되는 사람을 붙들어놓으면, 손해될 것 없지 않은가?"

"쓸데없는 소리 마세요. 포도청으로 갑시다."

"장하오. 남원 고을 춘향을 만난 기분이오."

순포 하나가 이렇게 말하더니, 이화의 집을 물었다.

"내 집은 알아서 뭣 하게요?"

"모셔다 드리려구. 이 캄캄하고 호젓한 길을 어찌 혼자 걸어가시겠소?"

뜻밖의 소리라, 이화는 순포가 농담을 한다고 생각했다. 그런데 농담이 아니었다.

"아무리 우리가 보잘것없는 순포 노릇을 하곤 있지만, 춘향 같은 아가씨를 포도청으로 끌고 갈 생각은 없소. 집이 어딘지 앞장을 서시오. 모셔다 드리겠소."

하는 것이 아닌가.

집으로 돌아가라는데야 어쩔 수 없었다. 이화는 발길을 돌렸다.

집이 가까워졌을 때, 이화는 나직이 말했다.

"나 때문에 귀찮은 꼴을 당하지 않을지 걱정이네요."

"목숨 걸고 싸우는 사람도 있는데, 웬만한 고통쯤이야 견딜 수 없겠소? 상을 주어야 할 여인을 우리 양심으론 포도청에 끌고 올 수 없더라고 할 작정입니다. 소문이 크게 나면 그들에게도 좋을 것이 없을 테니까요."

납처럼 무거웠던 이화의 가슴이 활짝 트이는 것 같았다. 순포 가운데도 이런 협기俠氣를 가진 사람이 있다는 발견이 반갑지 않을 까닭이 없었다.

어두워 얼굴을 분간할 수 없는 것이 유감이었다. 이름을 물을 수 없는 것도 안타까웠다.

문전에서 '고맙다'는 말 한마디로 이화는 순포들과 헤어졌다.

짐작한 대로 민하가 기다리고 있었다.

민하의 얼굴을 보자마자, 서러움이 북받쳐 올랐다. 참으려 해도 눈물이 쏟아져 내렸다.

"무슨 일이오? 무슨 일이 있었소?"

하고 묻는 민하 앞에서 숨길 일이란 없었다. 이화는 그날 밤 있었던 일을 소상하게 얘기했다.

이화가 기적에서 빠져나오려고 애써도 안 되었던 사실은 민하도
알고 있었다.

"도망을 칠 수밖엔 없겠군."

민하가 한숨을 섞어 말했다.

"어디로 도망치겠어요?"

"삼수갑산에나 갈까? 아니, 영월의 두메에나 갈까? 영월엔 우리
의 동지들이 있소."

"기적은 어디에 가도 따라다녀요."

"그러니까 숨어 살자는 게 아니오?"

"그게 쉬운 일이 아니지요."

"그러나 그런 수모를 겪으면서 어떻게 살겠소?"

"저 때문에 민하 씨가 고민하는 것을 보는 게 더욱 딱해요."

"내 걱정일랑 마시오."

하고, 민하는 백방에 손을 써서 기적妓籍 이탈離脫을 위해 노력해
보겠다는 다짐을 하곤,

"그런데 우리는 모레쯤 어딜 좀 갔다 와야겠소."

라고 했다.

"어딜 가십니까?"

"충청도로 갈지, 전라도로 갈지…."

"뭣 하러 가시는데요?"

"꼭 뭣 하러 간다는 건 없어. 그저 가보는 거지."

"그런 말씀이 어딨어요? 지금 충청도와 전라도는 난리가 나서 야
단이라던데…."

342

하니 이회의 얼굴이 굳어졌다.

"혹시 민하 씨도 전쟁에 나가는 것 아녜요?"

"전쟁을 해야 할지도 모르지."

"설마, 조정의 군사가 되겠다는 건 아닐 테구…."

"잘 알아맞혔소. 우리는 동학에 가세하러 가오."

이화는 눈을 크게 떴다가 고개를 아래로 숙였다.

"지금 조정은 무를 베듯 동학도의 머리를 자르고 있소. 그런데다 일본놈이 판을 치고 있소. 이것을 방관할 수 있겠소? 그래서 우리는 총을 들기로 했소."

민하의 말이 떨렸다.

"제가 사내라도 그런 마음을 먹겠지요. 장하신 마음이에요. 그러나 지금 동학이 어떤 형세에 있는지 아십니까?"

이화가 물었다.

"알고 있소."

"목천 세성산에서 동학도의 사상자가 천여 명이나 났다는 사실도 아십니까?"

"알고 있소."

"동학은 지금 지리멸렬한 상태에 있답니다. 그 상태도 아시나요?"

"알고 있소."

"한 달 안으로 소탕할 것이라고 일본인들이 장담하던데, 그런 사실도 아시나요?"

"짐작은 하겠소."

"그런 상황인데 전쟁에 뛰어들려고 하는 거예요?"

"도리가 없지요. 전쟁이 발생한 사정에선, 의義가 있는 쪽을 편들어야 하지 않겠소? 우리는 조정이 하는 짓도 참을 수 없고, 일본놈하는 짓도 견딜 수가 없소. 참을 수 없고 견딜 수 없다는 의사 표시만은 분명히 하고 싶소."

"달리 방도를 강구할 순 없을까요?"

"동지들이 모여 결정한 일이오. 나 혼자의 의사로써는 어떻게 할수가 없소."

이화는 더 이상 말리려고 하지 않았다.

왕문을 비롯한 임강학원 학생들이 서울을 출발한 것은 10월 26일이다.

백삼십 명의 일당은 삼삼오오로 흩어져 각기 따로 길을 잡아, 논산에 도착하는 날짜를 10월 30일로 정했다.

안내자는 박종태이고, 대장隊長은 연치성이다. 왕문, 민하, 강원수는 연치성의 막료 격이 되었다.

무기는 현지에 가서 조달하기로 했다. 먼젓번 박종태가 묻어 놓은 무기와 탄약이 있었던 것이다. 모두들 임강학원에서 이론적 그리고 실제적인 군사 훈련을 받았기 때문에, 전쟁을 두려워하는 마음은 없었다.

각기 보퉁이를 졌는데, 그 속엔 필요한 일용품과 약품이 들어 있었다. 보부상 또는 약 장수를 가장한 것이다.

박종태가 최천중으로부터 받은 지시는 임강학원 학생들을 전원

부상無傷으로 데리고 돌아와야 한다는 것이었다. 그러니 위험 지대엔 접근하지 말도록 해야 하는데, 학생들은 그런 속셈노 모ㄹ고 논산을 향해 걸어가고 있었다.

왕문, 민하, 강원수는 한 조가 되어 걸어갔다. 가는 곳마다 포고문이 나붙어 있었다. 총리대신 김홍집의 명의로 되어 있어서 읽을 마음이 생기지 않았는데, 충청도 예산 근처에서 휴식을 취할 때 바로 눈앞에 있어, 민하가 그것을 읽어보았다.

이웃 나라인 일본은 우의友誼로써 우리의 자주 독립을 돕고, 또한 동비東匪의 난을 소탕함에 당해서는 병정으로 하여금 위험을 피치 않고 정신 출력하여 우리의 왕사王事를 돕거니, 백성이 이 뜻을 모르고 허튼 소문에 부동하여 의거義擧를 빙자하여 난을 일으킴은 심히 유감된 일이 아닐 수 없도다. 함부로 이웃 나라를 원수같이 생각하는 것이다. 그 해害가 장차 동양의 대국大局에 미칠 것이니, 이를 어찌 용납할 수 있으리요. 난을 평정함에 일병日兵과 합력하게 됨은 인방간隣邦間의 화목을 돈독하게 함이다. 지방 관리와 대소민인大小民人들은 이 뜻을 밝히 알아, 무릇 일병이 이르는 곳에서는 조금도 경동하지 말 것이며, 군사상 제반 소요所要에 강력 부응副應할지며, 전일의 의혹을 일체 타파하고 저들의 수고로움을 사례할지니, 관민이 다 함께 이 뜻을 지키어서 어김이 없기를 선포하노라.

"저게 글인가?"

민하는 분노가 끓었다.

민하는, 무문곡필舞文曲筆*이라고 보면 본능적으로 분격하는 버릇이 있었다.

"일병과 합력하라구? 그들에게 사례하라구? 흙발에 밟히고도 사례를 해야 해? 노예 취급을 하며 덤비는 놈들이 인방의 우의를 가졌다구? 명색이 글을 배워 저 따위로 쓰다니…!"

하고, 민하는 선뜻 일어나 벽에 다가가서 그 포고문을 갈기갈기 찢어버렸다.

"혹세무민惑世誣民하는 놈들에겐 천벌이 내려야지."

민하의 동작을 보며, 왕문이 중얼거린 말이다.

그로부터 세 사람은 그 포고문이 보이기만 하면 찢어버렸다. 가끔 본 사람들이 있었는데, 그들의 표정엔 만족의 빛이 있었다. '민심은 우리 쪽이다' 하는 자신이 붙었다.

삼삼오오 분산해서 가는데도, 박종태의 지시를 따르니 내면적으론 질서가 정연했다. 왕문 일행이 예산을 지날 무렵, 연락자 정회수가 박종태의 지령을 전했다.

"논산으로 가지 말고 공주 동남방 30리허에 있는 판치로 가라."

는 지령과 함께,

"판치의 전투가 끝났거던, 공주로 가서 공주 남문 밖 주 서방 집을 찾으라."

는 전갈이 있었다.

---

* 붓을 함부로 놀려 왜곡된 글을 씀.

이 지령과 건간은 왕문 일행 3인에게만 내린 것이고, 다른 조組엔 각각 별도의 지시가 있는 것으로 짐작되었다.

"연치성 대장은 지금 어디에 계시는가?"

하고 왕문이 물었다.

"노성 방면으로 가셨습니다."

하는 정회수의 대답이었다.

"지금 전세는 어떠한가?"

하고 거듭 묻는 왕문의 질문에,

"대장소가 있는 노성에서 판치 일대를 거쳐 효포까지 이르는 지역엔 동학 약 4만의 군사가 배치되어 있습니다."

하고 정회수가 대답했다.

"4만의 군사면 대단하군!"

왕문이 감탄했다.

왕문이 정회수의 보고를 듣고 있을 무렵, 동학군은 무려 4백여 명에 달하는 희생자를 내고 관군의 거점 판치를 점령하여, 대포 2문, 양총 30여 정, 포탄 3천여 발, 소총탄 20여 상자를 노획하고 효포 방면으로 진출하고 있었다.

그 소식이 곧 왕문에게 전달되었다.

그럼, 공주로 가야 하는 것이다.

전투하는 곳을 피해 공주로 들어가지 못할 바는 아니지만, 공주엔 관군과 일본군이 우글거리고 있지 않은가.

차라리 효포 방면으로 가는 것이 좋겠다고 결심하고 왕문이 그쪽으로 움직이려 하자, 정회수가 반대했다.

"박종태 선생님의 엄명입니다. 공주로 가서 박 선생의 지시를 기다려야 합니다. 박 선생의 말씀이, 앞으로 전투 상황이 어떻게 될지 모르니, 왕 선생께선 필히 공주읍으로 가시어 대기하셔야 된다고 하셨습니다."

민하도 강원수도, 박종태의 지시에 따를 수밖에 없다고 했다.

세 사람은 공주로 향했다.

도중에 동학군을 만나기도 하고 관군을 만나기도 했으나, 동학군엔 암호로 통하고, 관군엔 약장수로 통했다. 가끔 부상자를 만나면, 이편저편 가릴 것 없이 응급약으로 치료해주기도 하고, 얼마간의 약을 무상으로 나눠주기도 했다.

효포봉과 공주읍의 상거는 불과 십 리. 동학군이 효포봉의 적을 무찌르기만 하면 공주에 입성할 수 있었다.

박종태는 동학군이 공주에 입성했을 때, 왕문 일행을 동학군과 합류시킬 계획일 것이라고 짐작되었다.

종일 포성을 들으며 걷다가 밤이 되면 민가에서 숙식을 하며, 왕문과 민하, 강원수는 공주에 접근했다.

뚜렷하게 말은 하지 않아도, 그들이 만난 백성들은 동학군의 승리를 바라고 있었고 믿고 있었다. 민심民心이 곧 천심天心이라면, 동학은 반드시 승리해야만 했다.

왕문 일행이 공주 남문 밖 주 서방 집에 도착한 것은 시월 그믐날이다.

60세가 넘어 보이는 주 서방이

"오실 줄 알고 기다리고 있었습니다."

하고, 깨끗하게 치워놓은 아랫방으로 그들을 안내했다. 주 서방은 삼전도 시절에 최천중의 신세를 진, 즉 오래전부터의 삼진도 게원이었다. 그러니 최천중의 부탁이라고 하면 수화水火를 불사할 각오가 되어 있는 사람이었다.

"가끔 서울에 가면, 가끔이라고 했자 4, 5년 전에 간 것이 최근의 일이지만, 최 거사님의 환대를 받았소이다. 우리와 같은 미천한 놈에게까지 베푸시는 온정이 그야말로 거룩해서, 어찌 고마움을 입으로써 다 표현하겠습니까?"

하며 주 서방은 간절했다.

주 서방의 이름은 갑범甲凡, 노름 솜씨로선 충청도 일원에 널리 이름을 낸 사람인데, 지금은 그 짓을 하지 않고 시장에서 건어乾魚를 도매하며 편안한 만년을 지낸다고 했다.

"박 도인…."

주갑범은 박종태를 박 도인이라고 불렀다.

"박 도인의 말씀은, 무슨 연락이 있기까진 문밖출입을 삼가고, 있는 듯 없는 듯 집 안에만 계시라고 했습니다. 언제 공주가 싸움터가 될지 모르니까 하신 말씀이겠지요."

주갑범의 말, 즉 박종태의 지시대로, 왕문 일행은 그 집에서 잠복해 있기로 했지만, 마음이 편하지 않았다. 가끔 공주읍에까지 울려오는 포성으로 전투가 치열하다는 것을 알 수 있었던 만큼, 그 전투에 참가하지 않고 매일처럼 술을 마시고 지내는 그들의 마음이 편할 까닭이 없었다.

효포까지 진출한 동학의 북접군은, 바로 눈앞에 공주성을 보며 산상에 진을 치고 있는 관군을 향해 맹렬한 포격을 가했다. 가끔 돌격 작전을 감행하기도 했지만, 신무기로 장비된 일본군과 관군의 진지를 뚫지 못했다.

한편, 동학의 남접 호남군은 이인역을 점령했다. 이인은 공주와의 상거 25리에 있는 곳이다.

이방언은 부하 5천을 거느리고 단평역에 진을 치고, 오하영은 8천을 거느리고 여미산 방면으로 나아갔다. 손여옥은 공주와의 상거 3리에 있는 봉황산으로 향하고, 김봉득, 유한필은 우금치로 진출했다. 손여옥의 병사는 5천 명, 김봉득과 유한필의 군사는 7천 명이었다.

5천 명을 거느린 임천서는 발치고개로, 송태섭은 7천 명을 거느리고 봉황산 배면을 돌아 최전방인 금강을 거슬러 올라 웅진으로 진출했다. 그리고 이인역엔 3만5천의 예비군이 대기하고 있었다.

김봉득, 유한필의 군대가 진출한 우금치엔 일본군 1개 대대가 포진하고 있었는데, 이윽고 격전이 벌어지자 순식간에 사상자가 속출했다.

여미산에서도 치열한 공방전이 전개되었다. 봉황산 근처에서도 전투가 시작되었다. 상대는 관군이었다.

이인에서 효포에 이르기까지의 40리 지역에 크고 작은 동학의 깃발이 나부껴 충천하는 사기를 보였다. 동학은 동서남 3방으로 공주를 포위하고 있었는데, 전투가 일진일퇴의 상황으로 7일 동안이나 계속되었다.

연일 추운 날씨였다.

효포에서 공주까진 불과 10리를 남겼을 뿐인데, 거의 반달 동안 풍찬노숙에 지친 동학의 군사들은 관군과 일본군의 반격을 김당해지 못하고 판치까지 퇴각하지 않을 수 없었다.

항상 선봉에서 싸운 부대의 대장은 유생儒生 이유상李裕尚이란 사람으로서, 동학을 치려고 기병起兵했다가 동학에 의義가 있음을 알고 동학군으로 전향한 사람이다.

이유상의 군사는 효포에서 사상자 수백과 수백의 탈락자를 내어, 판치에 후퇴했을 때엔 8천 명이었던 군사가 반으로 줄어 있었다.

선봉 이유상 부대의 퇴각이 일종의 '패닉' 현상을 일으켰다. 효포 동북방의 월정산을 타고 우회 작전으로 공주성에 육박한 정원준의 군사가 관군에게 쫓겨, 공주 동방 30리허에 있는 대교로 퇴각하고 말았다.

우익을 맡은 북접군의 패퇴는 이인 방면의 호남군에게 충격을 주었다. 김봉득이 지휘하는 우금치의 군사들이 후퇴했다. 김봉득의 군사가 후퇴하자, 웅진으로 진출한 송태섭, 봉황산으로 진출한 손여옥의 군사도 밀리기 시작했다.

우금치의 일본군은 경리청 영관 구상조의 군사와 합세하여 동학군을 추격했는데, 산비탈의 골짜구니에 동학군의 시체가 더미로 쌓였다.

단평역에 포진한 이방언의 군사, 여미산의 오하영의 군사, 발치고개의 임천서의 군사도 물러서고, 이인의 호남군은 이틀 사이에 4천여의 사상자를 내고 후퇴하여, 공주 남방 30리허의 경친역으로 퇴각했다.

퇴각한 동학군은 다시 대오를 정제하고 곳곳에서 반격을 시도했지만, 새로 사상자를 더했을 뿐 아무런 보람도 없었다.

연이은 승리에 사기가 오른 일본군과 관군의 추격이 맹렬했다.

연일 들리던 포성이, 어느 날부터 돌연 들리지 않게 되었다.

"어떻게 된 일입니까?"

왕문이 주갑범에게 물었다.

"동학군이 멀리 밀려난 모양입니다."

주갑범의 얼굴이 침통했다.

"그럼, 동학군이 패했단 말인가요?"

"아직은 모릅니다. 공주 근처의 싸움에선 패했습니다."

"그렇다면 우리도 이러고 있을 순 없지 않은가. 우리도 나가 싸워야지. 지금 전투 지역이 어딘가요?"

하고 물었지만,

"지금은 쫓고 쫓기고 하는 상태이니, 어디가 전투 지역인지 알 수가 없습니다."

하고, 주갑범은

"움직여선 안 됩니다. 박 도인의 지시가 있을 때까지 기다려야 합니다."

라고 우겼다.

그러고 있는데, 며칠 후 사건이 있었다.

공주감영에서, 승전을 축하하는 동시에 일본병의 노고를 위로하는 잔치가 벌어졌다.

그날 밤중의 일이다.

왕문 일행이 묵고 있는 집 바로 이웃에서 소동이 일어났다.

"죽인다!"

"이년, 어디 갔느냐?"

"붙들면 당장 목을 쳐라!"

하는 소리가 기물을 깨는 소음 사이에 나고 있었는데, 어떤 젊은 여자가 대문을 차고 들어와 왕문 일행이 있는 방으로 뛰어들었다.

"나으리, 사람 좀 살리시유!"

엉겁결에 방 옆에 달린 벽장 속에 그 여자를 숨긴 찰나, 군졸 둘이 들이닥쳐,

"기생년이 이 집에 오지 않았느냐?"

고 소리쳤다.

주갑범이

"그런 일 없습니다."

고 시침을 뗐다.

"거짓말 말엇! 이 집으로 들어오는 것을 보았다."

며 군졸들이 집 안을 들추기 시작했다.

군졸들이 왕문이 묵고 있는 방 앞에까지 왔다.

"이 방엔 귀한 손님들이 계십니다. 함부로 문을 열어선 안 됩니다."

하는 주갑범의 말이 있었는데도, 군졸들이 와락 문을 열어젖히고 방안을 기웃거렸다. 당장에라도 흙발로 방에 들어설 기세였다.

"어떤 사람들이오?"

강원수가 점잖게 물었다. 방안에 있는 사람들의 인품에 눌렸는지,

"우린 감영의 군졸입니다."

하고,

"망측한 기생년을 찾고 있습니다. 저 벽장을 한번 열어보아야겠습니다."

"벽장을 여는 것은 여부가 없다만, 우리가 저 벽장엔 아무도 없다고 하면, 우리 말을 믿지 않을 텐가?"

강원수가 위엄 있게 말했다.

포교들이 무슨 말을 하려는데, 틈을 주지 않고 왕문이

"당신들, 오랜 싸움에 퍽 수고가 많았겠지?"

했다.

"뭐, 우리가 수고한 게 있습니까?"

하는 군졸의 말에, 왕문은 돈 한 꾸러미를 꺼내며 말했다.

"이걸 받으오. 백 냥이오. 고생한 당신들을 이렇게라도 위로하고 싶소."

돈이라고 하면 눈깔이 뒤집히는 놈들이다. 더구나 백 냥이란 돈이랴.

한 놈이 넙죽 그 돈 꾸러미를 받았다.

"고맙습니다."

하고, 다른 한 놈이 절을 했다.

"돈이 더 필요하거든 며칠 후에 또 오게. 우린 난리에 발이 묶여 며칠쯤 더 이곳에 머물러 있을 테니까."

"이만해도 감지덕지하옵니다."

"그럼 신을 벗고 들어와 저 벽장문을 열어보게. 아니, 우리가 열어 보일까?"

하고 왕문이 일어섰다.

"천만의 말씀입니다. 점잖으신 나으리들께서 어찌 빈말씀을 하시겠습니까? 우리는 이대로 물러가겠습니다."

포교들이 떠난 후 얼마가 지났다. 이웃집의 소동이 가라앉았는지 조용해졌다.

주갑범을 시켜 둘레를 살펴보게 했다. 근처를 둘러보고 온 주갑범이 군졸들의 그림자도 없다고 했다.

기생을 청한 자리에 술이 없어서 되겠는가. 술상을 준비하고, 벽장에 숨어 있는 기생을 나오라고 했다. 엉겁결이라 느끼지 못했는데, 찬찬히 보니 보기 드문 미모의 아가씨였다.

이름을 물었다.

"추홍이라고 합니다."

"추홍이라면?"

민하가 되물었다.

"가을 추, 붉을 홍."

"드문 이름이군. 춘홍春紅 화적花赤 추단秋丹인데, 추홍이라니…"

"무식해서 범례凡例를 몰랐는가 하옵니다."

수줍어하는 동작이 더욱 아름다웠다.

"공주 일색이겠군!"

왕문도 한마디 했다.

나이를 물은 사람은 강원수였다.

강원수는 젊었을 때 색광色狂에 가까운 현상을 나타냈는데, 나이가 듦에 따라 도덕 군자로 화했다.

"열여덟 살입니다."

추홍은 다소곳이 머리를 숙이고, 묻는 데 따라 아까 있었던 소동의 경위를 띄엄띄엄 말을 골라가며 설명했다.

감영에서 잔치가 있은 후, 영장營將 이기동이 히라키(白木)란 일본인 중대장을 위해 기생집에서 2차연을 하기로 했다며, 추홍에게 꼭 참석하라는 지시를 내렸다. 그래 선월의 집(왕문 등이 묵고 있는 바로 이웃집)에 왔더니, 죽산부사 이두황이 말하길, 특히 히라키 중대장의 소청이 그러하니, 추홍이더러 히라키와 잠자리를 같이해야 한다고 귀띔했다.

추홍이 그건 안 될 말이라고 거절하자, 재삼 청탁을 하더니, 끝내 말을 듣지 아니하자, 이두황이 장검을 빼어 들고 추홍의 목을 치겠다고 했다. 그래서 소동이 벌어졌는데, 추홍은 동료 기생들의 기전機轉*으로 그 자리에서 빠져나올 수 있었다.

"빠져나오긴 했지만, 갈 데가 있어야지요. 염치 불구하고 나으리들께 불측을 범했사옵니다. 나으리들께 넓은 마음이 없으셨더라면, 전 속절없이 죽을 뻔하였사옵니다. 이 은혜는 결초보은이라도 하겠사옵니다."

"은혜는 무슨 은혜… 할 일을 하였을 뿐인데…"

하고 왕문이

---

* 임기응변.

"앉으ㅜ 별탁 없겠느냐?"

고 물었다.

"이기동이란 영장은 난폭하다고 소문이 나 있는 사람이옵니다. 붙들리기만 하면 제 목숨은 없어질 것이옵니다."

"그렇다면 결초보은이고 뭐고 할 겨를이 없지 않는가?"

민망하다는 표정으로 민하가 한 말이다. 민하는 추홍의 얘기를 듣고 이화를 생각했다. 생살을 끊어서라도 병을 칭탁하여 놀음에 나가지 않겠다던 이화는 지금 어찌하고 있는지….

'인생 가련 기생이로다.'

민하는 마음속으로 중얼거렸다.

"그럼, 공주 바닥에선 살 수 없단 말 아닌가?"

왕문이 중얼거렸다.

"동학에 낭자군娘子軍이 있다고 들었는데, 저도 동학군 있는 데로 갈까 하옵니다."

추홍이 또박 말하고 눈을 들었다. 눈물이 가득한 눈이었다.

"동학에 낭자군이 있다는 말은 처음 듣겠군."

강원수의 말이다.

"노성의 대장소에 40명가량의 낭자군이 밥도 짓고 옷도 깁고 병자 구완도 한다고 들었사옵니다."

"좋아. 우리도 노성으로 갈 참이었는데, 함께 가도록 하지."

하고 왕문이 주갑범을 불러, 추홍이 감쪽같이 은신할 수 있도록 편의를 보아달라고 일렀다. 그리고 천 냥의 돈을 내놓았다.

주갑범이 추홍을 데리고 나간 후, 세 사람은 묵묵히 서로의 얼굴만 보고 앉아 있었다.

20여 일 밤낮을 함께 지내고 보니, 할 말을 다한 까닭도 있지만, 국난國難을 앞에 하고 방책이 없으니, 언어도言語道가 단절된 느낌이었던 것이다.

처량한 산하

山河

칠흑의 밤하늘에 별빛이 차가웠다. 민하는 더운 방의 답답함을 풀려고 뜰에 내려 홀로 서성대고 있었다.

대문을 두드리는 소리가 있었다. 조심스럽게 두드리는 소리였다. 민하는 주갑범을 깨울까 하다 말고, 대문 안에 붙어 서서 바깥 동정을 살폈다. 여러 사람이 아니라는 것을 확인할 수 있었다.

다시 대문을 두드리다가 말고

"이 집이 틀림없지?"

하는 낮은 소리와

"틀림없습니다."

하는, 역시 낮은 소리가 있었다.

둘 다 귀에 익은 소리였다.

"누구요?"

민하가 가만히 물었다.

그러자

"민공인가?"

하는 것은 분명히 박종태의 목소리였다.

민하는 얼른 빗장을 뽑았다.

박종태와 정회수가 쓰러지듯 문안으로 들어왔다. 얼른 빗장을
꽂은 사람은 정회수였다.

"민공, 잘 있었군. 왕문 군은?"

"잘 있습니다. 강 선생님두…."

민하는 아랫방으로 박종태와 정회수를 데리고 들어갔다.

자리에 누웠던 왕문과 강원수가 벌떡 일어났다.

"모두들 잘 계셨군."

박종태의 음성에 감개가 서렸다.

등잔불에 비친 박종태는 파립폐의破笠弊衣의 몰골이었다.

"선생님, 이게 어찌된 일입니까?"

하고, 왕문은 목이 메었다.

"빨리 한기를 면하셔야지."

강원수가 아랫목을 치워, 박종태와 정회수가 앉을 자리를 만들었다.

얼마나 고생을 했느냐는 말들이 오간 뒤 왕문이

"선생님의 분부를 기다리느라고, 그야말로 눈이 빠질 지경이었습
니다. 어떻게 된 일입니까?"

하고 물었다.

"얘기는 차차 하겠소. 만사휴의萬事休矣*요."

---

* 만 가지 일이 끝장이라는 뜻으로, 모든 일이 전혀 가망 없는 절망과 체념의 상태

박준태는 크게 한숨을 쉬었다.

그 말에 모두들 재차 물을 기력을 잃었다.

숨을 돌리고 박종태는

"동학군을 해산하고, 대장 전봉준 접주가 입암산성笠巖山城으로 들어가는 것을 배웅하고 오는 길이오."

하고, 동학군이 처참하게 패전한 경위를 얘기하기 시작했다.

공주 근교에서 후퇴한 동학군은 경천역 전투에서 크게 패했다. 경천역을 점령하자, 일본군과 관군의 연합군은 서西에서 동東으로 가로지르는 진법陣法으로 효포 방면에 있는 북접군의 퇴로를 차단하고, 노성에 대기 중인 예비군의 북상을 견제했다. 북접군은 독안에 든 쥐처럼 되었다. 북접의 손천민이 8천 명을 거느리고 이 포위망을 뚫어 북접군을 구출한 것까진 좋았다.

그래서 일시 진형陣形을 바로잡긴 했는데, 일본군의 반격을 받고 다시 후퇴하기 시작했다.

정원준은 옥천에서 분투하다가 전 병력을 잃고 전사했다. 웅포진에서 내려오던 최난선의 군도 패퇴하여 여산으로 후퇴했다.

김개남은 전주성을 장악하고 있었는데, 일본군의 화력을 당할 수 없어, 금구 원평으로 후퇴하고 말았다.

금구 원평의 전봉준 지휘소에 동학의 수령들이 모였다. 손병희, 손천민, 김덕명, 차치구, 손화중, 최경선, 김개남 등이었다.

임을 이르는 말.

논산의 대접전에서 패한 후, 앞으로의 전략을 의논하기 위해서 모인 것인데, 교주 최시형의 신변을 걱정하여 손병희와 손천민은 교주가 있는 임실로 떠났다. 논산 접전 이래 북접군이 뿔뿔이 흩어져, 손병희가 지휘할 병력이 없어졌기 때문이기도 했다.

금구에 집결한 동학군은 원평을 중심으로, 그 서남 방면의 야산에 군막을 치고, 전면 고지에 보루를 쌓고 대포를 걸었다. 여기에 정읍의 손여옥, 고창의 오하영, 장성의 기우선, 금구의 조진구, 순창의 양회일, 오동호 등이 산간에서 은신하고 있다가 각기 잔병殘兵을 거느리고 합류했다.

원평 접주 송태섭도 산중에 숨어 있다가 11일 만에야 본진으로 돌아왔다. 송태섭은 논산에서 후퇴하는 도중, 용포 나루를 건너다가 관군의 추격을 당해 수백 명을 잃었다. 물에 빠져 죽은 사람도 수백 명이 되었다.

이렇게 군사들이 모여들자, 전주를 공략하자는 안이 나왔다. 그런데 새 감사가 도임하여 환영 잔치가 있다는 소문이 들려왔다. 그날 밤 자정을 기해 전주성을 야습할 계획을 세웠다.

동학군은 이 격전에서 사생을 결단할 작정이었는데, 원래 무모한 작전이었다. 관군 원병의 도착으로 동학군은 복배腹背*에 적을 맞아 참패하고 말았다.

이것이 지난달 25일에 있었던 일이다.

전주에서 승리한 일본군과 관군은 원평을 공격하기 시작했다. 동

---

* 배와 등, 즉 앞과 뒤.

학군은 산상에 쌓아 둔 군량과 무기 등을 유기한 채, 서남 방면으로 도주하기 시작했다. 고창의 오하영이 전사하고, 장성의 기우선도 전사했다.

동학의 마지막 집결지는 태인의 성황산이었다. 이튿날 아침, 점호를 했더니, 그곳에 집결한 병력은 9천 명이 채 되지 못했다. 전봉준의 비통한 훈시가 있었다.

"우리들 손에 총칼이 남아 있는 한, 최후의 일각까지 싸워야 한다!"

고 외쳤다.

성황산을 중심으로 도리산道理山, 한가산閑加山에 진을 치고 함성을 지르며 기세를 올렸다.

접전은 하루 종일 계속되었다.

어둠이 시작될 무렵, 동학군의 전세는 급속도로 쇠약해졌다. 탄환이 모자라게 된 것이다.

탄환 없이 어떻게 싸울 수 있겠는가. 생명을 부지한 동학군은 전봉준이 있는 성황산 대장소로 퇴각했다.

그 수는 불과 백 명이었다.

"해산하는 수밖에 없겠구나."

전봉준은 침통하게 말하고 통곡을 견디었다….

얘기를 끝내고 박종태는 한동안 오열했다. 그 소리는 폐부를 찌를 듯 슬펐다.

한참 후에 강원수가 물었다.

"그동안 박 선생은 어디에 계셨습니까?"

"이곳저곳 뛰어다니다가, 마지막엔 성황산 전봉준 대장소에 있었소."

"이곳까지 오시느라고 고생이 많았겠습니다."

"내가 겪은 고생쯤이야…"

하고, 박종태는 말을 잇지 못했다.

"연치성 형은 지금 어디에 있을까요?"

왕문이 물었다.

"전주성 공격군에 참가했다가 무사히 퇴각하여 부안 쪽으로 빠졌소. 지금도 무사할 거요."

"우리 동지들 중에 전사한 사람은 없을까요?"

"그것까진 잘 모르오. 전주성에서 후퇴할 때까진 전원이 무사했소."

"그럼 임강학원 학생들은, 우리를 빼곤 전부 전투에 참가했나요?"

민하가 물었다.

"연치성 공의 지휘하에 독립대獨立隊를 만들어 행동했소. 특히 전봉준 접주의 배려가 있어서, 위험한 전선엔 나가지 않았소."

"그런데 왜 우리들만 빼돌려놓은 겁니까?"

왕문이 항의조로 말했다.

"그건 연치성 공의 의도이오. 내가 그런 것이 아니오."

박종태는 이렇게 변명했으나, 사실은 그렇지 않다는 것을 짐작할 수 있었다. 박종태와 연치성 사이에 왕문, 민하, 강원수는 안전지대에 있도록 미리 합의가 되어 있었던 것이다.

"우리들은 쓸데없는 짓만 하고 있었군요."

왕문이 중얼거렸다.

그러자 박종태가 눈을 또록또록 뜨고 정색을 했다.

"어째서 쓸데없는 짓을 했단 말이오? 우리는 동학이 패할 줄 번연히 알면서도 의義를 위해 움직였소. 동학이 싸움엔 졌지만, 나라와 백성을 위한 의는 남겼소. 그 의가 우리 백성의 얼이 될 것이오. 그 얼이 언젠간 이 나라를 소생시킬 것이오. 그 의기에 동참했다는 사실이, 두고두고 우리의 자랑이 될 것이오. 장차 동지를 모을 때 결정적인 명분과 동기가 될 것이오."

"방에 뜨뜻하게 불을 지피고 한 달여를 빈둥빈둥 놀고 지냈는데도 우리에게 명분이 있겠습니까?"

왕문이 격한 어조가 되었다.

"왕공, 그런 생각은 잘못이오. 전쟁에 참가하는 데도 전방군, 후방군이 있소. 전방군은 물론 대장의 명령에 따라야 하거니와, 후방군도 명령에 따라야 하오. 왕공, 민공, 강공은 연치성 대장의 명령에 의해 후방군으로 돌려놓았던 사람들이오. 그것을 불평한다는 것은 대장의 명령을 거역하는 짓이오. 한양을 출발할 때, 공들은 대열의 별격別格으로 있었소. 별격을 기용起用하기 전에 전쟁이 끝났다는 얘길 뿐이오. 그런데 어째서 명분이 없단 말이오? 서울과 공주까지 길을 돌고 돌았으니까, 공들은 천리 길을 걸었소. 동학을 위해 천리 길을 걸었단 말이오. 게다가 공주는 적지敵地였소. 적지에 월여 동안 잠복하는 일이 쉬운 일이오? 앞으로 절대로 그런 소릴 하지 마시오. 생명을 걸고 싸운 연치성 공의 본의에 어긋나는 말은 앞으로 결단코 삼가시오."

박종태의 말은 곧 최천중의 말이고, 거역할 수 없는 말이다.

"내 말이 틀렸소?"

박종태가 먼저 왕문의 다짐을 받았다.

"틀리지 않았습니다."

왕문은 이렇게 대답하지 않을 수 없었다.

"민공은?"

민하도 왕문과 같이 대답했다.

"강공은?"

"박 선생의 뜻을 잘 알겠습니다."

강원수의 대답이었다.

주갑범이 닭죽을 끓여 내왔다.

닭죽을 먹은 후에도 얘기는 끝나지 않았다.

양력으로 12월 9일, 동학군의 수령 전봉준, 손화중, 김덕명, 최경선, 김방서 등은 복흥 산중福興山中의 피노리避老里에서 회의를 열고 있는 사이 체포되었다.

동학의 수령들을 취조하고 재판하는 데 일본군이 참여했다. 김홍집 내각이 특히 관심을 가진 것은 동학당과 대원군의 관계였다. 동학의 격문 내용에 '개화간당開化奸黨이 외국倭國과 결탁하여 대원군을 추방했다'는 것이 있어, 동학군의 배후에 대원군이 있다고 추측할 만했던 것이다. 뿐만 아니라, 대원군과 동학군이 결탁했다는 풍문이 항간에 퍼져 있기도 했다.

이 무렵 내무대신은 박영효이고, 법무대신은 서광범이었다. 두 사람 모두 김옥균과 더불어 갑신정변을 일으킨 개화낭이나. 그러니 그들은 정적인 반개화당反開化黨을 적발 추궁하는 데 철저했다. (암살된 김옥균의 시체를 양화진에 대역죄인으로 전시한 것이 이해 2월이었다는 것과, 박영효와 서광범이 복작 복위했다는 사실을 견주어 생각하면 야릇하다. 거의 때를 같이하여, 12월 27일에는 김옥균을 비롯한 홍영식, 박영효 등도 복권되었다. 일본의 간섭 때문이란 것은 두말할 나위 없다.)

이러한 법무대신 밑에 있는 재판관은

"너희들이 거병할 때 대원군과 연락을 취한 것이 아닌가?"

고 집요하게 물고 늘어졌다.

다리에 중상을 입고 덕석 위에 누운 채 법정에 나선 전봉준은

"우리 동학은, 권세라곤 지푸라기 하나도 없는 농민들의 모임이다. 대원군은 권세를 가진 사람이 아닌가. 그런 사람과 우리가 무슨 관계가 있을 것으로 아는가? 없다."

하고 대답했다.

"너희들은 척왜斥倭를 주장하지 않았는가. 척왜는 대원군의 주장이기도 하다. 그런데도 관계가 없다니 말이 되는 소린가?"

"척왜는 우리 조선 사람 전체의 주장이다. 척왜는 대원군만의 주장일 수 없다."

이렇게 전봉준은 대원군과의 관계를 명백하게 부인했다. 실제로 대원군과 전봉준은 아무런 관계가 없다. 야심가인 대원군이 궁정 내의 정적을 타도할 수단으로서 동학을 이용하려고 한 것은 사실이다. 그래서 동학에 사자使者를 보낸 일도 있었다. 그러나 전봉준

은 대원군과의 연락을 거절했다.

이것이 진상이었는데, 전봉준은 대원군이 자기들에게 사람을 보냈다는 사실마저 입 밖에 내질 않았다. 전봉준은 재판관을 향해,

"나와 너희들은 서로가 적이다. 나는 너희들을 타도하여 새 나라를 만들려고 했다. 그런데 너희들을 타도하지 못하고 붙들렸다. 쓸데없는 심문이 무슨 필요가 있는가? 빨리 나를 죽여라."

고 거듭할 뿐이었다.

일본 측은 민중의 신망을 모으고 있는 전봉준을 가능하다면 이용하려고 했다. 그러나 그는 무슨 말을 해도 일본에 이용당하는 일에 동의하지 않았다. 그는 자기의 다리를 치료해 주겠다는 일본의 제의도 거절했다.

"이왕 죽어야 할 몸이다. 다리를 고쳐서 무엇에 쓸 것인가?"

일본공사 이노우에가 일본공사관 유치장에 전봉준을 유치해놓고 직접 만나 전향을 권했지만, 그는 단연코 거절했다.

재판정에서 재판관이

"너는 죄인이다. 죄인이 법관 앞에서 불손한 언동을 할 수 있느냐?"

고 따지자, 전봉준은

"어째서 내가 죄인인가?"

며 고함을 질렀다.

"동학당은 조정에서 금한 당이다. 너는 감히 도당을 모아 관청을 침노하고, 무기와 병량을 빼앗고, 관리들을 살상하며, 국정을 농단하고, 대군을 이끌고 왕성을 침범하여 정부를 타도하고 새 나라를 만들려고 했다. 정녕코 너는 대역불궤大逆不軌의 죄를 범했다. 어찌

죄인이 아닐 수 있는가?"

법관의 이 말에 전봉준이 반박했다.

"도道가 없는 나라에 '도학導學'을 세우려고 한 것이 어째서 잘
못인가? 조선 사람들은 자신의 '도'와 '학'을 가지지 않고, 언제나
남의 나라가 만든 '도'와 '학'을 추종하는 것을 옳다고 하고 있다.
외국에서 들어온 '유도'와 '불도'와 '선도', 또는 '서학西學'에 대해선
좋다고 하고, 우리가 우리나라에서 창도한 동학만을 배척하는 것
은 어떻게 된 일인가? 동학이 우리나라의 소산이라서 비소卑小하
다는 것인가? '인내천人乃天'이라고 주장하는 것이 과격하다는 것
인가? 동학은 틀려먹은 나라를 바로 세우려고 했다. 포악한 관리들
을 없애고 그릇된 정사를 바로잡으려는 것이 어째서 잘못인가? 조
상의 뼈다귀를 빙자하여 비행을 거듭하고 백성의 고혈을 짜 먹는
놈들을 응징하는 것이 어째서 나쁜가? 사람이 사람을 팔아먹고 국
토를 농락하여 사복을 채우는 놈을 치는 것이 어째서 나쁜 일인
가? 너희들은 왜적을 이용하여 나라에 해독을 끼치는 그야말로 죄
인들이다. 죄인들이 거꾸로 나를 죄인이라고 해? 천부당만부당한
소리다."

재판관은 심문을 끝내지 못한 채 전봉준을 하옥시켰다.

이어, 손화중, 김덕명, 최경선, 김방서 등의 심문이 있었지만, 그들
도 창의문倡義文의 취지를 되풀이할 뿐, 다른 심문엔 일체 응하지
않았다.

같이 재판정에 선 최한규, 정원중, 김부용, 이희인도 대답은 한가
지였다.

전봉준 등의 재판은 갑오년 겨울에 시작되어 을미년(1895년) 봄까지 수차례 계속되었지만, 그들은 최후까지 딴 말은 하지 않고,

"적의 법률은 받아들일 수 없다."

며 심문을 거절했다.

결국 재판관은 직권에 의해 독단적인 판결을 내렸는데, 전봉준, 손화중, 김덕명, 최경선 등에게 사형을 선고했다. 이들은 1895년 3월 17일, 한성 감옥에서 교수형에 의해 세상을 떠났다. 전봉준, 그때의 나이 41세.

전봉준의 사형을 집행한 당시의 집행총순執行總巡인 강모姜某는 다음과 같은 말을 남겼다.

"나는 전봉준이 압송되어 왔을 때부터 처형된 그날까지 그의 행동을 시종 지켜보았다. 그는 풍문으로 듣던 이상으로 걸출한 인물이었다. 우선 용모부터가 만인의 으뜸이었다. 맑게 빼어난 얼굴, 정채情彩 있는 미목眉目을 가지고 있었다. 엄한 기백과 강건한 의지로써 일세를 경동할 수 있는 대위인, 대영걸大英傑이었다. 정히 그는 평지에 홀연히 높이 솟아 민중을 움직인 자인 만큼, 죽음에 직면해서도 의지를 굴하지 않고 태연자약했다."

동학은 수령들이 체포된 후에도 산발적인 저항을 했지만, 전봉준이 처형된 무렵부터 점차 그 위세가 시들어갔다.

동학도로서 전사한 수가 얼마이며, 체포되어 형사刑死한 사람이 얼마인가? 아마 수만을 헤아릴 거라고 짐작은 되지만, 정확한 수를

알아내기란 불가능한 노릇이다.

시산혈하屍山血河를 이루고, 박송태의 말마따나 동학은 '얼'로서 만 민족의 역사에 남게 된 것이다.

전봉준이 처형되었다는 소식을 듣고, 임강학원의 학생들은 3일 을 단식하여 추도의 뜻을 밝혔다.

단식이 끝난 날, 최천중은 자기의 사랑에 심복들만 모 놓고 다음 과 같은 말을 했다. 마디마디가 애절하고 피를 토하는 느낌이었다.

"위대한 영웅이 가셨다. 동학 접주 전봉준 선생은 분명 영웅이시 다. 민심의 동향을 간파하여, 그 민심으로써 나라를 바로 세우려 한 포부도 컸거니와, 호남 각지에서 집강소를 운영한 그 경륜도 탁 월했다. 뿐만 아니라, 동학군이라고 군軍을 들먹이지만, 농민들의 집 단으로 오합지졸이 아니었던가. 그 오합지졸을 관군과 왜적의 연합 군에 당당히 대적할 만큼 조직하고 훈련했으니, 과연 영특한 인재 가 아닌가. 유방이 못 한 짓이고, 항우 역시 못 한 짓이다. 보다도, 각기 견식을 자랑하고 자호하여 대장大將을 일컫는 동학 접주들의 다사제제多士濟濟를, 그만큼 통어하여 인화人和를 이루고 심복케 하였으니, 과연 장재將才이며 왕재王才가 아니겠는가. 내 그가 직접 지었다는 격문과 방문을 읽었거니와, 그 식견과 문장은 실로 경탄 할 만하다. 장재와 왕재를 넘어 천재天才라고 할 만하다.

나는, 최근에 해연(海淵. 박종태의 호)이 입수한, 전봉준 선생이 13 세 때 지은 '백구시白鷗詩'를 읽을 기회가 있었다. 그걸 이 자리에 서 피로하겠다.

자재사향득의유自在沙鄉得意遊

설상수각독청추雪翔瘦脚獨淸秋

소소한우래시몽蕭蕭寒雨來時夢

왕왕어인거후구往往漁人去後邱

허다수석비생면許多水石非生面

열기풍상이백두閱幾風霜已白頭

음탁수번무과분飮啄雖煩無過分

강호어족막심수江湖魚族莫深愁*

이것을 어찌 13세 소년의 시라고 하겠는가? 백구를 읊어 의중意中을 나타내니 탄복할 지경이다.

이러한 대재大才, 이러한 대기大器가 뜻을 이루지 못하고 말았으니, 나라의 불운이고 우리 조선인 전체의 불운이다.

나는 전봉준 선생이 가신 그날을 망국亡國의 날로 삼겠다. 그분이 뜻을 펴지 못하고 가셨다는 그 사실이 바로 망국의 조짐이 아닌가. 왜냐? 우리에겐 희망이 없으니까. 우리의 희망을 죽인 놈들이 큰소리치는 세상이니까. 일본놈의 눈치를 살펴야 하는 나라가 되었으니까. 이 나라의 주인이 일본이니까. 오호라, 우리는 망국의

---

* '스스로 하얀 밭에 놀매 그 뜻이 한가롭고/ 흰 날개, 가는 다리는 홀로이 청추(淸秋)롭다/ 소소한 찬비 내릴 때면 꿈속에 잠기고/ 고기잡이 돌아간 후면 언덕에 오른다/ 허다한 수석은 처음 보는 것이 아닌데/ 얼마나 풍상을 겪었던가/ 머리는 이미 회게 되었도다/ 비록 번거로이 마시고 쪼으나 분수를 알지니/ 강호의 물고기들이여, 깊이 근심치 말지어다.'

백성이 되었다.

나 최천중은 어리석었다. 동학이 세를 펴고 있을 때, 나는 동학을 몰랐다. 관심을 가졌지만, 그들의 도道에 찬성하질 않았다. 일찍 내가 눈을 떴더라면 그들과 합심할 수 있었을 것을…. 그들이 모자라는 부분을 우리가 도울 수 있었을 것을…. 그들이 패한 후 나는 그들의 뜻을 알았다. 전봉준 선생이 죽은 연후에야 그 위대함을 알았다.

이제, 나라도 망하고 동학도 망했다. 우리는 망국의 백성으로서 살아야 할 것인가? 아니다. 망국의 백성으로선 살 수 없다고 생각했기 때문에, 나는 오늘 밤 여러분을 모이라고 했다.

나라는 망했다. 그러나 우리는 망하지 않았다. 새 나라를 세워야 한다. 우리는 새 나라를 세워, 새 나라의 백성이 되어야 한다. 오늘 망국의 날이 우리에겐 건국의 날이다. 지금부터 우리는 조정을 조정이라고 치지 않는다. 정부를 정부라고 치지 않는다. 왕을 왕으로 치지 않는다. 오늘 여기에 모인 사람은 나를 합하여 17인이다. 17인이 나라를 만든다. 국민 17인밖에 없는 나라다. 나라를 만들려면 국호國號가 있어야 한다. 나는 일찍이 국호에 관해 생각한 바가 있다. 국호를 '신晨'이라고 할 것이다. 새벽이란 뜻의 '신'이다. 일찍이 이 이름으로 우리의 강토를 부른 적이 있다. 조선의 강토에서 '신국'의 국민으로서 살려면 이만저만한 고초가 아닐 것이지만, 오늘부터 우리는 '신국'의 국민으로서 살 결의를 해야만 한다…."

이것을 현대식으로 말하면, 나라 안에 망명정부를 만든다는 의사 표시이다. 그것이 가능한 일인지 아닌지는 불문에 부치고, 참집

한 사람들의 마음은 이미 그 선포를 승인하고 있었다. 삼전도 이래의 최천중의 포부가 이심전심으로 그들에게 미리 통해 있었기 때문이다. 조선 안에서 살며 '신국'의 국민으로서 행세한다는 게 신선한 매력이기도 했다.

"좀 더 소상한 이야기는 해연이 할 것이오."

하고, 최천중은 말을 맺었다.

박종태가 일어섰다.

"신국의 국민은 서약으로써 신국의 국민이 될 수 있습니다. 서약은 구두로써 합니다. 비밀을 엄수하기 위해서입니다."

박종태의 말이 있자, 최천중이 제1호 서약자로서 왕문을 지명했다.

왕문이 일어서서,

"신국의 국민 되길 서약합니다."

라고 했다.

다음의 서약자는 최천중이었다.

그다음의 순은, 역시 최천중의 지명에 따라 박종태, 강원수, 연치성, 민하, 곽선우, 김웅서, 최팔룡 등의 차례로 되었다.

17명의 서약이 끝났다.

박종태의 말이 있었다.

"우리 신국은 오늘 밤 17명으로써 발족했습니다. 내일부터 각기 신국의 국민이 될 만한 사람을 권유해서 서약을 받아야 합니다. 서약은, 권유한 본인이 받으면 됩니다. 신국 국민이 되길 서약한 사람이 5백만을 넘으면 이 땅은 우리 신국의 소유로 됩니다. 신묘년의 인구가 남자 334만 6천827명, 여자 328만 6천339명으로서, 도합

663만 3천166명이었습니다. 현재 서약할 수 있는 예정 수는 2천7백여 명입니다. 관제官制, 또는 신국 국민으로서의 권리와 의무, 특전特典 등은 예정 수 2천7백 명의 서약이 끝난 다음에 발표하기로 하겠습니다."

회의가 끝나고 축하연으로 들어갔다.

축하연 석상에서 최천중은, 앞으로의 일을 위해 강원수를 박종태의 의논 상대로 지명했다.

그날 밤, 박종태와 단둘이 되자, 강원수가

"삼전도 시절이 그립군요."

하고 감개무량하게 말했다.

"나도 그때가 그리워요."

박종태가 맞장구를 쳤다.

20여 년 전의 일이다.

박종태와 강원수는 같은 날 삼전도장 같은 방에 들었다. 그런데 강원수는 색광色狂을 누르지 못해, 갑산甲山에서 온 삼인중三人衆의 하나인 이책李策의 부인을 범하려다가, 김권金權에게 맞아 죽을 뻔했다. 박종태가 결사적으로 말려 강원수는 생명을 구하게 되었다. 그 사건을 계기로 강원수는 색광에서 벗어날 수 있어서 근엄한 학자가 되고, 김권, 윤량, 이책과 친숙하게 되었다. 그래서 강원수는 박종태를 생명의 은인이자 인생의 은사로서 받들고 있었다.

강원수가 물었다.

"갑산의 의형제들도 잘 있겠죠?"

"잘 있습니다."

김권, 윤량, 이책 등 갑산의 의형제들이라 불리는 그들은 삼전도장이 해산됨에 따라 최천중의 분부로 영월의 두메에서 살게 되었다. 장차의 일을 내다보고 최천중이 그곳에 땅을 사서 그들을 정착시켜놓은 것이다.

"갑산의 의형제들을 잊지 못하시는군요."

박종태가 웃으며 말했다.

"어찌 잊을 수 있겠습니까. 그 무렵, 전 사람이 아니었으니까요. 그때도 박 선생은 영특하고 현명하셨어요."

"과찬의 말씀을…."

"과찬이 아닙니다. 그때 왜, 강안석이란 소년이 있었죠? 목침이 말하도록 하는 기술을 가진 소년 말입니다."

"기억하고 있습니다."

"지금 어떻게 되어 있을까요?"

"남양에서 염전을 하고 있습니다."

"그래요? 물구나무의 명수였던 이근택의 소식도 알고 있습니까?"

"알고 있지요. 지금 한밭에서 농사를 짓고 목수 일도 하며 알뜰하게 살고 있습니다."

"박 선생은 어떻게 그런 소식에 능통합니까?"

"모두 신국의 국민 될 사람들이 아닙니까? 삼전도에 관련된 사람들의 소식은 잘 챙기고 있습니다."

"그럼, 박 선생께선 신국을 만들 계획을 벌써부터 하고 계셨구면요."

"내가 계획하고 있었던 것이 아니라, 경호 선생이 계획하고 계셨던 거지요."

"박 선생께선 신국의 영의정이 되셔야 하겠군요."

"아닙니다. 신국의 영의정, 아니, 총리대신으로선 강원수 공을 예정하고 있습니다."

"그건 안 됩니다."

"신국의 국민이면 명령에 따라야죠. 경호 선생의 명령입니다."

"그럼 박 선생의 직책은…?"

"기무처機務處의 대신을 하도록 되어 있습니다."

"그게 무엇 하는 자리입니까?"

"신국의 기밀을 죄다 장악하는 직책이지요. 총리대신보다도 중요한 직책입니다."

"그렇다면 이해가 됩니다. 민공은 무슨 직책을 가지게 됩니까?"

"궁내부宮內部 대신大臣으로 결정해놓고 있습니다. 국왕의 벗이 되는 거지요. 국왕의 입이 되고 눈이 되고 귀가 되기도 하구요. 그런데 참, 강공께선 신국의 헌장憲章을 만드셔야 할 것입니다. 입헌군주국立憲君主國의 헌장 말입니다."

강원수는 한참을 생각하다가 물었다.

"신국의 국민으로서 조선에 세금을 내는 행위를 어떻게 풀이해야 할까요?"

"그건 간단합니다. 강도에게 뺏기는 셈으로 치지요, 뭐!"

박종태의 이 말을 듣고 강원수는 크게 웃었다. 갑자기 유쾌한 기분이 되었던 것이다.

"힘껏 할 일이 생겨서 기쁩니다. 지금부턴 살 보람이 있을 것 같아요."

강원수가 힘차게 말했다.

"현재는 비록 하나의 결사結社에 지나지 않지만, 나라로서의 결사, 결사로서의 나라라는 것이 반갑지 않습니까?"

박종태도 활달하게 웃었다.

미래의 총리대신과 미래의 기무처 대신의 정담은 끝날 줄을 몰랐다.

그러면서도 신국의 국왕國王이 화제에 오르지 않은 것은, 이미 자명한 사실로서 그들의 의중에 자리잡고 있었기 때문이다.

〈바람과 구름과 비 전10권 끝〉